Die Signallaterne

Ebenso wie den Friedhof von Barles, sagte Laviolette, mag ich den alten, aufgelassenen Bahnhof von Saint-Maime-Dauphin, wo ich noch das Raunen der Leute vom Land vernehme, die ihn einst belebten. Hier hat Modeste, mein Vater, auf alten, grünen Lokomotiven seine Lehre absolviert, ehe er später die großen internationalen Züge fuhr. Die Schienen sind verschwunden. Übrig bleiben zehn Meter Bahnsteig. Übrig bleibt der Name auf dem blauen Schild. Übrig bleibt, halb eingestürzt, das Lampenwärterhäuschen, wo ich bis heute, flüchtig zwar, aber immerhin, das Lampenöl rieche, das einst auf den Boden tropfte. Übrig bleiben auch die hohen Platanen, die im Herbst mit all ihrem toten Laub zu wispern beginnen.

Manchmal, wenn mich im Oktober der Koller packt, komme ich gegen Abend, bevor es dunkel wird, unter dem Vorwand hierher, bei Marcel Sauvaire und seiner Frau Rosemonde eine Kleinigkeit zu essen. Es ist genau gegenüber. Sie sind mit Gott und der Welt befreundet und sie decken gewissermaßen aus Barmherzigkeit auf, so wenig Geld nehmen sie dafür.

Dann setze ich mich auf die Bank auf dem verwaisten Bahnsteig und warte, bis es so weit ist: Ich tue so, als wär's zum Zeitvertreib, dabei ist es mir das Wichtigste. Die Bank wurde gegen 1910 aufgestellt, auf Veranlassung des damaligen Bahnhofsvorstehers, an dem ein Dichter verloren gegangen war. Sie besteht aus zwei hölzernen Schwellen, an denen noch die Einkerbungen der Schienenschrauben zu erkennen sind. Er wollte seine Bank haben und er hat seine Leute dafür am Sonntag antreten lassen. »Bänke?«, hatte stirnrunzelnd sein Vorgesetzter gesagt. »Wozu Bänke? Es gibt doch schon einen Warteraum.« – »*Eine* Bank«, hatte besagter Bahnhofsvorsteher schüchtern eingewendet.

Der Vorgesetzte hatte sich wieder in den Fahrplan vertieft, der dringend überarbeitet werden musste, und gebrummt: »Machen Sie, was Sie wollen, Hauptsache, ich weiß nichts davon!« – eine zeitlos gültige Antwort.

Wieso wissen Sie über solche Einzelheiten Bescheid?, fragte irgendein aufmerksamer Besserwisser hinten im Saal.

Ich habe sie erfunden, antwortete Laviolette seelenruhig. Aber wenn ich mir ansehe, wie ungehobelt diese Bank ist, die alten Stützen, an denen sie festgeschraubt ist, die schlechte Qualität des Zements, worin sie verankert ist, die Tatsache, dass sie einem den

Hintern aufraut und dass man miserabel darauf sitzt – all das beweist doch, dass es sich um eine Behelfsbank handelte.

Na meinetwegen!, brummelte der andere, nicht ganz überzeugt.

Und auch die Tatsache, fuhr Laviolette fort, dass man dicht daneben eine Hundsrose gepflanzt hat, die gemeinste Rosenart überhaupt, um die Latrinen zu kaschieren, sowohl den Anblick als auch den Geruch.

Kurz und gut, da war eine Bank, rief ein Verehrer Laviolettes leicht genervt. Er war begierig, die Fortsetzung zu hören.

Und sie steht noch da, ein wenig morsch zwar, aber immerhin. Und dann, eines Abends – es war schon im Spätherbst, vermutlich im November, zu der Jahreszeit, in der sich alles auflöst, wo der zerfledderte Sommer und der ebenso zerfledderte Herbst fetzenweise dahingehen, insbesondere über verwaisten Bahnhöfen mit ihren zerzausten, ächzenden Platanen. Und wissen Sie, es war auch sehr spät am Abend, zu jener Stunde, wenn in den richtigen Bahnhöfen die letzten Züge fahren; wenn man sie verpasst, muss man auf einer Bank übernachten – ja, eben: Auf einer Bank. Ich glaube übrigens, dass der Bahnhofsvorsteher dies berücksichtigt hatte, als er seine Bank unter den Bäumen aufstellte, wo sie dem Abendtau weniger ausgesetzt war.

Vermutlich dachte ich an etwas anderes, denn im Halbdunkel und im Geraschel des dürren Laubes befand ich mich plötzlich dicht an der Bank und sah, dass da jemand saß, allerdings jemand, der Platz gelassen hatte, der sich nicht mitten drauf gesetzt hatte, wie es ihm seine Einsamkeit eigentlich erlaubt hätte, sondern der sich ganz im Gegenteil am alleroberstens Ende niedergelassen hatte, um den Vorübergehenden dazu aufzufordern, doch seinerseits Platz zu nehmen und ihm Gesellschaft zu leisten.

Es war eine alte Frau mit einem schwarzen Strohhut, der schon einige Jährchen alt war. Sie trug kein Kleid, sondern das, was man einst auf dem Land »Tracht« nannte, etwas sehr Altes, vermutlich Blaues oder Schwarzes, eine züchtige Stufenfolge von übereinandergetragenen Unterröcken, die steif bis zu den Knöcheln reichten und die sich keineswegs einfach so heben oder öffnen ließen ohne die großzügige Genehmigung der Besitzerin und ohne umständliche Bemühungen des Eroberers. So dass man als solcher durchaus Zeit hatte, die möglichen Konsequenzen seiner Taten abzuwägen.

Abgesehen davon interessierte sich wohl keiner mehr für die Unterröcke derjenigen, die – vermutlich schon lange – reglos hier saß, nicht einmal sie selber, denn sie war wirklich sehr alt. Unter dem Hut waren die Gesichtszüge eingefallen und verwittert, vor allem zum Hals hin, was jegliche Erinnerung an das, was sie in ihrer fernsten Vergangenheit einmal gewesen sein mochte, verwischte.

Auf dem Schoß hielt sie einen ebenfalls schwarzen Schließkorb – Sie erinnern sich doch an jene sperrigen Körbe aus geflochtenen Binsen, ohne die unsere Großmütter nie das Haus verließen und die ihnen sowohl als Behältnis für die Wegzehrung dienten als auch zu Haltung verhalfen – und das Merkwürdige an ihr war, dass sie nicht geradeaus sah, sondern den Oberkörper leicht nach vorn neigte, als ob sie Ausschau hielte nach etwas, was dort hinten am Ende des Bahnsteigs kommen sollte. Nach etwas? Nach einem Zug natürlich! Sie sah ganz so aus wie jemand, der auf einen Zug wartet und sich, um ihn nicht zu verpassen, mit leicht angewinkelten Beinen darauf vorbereitet, loszustürzen (was wir uns längst verkneifen müssen ... mein Gott, wir wissen doch schon lange, dass er eher auf uns warten wird). Nur dass wir uns hier am Bahnhof von Saint-Maime-Dauphin befanden, wo die letzten Schienen 1943 von den Deutschen demontiert worden waren.

Manchmal aber gab sie diese Lauerstellung auf und blickte geradeaus, über die nicht mehr vorhandenen Gleise hinweg, auf das verfallene Lampenwärterhäuschen, dessen Dachziegel um die Mauern herum verstreut lagen.

Ich befand mich schon nahe genug bei dieser kuriosen Figur, um auf ihren Zügen die Spuren des Lebens verfolgen zu können. Die Lippen, die sich, weil sie farblos waren, nicht von der übrigen Haut im Gesicht unterschieden, bewegten sich unmerklich und schnell, als ob die Frau eine lange Litanei von immer gleichen Worten vor sich hinmurmelte. Sie alle haben schon solche Frauen vom Lande gesehen, die endlos und leise die Maschen ihres Lebens nachzählen, so als ob sich von jeher ein Fehler eingeschlichen hätte.

Ich musste ihr fast auf die Füße treten, damit sie sich mir langsam zuwandte: Vermutlich hatte sie meine Anwesenheit gespürt. Es war bereits so dämmrig, dass ich anstelle der Augen nur zwei Schattenhöhlen ausmachte.

Aus der Nähe roch sie nach Bohnenkraut und geronnener Ziegenmilch. Dieser Geruch umschwebte damals alle Frauen vom Lande, dazu kam der Duft von frischem Gras, das sie mit der Sichel schnitten, um es den Kaninchen zu verfüttern. Der Wohlgeruch – ein anderes Wort gibt es nicht – hing in ihren Haaren und in ihren Kleidern und wenn sie sich bewegten, verbreiteten sie ihn in ihrer Umgebung.

Ich, der ich unbekümmert und fest in meinen Mantel gepackt dastand, sah vermutlich danach aus, als würde ich gleich fragen: »Wissen Sie zufällig, ob der Zug nach Céreste Verspätung hat?« Dabei war ich fest entschlossen, den Abstand zu wahren. Es würde bestimmt noch eine gute Stunde dauern, bis sich der letzte Stammgast loseisen und Marcel von der Tankstelle her rufen würde:

»Komm herüber, Modeste, die Suppe ist heiß!«

Bis dahin würden mir für meinen Seelenfrieden der Gruß der hohen Bäume und die Betrachtung der Vergangenheit hinreichen. Also begnügte ich mich damit, höflich meinen Hut zu lüften, wie ich es immer tue, und sie zu fragen:

»Darf ich?«

Sie sagte weder ja noch nein und drehte sich auch kaum zu mir hin. Fügsam versuchte sie sich noch ein wenig kleiner zu machen und rutschte auf den Holzschwellen noch ein wenig weiter zur Seite. Ich wickelte mir den Mantel noch enger um den Hintern und versuchte meinerseits nur ganz wenig Platz einzunehmen, was bei mir verlorene Liebesmühe ist. Normalerweise vergesse ich, dass ich viel Platz brauche, aber wenn ich mich auf eine Bank setze, werde ich mir dessen immer wieder schmerzlich bewusst. Das Gefühl war an jenem Abend noch deutlicher als sonst. Mir war, als würde mein Gewicht allein auf den schief liegenden Holzschwellen lasten, ebenso als würde nur ich sie auf ihrem wackligen Fundament erschüttern, wenn ich die Position wechselte. Allerdings war die Alte auch nicht sehr üppig und vermutlich drückte sie die Bank nur mit halbem Hintern.

Wie es sich für zwei Reisende gehört, die sich nicht kennen, blickten wir geradeaus. Allerdings genügte das auch. Vor dem dunklen Hintergrund des Lure-Gebirges war da jenseits der hohen Bäume das ganze Hinterland von Forcalquier, das der Nacht entgegensah. Wenn im November solche Landschaften auf die

Nacht warten, müsste schon eine Katastrophe hereinbrechen, um die Leute daran zu hindern, in ihren Küchen bei Frau und Kind unter der Lampe Zuflucht zu suchen. Und Leute wie ich, die sich einen solchen Hafen des Friedens versagt haben, weil sie nicht unter den unvermeidlichen Trennungen leiden wollen, können nur im Schwindelerregenden noch Trost suchen: Beim Großen Bären, der seinen Wagen rückwärts auf den Höhen des Lure-Gebirges in Stellung bringt, beim Wind in den Platanen eines ausgestorbenen Bahnhofs, in der Gesellschaft einer Alten, die vermutlich eine Familie hat und die den so beruhigenden Duft einer Frau vom Lande verströmt. Aber warum nur widerstand sie dem Ruf des Zuhause, warum blieb sie auf dieser Bank sitzen? Wer war bei ihr daheim damit beschäftigt, die Suppe auf den Küchentisch zu stellen, unter die Lampe, die den Dampf von den Tellern einfangen würde?

Ein unwiderstehliches Bedürfnis, all dies zu erfahren, wollte mich gerade aus meiner höflichen Reserve locken, da vernahm ich von ihrer Seite die Worte:

»Kann ich einen Augenblick mit Ihnen sprechen?«

Sie hatte leise und schnell gesprochen. Aber es war kein Flüstern gewesen. Die Stimme war vielmehr klangvoll und trotz des Winds im Geäst vernahm ich jedes Wort ganz deutlich. Aber ich hatte das sonderbare Gefühl, ich sei der Einzige, der imstande war, sie zu hören: Wäre jetzt jemand genauso herangeschlendert, wie ich es getan hatte, bevor ich mich gesetzt hatte, er hätte, einen Blick auf seine Uhr werfend, die Worte der Alten nicht hören können. Zwischen ihrem blassen Mund und meinem Ohr war eine Schallbrücke, die nicht für andere galt. Hatte sie mir diese Frage überhaupt gestellt? Als ich mich ihr zuwandte, um ihr zu antworten, sah ich ihr Gesicht noch immer im Profil und ihre untätigen Hände hatten sich nicht von ihrem Korb gerührt.

Die Feierlichkeit einer Begegnung will man nie sofort einsehen. Der Fremde, egal, wer er ist, ist uns immer so unbequem, dass zunächst einmal die Verachtung stärker ist. Man ist auch von Panik ergriffen, wenn eine Unbekannte einen anspricht. Stets versucht man, das Ereignis zu verharmlosen, ihm die Wirkung zu nehmen, einfach weil man verschüchtert ist und vor dem kleinen Wunder, das da geschehen ist, im Grunde Angst hat. Solche Dinge habe ich im Laufe des Lebens kapiert und im Laufe ebendieses Lebens ist mir klar geworden, wie in einer x-beliebigen Begegnung das erste Wort letztendlich wundersam ist.

Also antwortete ich mit der Intonation, der Höflichkeit, der freundlichen Ironie, die mir, wie ich es gerade angedeutet habe, die Angst zu nehmen vermochten. Ich antwortete:

»Sie können.« Und um ihr so weit wie möglich über die Befangenheit hinwegzuhelfen, fügte ich hinzu: »Offenbar mögen Sie Bänke auf Bahnhöfen?«

»Ich mag *diese* Bank auf *diesem* Bahnhof«, betonte sie.

Dann legte sie eine Pause ein, weil wir von einem ganzen Schwarm von dürren Blättern überfallen wurden. Einen Moment waren unsere beiden Gestalten wie eingehüllt, während die Platanen am Bahnsteig sich alle in die gleiche Richtung neigten. Alles, was sie mir danach mit sonderbar gepresster Stimme sagte, ohne je diese merkwürdige Reglosigkeit aufzugeben, sagte sie dem Rauschen des Windes zum Trotz, gegen den Ansturm des Laubs, das so metallisch raschelte, als sei ein Gefecht unsichtbarer Degen im Gange.

»Ich war«, sprach sie, »ein Mädchen aus der Gegend, eines von vielen und nichts Besonderes. Meine Eltern hatten einen so kleinen und so armseligen Bauernhof, dass mein Vater sich als Hilfsarbeiter im Bergwerk von Bois-d'Asson verdingt hatte, bei den Sortierern. Ich hab ihm mittags immer das Essen gebracht, weil meine Mutter Wert darauf legte, dass er warm isst. Jeden Tag nahm ich mit meinem Körbchen den schmalen Weg mit den vielen Brennnesseln, der auf der Seite des Flügelsignals den Schienen entlangführt, und im Vorbeigehen sah ich die Rangierleute und die haben mich natürlich auch gesehen und haben mich gegrüßt. Aber vor allem – meistens – redeten sie untereinander und lachten und zeigten auf mich, während ich da auf Zehenspitzen entlangmarschierte, um die Brennnesseln zu meiden. Denken Sie mal: Ich war sechzehn! Schon lange dachte ich an die Männer. Und schon seit einiger Zeit sah mich meine Mutter schief an, wenn sie ihr Brot in die Suppe tunkte. Eines Abends, sie räumte gerade den Tisch ab, hat sie plötzlich auf mich gedeutet und zu meinem Vater gesagt:

›Die da, die ist ein echtes Dummerchen. Wir müssen sie unter die Haube bringen, sonst schleppt sie uns eines Tages noch ein Kind an, von dem sie nicht einmal weiß, wer es ihr angedreht hat, und wir, wir wissen nicht, womit wir es großziehen sollen.‹

›So? Glaubst du?‹

Da schaut er mich an. Und meine drei Brüder schauen mich an, als ob ich das Problemkind schon im Bauch hätte und als wollten sie mich gleich in diesen Bauch treten, damit ich es wieder loswerde, bevor es überhaupt das Licht der Welt erblickt. So war das bei uns mit der Liebe: Wir waren drei zu viel. Sie haben nicht gewusst, die Eltern, wie man es anstellen soll, um zu verhindern, dass wir zur Welt kommen. Noch eins mehr, davor hatten sie schon immer Angst.

›Du könntest ja mal deinen Hintern bewegen und schaun, ob du ihr einen findest‹, sagte meine Mutter. ›Kennst du niemand?‹

Daraufhin klappt mein Vater gemächlich sein Taschenmesser zusammen und steckt es ein.

›Na ja‹, sagt er, ›ich tät schon einen kennen, aber der ist fast genauso einfältig wie sie. Er erzählt mir dauernd von ihr. Wenn er ihren Namen ausspricht, wird er so rot wie das Bahnsignal.‹

Madeleine hab ich damals geheißen«, fügte die Alte hinzu und sprach weiter.

»›Na dann los!‹, sagte meine Mutter. ›Sprich mit ihm und vor allem sag ihm, dass wir nix haben und dass es auf sein Risiko geht. Was macht er denn, der Stenz? Arbeitet er im Bergwerk?‹

›Nein, er ist bei den Rangierern, bei der Eisenbahn. Ich glaub er ist Vorarbeiter.‹

Und so wurde ich mit sechzehn verheiratet, einfach so, ohne Sinn und Verstand. Der lange Chiousse war achtundzwanzig Jahre alt. Er hatte noch nie eine Frau angerührt, das hat er mir zumindest am ersten Abend gesagt und ich habe auch von vornherein keinen Grund gehabt, daran zu zweifeln. Meiner Mutter habe ich gesagt:

›Er ist achtundzwanzig und ich sechzehn, glaubst du, das kann gut gehen?‹

›Achtundzwanzig, fünfzig oder zwanzig, das ist ganz egal. Weißt du, die Männer ... Ob es der eine ist oder der andere ... Am Ende ist es sowieso immer das Gleiche. Du wirst schon sehen: Du hast schnell die Nase voll.‹

Glauben Sie, dass man sich bei solchen Worten irgendetwas erhoffen kann? Glauben Sie, dass es richtig war, mich mit der Auskunft zufrieden zu geben? Was meinen Sie, Sie leben doch in diesem Jahrhundert?«

Vielleicht hätte ich tatsächlich eine Meinung gehabt und vielleicht hätte ich sie ihr sogar mitgeteilt, wenn sie noch jene sechzehnjährige Madeleine gewesen wäre, die sie eben erwähnt hatte. Aber was soll man einer Blume sagen, wenn nichts mehr von ihr übrig ist, nicht einmal ihre welken Blütenblätter? Was soll man sagen, wenn das grüne Gras längst zu Heu geworden ist? Ich betrachtete ihr Gerippe, das sogar durch die vielen Unterröcke hervorstach und ich schielte auf meinen dicken Bauch herab. Weder sie noch ich hatten noch irgendeine Meinung zu äußern über jene Fragen, die die Welt so sehr beschäftigen.

Und im Übrigen erwartete sie von mir auch keine Antwort, sie erhoffte sich keine Lösung, die ihr ohnehin nicht weitergeholfen hätte. Hastig, als wäre ihre Zeit knapp bemessen, fuhr sie mit ihrer eintönigen Stimme fort:

»Dieser Chiousse hatte große Plattfüße und einen ebenso platten Verstand. Nach zwei Nächten wusste ich alles, was er wusste, und seine Phantasie war bereits zu Ende. Zumal meine Mutter mir geraten hatte, laut zu schreien, was ich auch getan habe und seitdem regte sich mein Chiousse nicht mehr und verbrachte den Rest der Nacht in Habachtstellung am oberen Ende vom Bett. Und am Tag war er zufrieden, wenn er gegessen hatte und sagte:

›Siehst du, Kleine, wenn man ein Dach über dem Kopf hat, wo's nicht reinregnet, und jeden Abend eine warme Suppe im Bauch, dann muss man schon dankbar sein. Alles andere ist überflüssiger Luxus.‹

›Und die Kleider?‹, fragte ich. ›Denkst du auch manchmal an die Kleider? Ich trage seit drei Jahren dasselbe Kleid. Es dauert nicht mehr lange und es ist durchsichtig, so abgetragen ist es.‹

Er befühlte es, dieses Kleid und sagte:

›Ach was! Es ist noch wie neu, dieses Kleid! Was hast du denn daran auszusetzen? Lass es färben, dann sieht es anders aus.‹

Ich hatte tatsächlich nur sein Dach, um darunter Schutz zu finden. Meine Mutter wohnte ganz in der Nähe und wenn ich sie besuchte, brauchte ich sie nur anzusehen, dann wusste ich, dass sie mich gleich zum Teufel geschickt hätte, wenn ich mich beklagt hätte. Es stand ihr ins Gesicht geschrieben. Sie wissen schon: ›Komm ja nicht auf die Idee, mich um fünf Franc anzubetteln, ich hab sie nicht!‹ Mit ihr war der Austausch eher so: ›Geht's dir gut? Ich küss dich nicht, weil ich einen fürchterlichen Schnupfen habe.

Na, wo du doch grad schon da bist, meine Liebe, hilf mir doch diesen Korb Wäsche zur Leine zu tragen!‹ Wer wäre schon auf die Idee gekommen, mir, dem mageren Gestell, die Hand auf die Schulter zu legen und mir zu sagen, dass ich Mitleid verdiene?«

Ich hörte diesem Klagelied nicht sehr aufmerksam zu, sagte Laviolette. Andere zu bemitleiden ist noch nie meine Stärke gewesen, ich bin nicht gut im Trösten – aber ich beobachtete, dass die Hände der Alten sich nicht rührten, dass sie mir ihr Gesicht, während sie mit dieser seltsamen Stimme zu mir sprach, nicht zuwandte. Immerhin, ich hörte zu.

»Hier saß ich, hier auf dieser Bank, als ich ihn zum ersten Mal sah und hier versuche ich, ihn mir immer wieder vorzustellen. Ich möchte mir endlich darüber klar werden, ob ich ihn denn wirklich so sehr liebte. Es war ungefähr zu dieser Stunde, es war ungefähr zu dieser Jahreszeit. Aber es wehte kein Wind. Stattdessen grummelte über dem Lure-Gebirge, von Lardiers bis Cruis, ein Gewitter und die Nacht brach doppelt so schnell wie sonst herein. Das erkläre ich Ihnen, weil ich Ihnen damit sagen will, dass ich seine Laterne gesehen habe, lange bevor ich ihn selbst sah. Er schwenkte sie, diese Laterne. Es war gerade ein Güterzug vorbeigefahren, beladen mit Steinen. Große, schwere Güterwagen. Mein Mann sagte, man müsse sehr vorsichtig sein, wenn man sie ankuppelt, sie seien viel, viel tückischer als die anderen, wegen der Drehgestelle, erklärte er.«

Und als sie diese Worte aussprach, wandte sich die Alte erstmals ganz langsam und mit dem ganzen Körper zu mir: Der Oberkörper, der Schließkorb, sogar die Füße hatten sich bewegt, aber ihre inbrünstige Aufmerksamkeit galt nicht mir. Der Blick glitt über meine massige Gestalt hinweg, suchte weit hinter mir, dort, wo nichts und niemand war, einen fernen Punkt, weit jenseits von allem, was sichtbar war.

»Und dann habe ich ihn gesehen, wie er aus dem Schatten trat. Ihn. Wie soll ich Ihnen das erklären?«

Mir schien, fügte Laviolette hinzu, dass sie die Hände zusammenschlug, als sie dieses »Ihn« aussprach, wie man es vermutlich tut angesichts eines unverhofft Eintretenden, einer Erscheinung, auf die man lange gewartet hat, ohne daran zu glauben.

»Aber bevor ich ihn gesehen habe, das muss ich Ihnen sagen,

Monsieur, habe ich zunächst seine Laterne gesehen! Wo ich nun schon dabei bin, erlauben Sie, dass ich ein wenig aushole, was diese Laterne betrifft? Es war eine Signallaterne mit einem roten Glas auf der einen Seite und einem grünen auf der anderen. Dadurch wurde ein Mann gespart. Um der Lokomotive zu signalisieren, entweder dass das Gleis frei war oder dass es nicht frei war, brauchte man die Laterne nur umzudrehen. Die Idee stammte vom Sohn eines hohen Tiers bei der Eisenbahn, also hat es keine drei Monate gedauert, dann gab es zwei oder drei von der Sorte in jedem Bahnhof. Diese Laterne nannte man die 135, weil es davor hundertvierunddreißig andere Modelle gegeben hatte. Bis dahin hatte man zwei gebraucht, zwei Laternen: Eine rote und eine grüne, damit man einen Augenblick nachdenken konnte, wenn man sie wechseln musste. Und noch früher war ein Mann pro Laterne zuständig gewesen, wegen der Sicherheit.«

Aber während sie sprach, sagte Laviolette, muss wohl der Schatten dieser Signallaterne an uns vorbeigezogen sein, denn die Alte, die ihre Aufmerksamkeit so leidenschaftlich dem Ende des Bahnhsteigs zuwandte, drehte sich buchstäblich um ihre eigene Achse, ganz langsam, vermutlich im Tempo der Vision, die sich vor ihr abspielte. Zum Schluss drehte sie mir regelrecht den Rücken zu und sagte:

»Diese Laterne habe ich von dort hinten, von Gleis eins, Richtung Volx, kommen sehen. Und dann habe ich allmählich auch den Mann gesehen, der diese Laterne trug. Und dann, je mehr er aus dem Schatten trat, je mehr ich mich an ihm sattsehen konnte, desto mehr habe ich mich in ihn verliebt, ich bin buchstäblich vor ihm zerflossen; wenn ich mich getraut hätte, wenn ich gekonnt hätte, ich hätte die Hände vor ihm gefaltet. O mein Gott! Wenn Sie seinen Schnurrbart gesehen hätten, es wäre Ihnen nicht anders ergangen: Sie hätten ihn angebetet.«

Man glaubt immer, sagte Laviolette, dass Leichtsinn die Eigenschaft der Jugend sei. Das liegt daran, dass der Neunzigjährige, der einem seine Geschichte erzählt, es so tut, als sei es die Geschichte eines anderen. In Wirklichkeit aber hat sich nur sein Aussehen verändert. In seinem Innern ist er nach wie vor der anmaßende Halbwüchsige, dem es an Urteilsfähigkeit mangelt, nur dass er ihn eben als jemanden beschreibt, der ihm völlig fremd ist. Die Frau, die da zu mir sprach, war noch immer oberflächlich, leichtsinnig und frivol, auch wenn das Leben ihr heftig zugesetzt hatte; sie war versteinert, reglos, wie von der Hölle erschlagen, aber nichtsdestotrotz blieb sie flatterhaft wie ein Schmetterling. In diesem Augenblick sagte sie:

»Wenn man liebt, ist man anziehend. Und der da, der ebenfalls Rangierer war, das war ein Spanier, er hieß Manuel und so viel brauchte er gar nicht, um sich angezogen zu fühlen. Vor allem war ich ja gerade erst sechzehn, mein Bauch war damals so flach wie mein Hintern gewölbt. Und jedes Mal – hören Sie? Jedes Mal! – wenn dieser Manuel an mir vorbeiging, überkam mich zwischen den Rippen und dem Bauchnabel jenes Gefühl von Leere, das man empfindet, wenn man auf einer Schaukel sitzt und ganz oben angekommen ist, in der Sekunde bevor man wieder nach unten saust. Drück ich mich verständlich aus? Eines Abends, ich erinnere mich, hatte ich gerade einen Korb Wäsche zum Waschhaus dort drüben an der Serve gebracht. Das gibt es immer noch, aber das Becken ist mit Brennnesseln zugewachsen. Damals haben wir uns das Waschhaus geteilt mit den Mädchen der Bergwerkssiedlung, einen Tag wir, einen Tag sie. Da war also ich an der Reihe und ich hatte diesen Korb soeben ausgekippt, um die Wäsche zum Einweichen ins Wasser zu legen und da drehe ich mich um und sehe ihn. Dabei war ich im Schatten. Dieses Waschhaus ist eine wahre Gruft. Im Grunde habe ich mein ganzes Leben im Schatten verbracht. Er war plötzlich die kleine Böschung heruntergesprungen. Wahrscheinlich hatte er mir hinten im Gewölbe aufgelauert. Und ich, ich hatte schon beim Anblick seines Schnurrbarts Lust, ihm den Hosengürtel zu öffnen, ich war plötzlich ganz kraftlos zwischen den Schenkeln – ach! das können Sie nicht verstehen, Sie sind ja nur ein Mann! –, ein Gefühl, wie wenn man einen Krampf im Arm hat, weil man sich zu lange darauf gestützt hat. Und dann sagt er mir:

›Da! Nimm das!‹

Und da sehe ich, dass er ein Päckchen in der Hand hat, hübsch eingewickelt in schönes weißes Papier; er wirft es mir zu, und um zu verhindern, dass es auf den Boden fällt, strecke ich ganz automatisch die Hände aus, aber gleichzeitig antworte ich:

›Sagen Sie mal! Sie haben sie wohl nicht alle? Was ist denn in Sie gefahren? Und was soll das, dieses Päckchen?‹

›Es ist ein Kleid‹, antwortet er mir. ›Ich habe ein paar Überstunden gemacht im Bergwerk, um es dir zu kaufen. Ich hab's auf dem Jahrmarkt in Manosque erstanden. Vielleicht ist es ein bisschen weit, aber so sehe ich Sie halt.‹

Ja, zuerst hat er zu mir ›du‹ gesagt und danach ›Sie‹. Mir war klar, dass ich ihm den Kopf verdreht hatte. Für mich, die kleine Wäscherin mit den schrundigen Händen, war er, der letzte Hilfsarbeiter im Verschiebebahnhof, der Märchenprinz, von dem so oft geredet wird.

›Das haben Sie ja fein gemacht!‹, hab ich ihm gesagt. ›Bei all den Tratschweibern, die Sie vermutlich gesehen haben, wie Sie ins Waschhaus gesprungen sind, bin ich jetzt ganz schön angeschwärzt! Wofür werden die mich denn halten?‹

Wenn man über solche Dinge auch noch zu reden anfängt, dann steckt man schon drin im Schlamassel. Und ich, ich steckte bei jedem Wort noch etwas tiefer drin. Trotzdem halte ich ihm das Päckchen hin, ziemlich herrisch.

›Nehmen Sie das zurück!‹, sag ich ihm. ›Ich brauch kein Kleid und ich bin ein anständiges Mädchen.‹

›Wer verlangt von Ihnen das Gegenteil?‹

›Sie mit Ihrem verdammten Kleid! Wer hat Ihnen überhaupt gesagt, dass ich nur eines besitze?‹

›Chiousse! Er hat uns die Geschichte erzählt, beim Rangieren! Er hat uns erzählt, dass er Ihnen gesagt hat, Sie sollen es färben lassen.‹

Seitdem er mich nicht mehr ganz so einfach rumzukriegen fand, sagte er zu mir nun endgültig ›Sie‹.

›Ja und?‹, sag ich ihm dann. ›Wie glauben Sie, wie soll ich dieses Kleid in seiner Gegenwart tragen? Glauben Sie denn, dass er es nicht merkt?‹

›Er wird glauben, dass Sie es zum Färben gebracht haben. Er weiß ja nicht einmal, was Sie jetzt für ein Kleid tragen! Er schaut Sie sowieso nie an.‹

›Nun gut‹, sag ich, ›ich will ja gern zugeben, dass meine Ehe kein Traum ist, aber meinen Mann betrügen, das schlagen Sie sich gefälligst aus dem Kopf.‹

›Und wenn Sie Witwe wären?‹, fragt er mich.

›Oh! Keine Gefahr! Paulin ist stark wie ein Tier und mit einer bösartigen Magenverstimmung brauchen Sie auch nicht zu rechnen, bei dem, was der isst und trinkt! Damit könnte man kaum eine Amsel satt kriegen! Er gönnt sich nichts. Er spart, um ein Haus zu bauen. Deshalb habe ich nur ein Kleid. Bei seiner Konstitution wird er hundert Jahre alt. Darauf können Sie Gift nehmen!‹

Ich glaube, als ich das sagte, habe ich geseufzt und dieser Seufzer war genau so, nicht lauter und nicht tiefer, wie der, den ich jetzt von mir gebe, wie alle Seufzer, die ich bis in alle Ewigkeit von mir geben werde. Wahrscheinlich war es dieser Seufzer, der mein Schicksal besiegelte.

Wir standen einander gegenüber wie zwei Verzückte, zwei Einfaltspinsel, zwei Gipsfiguren und schauten uns in die Augen. Denn, das muss ich Ihnen sagen, Monsieur: Damals, wenn eine verheiratete Frau und ein spanischer Hilfsarbeiter gerade anfingen, sich gegenseitig zu gefallen, kam es nicht in Frage, dass sie sich küssen, nicht einmal in der hintersten Ecke eines düsteren Waschhauses.

›Wenn ich eines Tages komme und Ihnen sage‹, und er sprach so leise, dass ich seine Worte hinter dem atemberaubenden Schnurrbart kaum erahnen konnte, ›wenn ich Ihnen sage: Er ist tot! – nehmen Sie mich dann?‹

›Sie haben wohl nicht alle Tassen im Schrank? Und unter welchem Dach soll ich dann leben, hm?‹

›Unter meinem‹, rief er. ›Auch ich bin fähig, ein Haus zu bauen.‹

Soviel auf einmal war mir im Leben noch nicht passiert! Da hab ich ihm gesagt: ›Lassen Sie mich vorbei!‹ Und ich bin davongelaufen mit meinem Waschkorb unterm Arm. Aber dann, unterwegs zwischen dem Waschhaus und dem Haus vom Bergwerk, das Chiousse gemietet hatte, da wusste ich nicht mehr, wo mir der Kopf steht vor Glück. Wenn es jemand gegeben hätte, dem ich es hätte anvertrauen können, ich wäre losgerannt: ›Du ahnst nicht, was mir gerade passiert ist!‹, hätte ich gesagt. Was mir passiert war, das war die Liebe! Ich wagte es kaum, an das Wort zu denken. Auch wenn der Abend so düster war wie heute, für mich strahlte er wie der Himmel im Sommer. Das Glück, Monsieur! Zum ersten Mal in meinem Leben fühlte ich mich glücklich!

Es vergingen ... sagen wir sechs Monate, aber ansonsten erinnere ich mich, als wäre es gestern gewesen. Es war eine Nacht, wie sie hierzulande nur selten vorkommt. Der kleine Fluss, der zweihundert Meter entfernt vom Haus vorbeifloss, führte ungeheuer viel Wasser und das mit dem Dauergeräusch von einem Balken, der in der Mitte durchbricht. Ein Getöse, das man höchstens viermal in einem Jahrhundert zu hören bekommt. Einen Höllenradau machte der Fluss. Einen Lärm, den ich nicht mehr aus dem Ohr kriege seitdem, damals aber pfiff gleichzeitig ein Wind so heftig wie der Mistral, obwohl er von Osten kam. Er peitschte sämtliche Bäume, die Espen, das Weidengebüsch. Auch dieser Wind weht so gut wie nie. *Cisampe* nennt man den bei uns. Und da regnete es auch noch an diesem Abend und wegen diesem Wind klatschte der Regen gegen die Mauern. Ich war rausgegangen, um einen Eimer Kohle unter das Vordach zu zerren und da hat es mich angepeitscht, ich war nass von Kopf bis Fuß. Die Gartentür wollte gar nicht wieder zugehen, zweimal musste ich mich dagegen stemmen. Und draußen, unter der Straßenlaterne an der Kreuzung von Saint-Maime, sah man den wabernden Nebel, den die Nacht ausspuckte.

Unser Haus ging nach Norden, wie alle Arme-Leute-Häuser. Von der Türschwelle aus hätte ich eigentlich die Lichter von Forcalquier sehen müssen, wenn das Wetter normal gewesen wäre, oder zumindest die von Mane, schlimmstenfalls die von Dauphin auf dem Hügel, der nicht einmal einen Kilometer entfernt liegt. Nein. Nichts. Alles absolut finster. Ich ging fröstelnd ins Haus zurück. Es war eine Nacht, wie soll ich Ihnen das beschreiben? Ja doch, den Ausdruck hab ich seitdem gelernt: eine Nacht, die die Verzweiflung der Welt hinausbrüllte.

Ich fühlte mich zwar nicht sehr wohl in meiner Haut, aber das berührte meinen Seelenfrieden nicht. Fast hätte ich mir bei diesem Unwetter das Motto von Chiousse zu Eigen gemacht: ›Wenn man ein Dach über dem Kopf hat und eine warme Suppe im Bauch!‹

Nun war er an diesem Abend ganz fröhlich und vor sich hinpfeifend zur Arbeit gegangen. Er hatte gerade seine kleine Buchführung gemacht und zusammengezählt, was er an Rücklagen hatte. Er hatte sogar die paar Louisdor hervorgeholt, die ihm seine Großmutter hinterlassen hatte.

›Beinah schon geritzt! Die Sache läuft!‹, hatte er gesagt. ›Mit dem neuen Gesetz zur Eigenheimförderung kann ich nächstes Jahr bauen!‹

Er machte Schichtarbeit in jener Woche, der Chiousse. Er war um vier zum Dienst gegangen und ich erwartete ihn gegen Mitternacht, um ihm seine Suppe zu servieren. Damals gab es jede Nacht gegen elf einen Rangiervorgang für den Gütereilverkehr. Das fiel zusammen mit dem Personenzug Digne–Apt, der hier immer die restlichen Postsäcke für Forcalquier zurückließ. Es war der einzige Moment am Tag, wo sie beim Rangieren ein wenig überfordert waren – sie waren zu viert – und wo der Bahnhofsvorsteher ein wenig mehr als sonst mithelfen musste. Ich erzähle Ihnen das alles so genau, Monsieur, damit Sie die Geschichte auch richtig verstehen. Deshalb auch der Fluss und deshalb auch das Wetter.

Bauen! dachte ich. Ich war ruhig, ich war hochzufrieden. Das, was mich zwischen den Schenkeln sonst so heftig plagte, das spielte fast keine Rolle mehr. Ich war, glaube ich, nicht mehr weit entfernt von einem heiteren Sichdreinfinden. Ich dachte mir: Was soll's? Vergiss es einfach. Eines Tages bist du alt, dann interessiert es dich sowieso nicht mehr. Ein Dach über dem Kopf, eine warme Suppe, ein gemütlicher Ofen. Bei dem ganzen Elend in der Welt, überall um dich herum, was willst du mehr? Du hast dann ein eigenes Haus. Was willst du mehr?

Ich erinnere mich, o doch, ich erinnere mich sehr genau. Man hat es mir oft genug wiederholt. Gerade hatte das Pfeifen des Personenzugs den Sturm übertönt. Egal, wie stark der Sturm war, der Zug pfiff immer noch lauter. Er pfiff, wenn er aus dem Durchbruch kam, direkt nach dem Tunnel von Roche-Amère. Wenn Chiousse zu Hause war, war er immer stolz darauf, dass er den Dienst habenden Lokomotivführer an der Art und Weise erkannte, wie er den Dampf rausließ. ›Heute ist der Marcel Isnard im Führerstand!‹ Er lachte: ›Sicher hat er sich wieder mit seiner Lucienne gestritten. Normalerweise pfeift er nicht so lange.‹ Na ja, oder so ähnlich halt . . .

Es vergingen gut fünf Minuten. Ich saß ganz friedlich da mit meiner Stopfkugel und flickte ein paar ziemlich durchgelaufene Socken. Dafür war ich bekannt. Sogar meine Mutter, die nicht gerade ausgiebig lobte, machte mir Komplimente. Und da hörte ich, fünf Minuten später vielleicht, den Personenzug zum zweiten Mal pfeifen. Das war ein Notsignal. Ein Pfeifen wie ein Hilfeschrei. Ein Pfeifen – wie soll ich es beschreiben, dass Sie es auch richtig verstehen? –, ein Pfeifen der Verblüffung, jawohl!

Nie pfiff der Personenzug mehr als einmal. Er tat es, wenn er aus dem Tunnel kam, um die Bergleute zu warnen, die mit dem Fahrrad das Gleis überquerten, um zur Schicht einzurücken.

Bei diesem Pfeifen bin ich sofort aufgefahren, ich stand da wie gebannt mit meinen Socken, meiner Stopfkugel, meinem Wollfaden zwischen den Lippen, den ich gerade ins Nadelöhr einfädeln wollte. Und gleich danach habe ich die Bremsklötze auf den Rädern gehört und zwar lange, lange, das war noch schriller als das Pfeifen, und auch dieses Geräusch übertönte den Sturm. Und dann nichts mehr. Nur noch der Lärm des Flusses, das Gejaule des Winds in den Stromleitungen. Und dann war ein Gewitter im Anzug, leise noch, dort drüben, unter dem Lure-Gebirge, vom Laye-Tälchen her.

Langsam, ganz langsam habe ich mich wieder auf meinen Stuhl gesetzt, den Oberkörper steif aufgerichtet, noch immer hatte ich den Wollfaden zwischen den Lippen und da bin ich wohl, ich weiß nicht wie lange, sitzen geblieben und habe den Atem angehalten . . .

Diese Dinge erzähle ich Ihnen sehr ausführlich, weil ich es mir bis in alle Ewigkeit immer wieder erzähle, jede Einzelheit und wenn ich fertig bin, fange ich von vorne an, wie die Litanei der Nonnen im Paulanerinnen-Kloster, wenn sie sich die ganze Nacht über auf die Brust klopfen.

Ich sitze also da. Die Suppe steht auf dem Herd, ich hab sie so weit wie möglich von der Feuerstelle weggestellt, damit sie nicht so dick wird. Fast, ja fast war ich glücklich, einfach weil ich in Sicherheit war, vor den Sturmböen geschützt, die immer noch zwischen den Espen an der Largue und den Weiden der Laye tobten.

Und in diesem Moment, Monsieur, habe ich mein Westminster-Ührchen läuten hören, diese Uhr war mein einziger Luxus. Ich wartete auf die vier Musiktöne und dann die zwölf Schläge von Mitternacht. Das war der Moment, wo Chiousse normalerweise, wenn er diese Schicht hatte, vor der Tür das Vorderrad seines Fahrrads anhob und eintrat, das Rad auf der Schulter, um es dann sorgfältig zwischen Wand und Herd unterzustellen. Das Ührchen wie gesagt läutet: Zweimal nur, statt viermal, wie ich es erwartet habe und gleich danach, wohltönend, zwei Schläge statt zwölf. Ich schau auf: Halb eins! Noch nie, kein einziges Mal, seit wir verheiratet waren, hatte sich der Chiousse nach der Arbeit verspätet und sei es nur um eine Minute. Er war ein solider Mensch, der weder rauchte noch trank, und zwischen dem Stellwerk und unserem Haus lagen nur sechshundert Meter.

Von da an habe ich dann gewartet, habe nichts mehr getan; mit fest zusammengepressten Beinen, die Füße auf der Verstrebung, saß ich auf meinem Stuhl, die Lippen trocken und ebenfalls zusammengepresst, denn den Wollfaden hatte ich noch immer nicht in die Nadel eingefädelt. Ich saß einfach nur da und wartete; zwischen mir und dem Rest der Welt grub der heulende Sturm einen immer tieferen Jammergraben. Und ich war eine Arbeiterfrau, die auf die böse Nachricht wartet. Mein Leben hatte sich zwischen Bergwerk und Eisenbahn abgespielt und solche Geschichten vom Warten hatte ich unzählige gehört seit meiner Kindheit, bei der Bäckerin oder beim Lebensmittelhändler, immer waren es Frauen mit hohlen Wangen, die sie erzählten und ich wusste, worum es ging. Meistens lösten sie sich übrigens in Wohlgefallen auf: ›Wie dumm, dass ich mir solche Sorgen gemacht habe! Er hat eben nur mal bei Spinelli Halt gemacht und ihm geholfen, das Holz reinzubringen!‹ Manchmal aber gab es kein gutes Ende und dann traf man die Witwe beim Lebensmittelhändler. Und monatelang, manchmal jahrelang sprach man nur noch mit verhaltener Stimme zu ihr, um an ihrem Unglück Anteil zu nehmen. So war das! Und jetzt war ich dran mit dem Warten.

Das Westminster-Ührchen hatte sein volles Geläut von sich gegeben und ein Uhr geschlagen, als sie kamen. Ich hätte sie unter allen Umständen kommen hören, denn ich wünschte es gewissermaßen herbei. Auch wenn die Largue noch so donnerte und die Weiden pfeifend das Wasser der Laye peitschten, ich hatte sie gehört, als sie noch mindestens zwanzig Meter vom Haus entfernt waren. Allerdings kamen sie ziemlich schlurfend. Chiousse hatte – aus schierer Eitelkeit – zehn Meter Kiesel auf den Weg gestreut, fein säuberlich ausgebreitet vor dem Gemüsegarten, damit es aussieht wie in einem Park. Er hatte behauptet: ›Damit man uns den Dreck nicht ins Haus trägt‹, aber ich wusste wohl, dass es einfach nur hübsch aussehen sollte.

Sie haben an die Tür geklopft, oh! ganz leise nur. Schüchtern fast. Das Klopfen hatte nichts gemein mit den schweren Schritten auf dem Kiesweg. Die Männer hatten sich gedrückt vor der Pflicht des Anklopfens. Und derjenige, der sich endlich dazu überwunden hatte, tat es ungern, in der Hoffnung, ich würde es nicht hören. Ich bin zur Tür gesprungen und hab sie weit geöffnet.

Sie waren zu dritt: Der Bahnhofsvorsteher, der seine Jacke zugeknöpft hatte, und zwei Männer von der Schicht, und alle drei hatten ihre Mützen abgenommen, als stünden sie vor einem Denkmal. Das Denkmal, das war ich, mit meinen knapp siebzehn Jahren und den dreiundfünfzig Kilo. Ich seh sie noch, ich werde sie nie vergessen und ich sehe alles andere auch, denn, Monsieur, da, wo wir, Sie und ich, inzwischen angekommen sind, laufen die Bilder nicht vor uns ab wie im Kino. Wir haben den grausamen Vorzug, die Taten unseres Lebens allesamt und gleichzeitig vor uns zu sehen. So dass die Zeit gar nicht mehr fortzuschreiten braucht. Sie bleibt reglos vor uns stehen. In Ewigkeit. Eine Minute ist die andere wert, alles einerlei.

Der Vorsteher sagt mir:

›Madeleine, jetzt müssen Sie sehr tapfer sein!‹

›Der Chiousse hat einen Unfall gehabt‹, sagt der eine von der Mannschaft.

Und der Lampenwärter fügt hinzu:

›Er ist tot!‹

Sie hatten sich wohl den Text aufgeteilt.

Wissen Sie, Monsieur, was sich im Herzen einer Frau abspielt, wenn Bestürzung, Mitleid, Entsetzen, Kummer und zugleich Liebe und Hoffnung aufeinander prallen? Ich hatte das Gefühl, dass meine Eingeweide vor meinen Füßen lagen, dass diese drei Männer ohne Mützen mich meiner Gedärme entledigt sahen – schlimmer, als wenn sie mich unter meinem Kleid nackt gesehen hätten.

Dann taucht meine Mutter auf. Offenbar war jemand zu ihr geschickt worden, um sie zu benachrichtigen. Sobald Leute in Sicht waren, kehrte meine Mutter die pflichtbewusste Frau an die Oberfläche. Sie kam mit der Essigflasche in der Hand, um mir damit die Stirn einzureiben, falls ich Anstalten machte, in Ohnmacht zu fallen. Aber ich fiel nicht in Ohnmacht. In meinem tiefsten Innern dachte ich nur: Manuel! Sobald die schreckliche Nachricht über die Lippen des Arbeiters gekommen war, hatte ich gedacht: Manuel! Oh! Glauben Sie nicht, dass mich das daran hinderte, verzweifelt zu sein. Ich war auf einem Stuhl zusammengebrochen und schrie und heulte wie eine Verdammte. Und ich zerbiss mein

Taschentuch und sah niemanden um mich herum. Aber Gott hat uns eben nicht beigebracht, wie man in den schlimmsten Augenblicken des Kummers die Hoffnung zum Schweigen bringt. Ich dachte: Manuel! Und doch war mein Herz leer, und doch vergoss ich Tränen der Trauer und des Mitleids für meinen armen Mann. Aber da war nichts zu machen, die Verzweiflung überflutete mich und gleichzeitig dachte ich mit aller Kraft: Manuel! Und hauptsächlich deshalb bin ich heute hier, Monsieur.

Der Vorsteher, meine Mutter, die beiden Arbeiter, sie haben zugesehen, wie ich auf die Beine kam, schwankend wie ein Baum nach dem letzten Axthieb. Sie hatten schon die Arme vorgestreckt, um mich am Fallen zu hindern. Meine Mutter hatte den Wattebausch mit Essig schon vorbereitet. Der stechende Geruch war in der Luft.

Da hab ich dann das einzig Schickliche getan, was es zu tun gab: Ich bin zum Eingang gestürzt und hab geschrien, dass ich ihn sehen will. Zwischen der Tür und dem Fliegengitter haben sie mich eingeholt.

›Nein, Madame, nein, das geht nicht!‹, rief der Vorsteher.

Sie haben mich zu meinem Stuhl zurückgezerrt. Sie haben mich gezwungen, einen großen Schluck Karmelitergeist zu trinken. Und dann haben sie mir die Sache erzählt.

Mein armer Chiousse war Opfer seiner Gutmütigkeit geworden, wie immer. Es gab einen Pendelzug, der Schotterladungen anlieferte für die Aufschüttung des PK 14, der immer abrutschte. Als dieser Zug pfiff, hatte Chiousse seinen Kameraden gesagt: ›Bleibt da, ich geh schon!‹, weil die gerade einen Imbiss nahmen, was er nie machte während der Arbeitszeit.

›Ach!‹, hat mir der Vorsteher gesagt. ›Das war nur eine Kleinigkeit! Es ging lediglich darum, zwei Schüttgutwagen anzuhängen. Dafür genügte ein Mann und der Lokführer. Nur ... Sie wissen ja, dass es davor Schusterbuben regnete und dass da Nebelschwaden herumgeisterten, von denen keiner wusste, woher sie kamen, und da hatte man schnell die Orientierung verloren. Und der Chiousse, na ja, was ist da wohl passiert? Er hatte die Laterne ganz nach Vorschrift am Gleis stehen lassen, die rote Seite zur Lok hin und der Lokführer hat sie auch gesehen, trotz Wetter. Und plötzlich hat er gesehen – zumindest behauptet er, dass er es gesehen hat –, wie Chiousse am Gleis entlang zurückläuft und die Laterne schwenkt, mit der grünen Seite nach vorn ... Das hieß also, dass der andere nicht mehr in der Kupplung war und dass er, der Lokführer, also schieben konnte. Na ja, das sagt er halt ... Das hat er gesagt, aber jetzt ist er auch nicht mehr so sicher. Er steht noch immer dort, mit weichen Knien. Denn inzwischen hat er wohl einen Viertelliter Schnaps intus, denn wir hatten alle Mühe, ihn daran zu hindern, sich vor den Personenzug zu werfen, der ungefähr mit einer halben Stunde Verspätung abgefahren ist. Im Übrigen war es der Lokführer vom Personenzug, der Alarm geschlagen hat. Der ist knapp drei Minuten, nachdem das Gleis wieder freigegeben war, eingefahren und da hat er einen Mann zwischen den Schienen und dem Bahnsteig liegen sehen. In dem Moment fingen die Kameraden von der Schicht eben an, sich ein paar Sorgen zu machen, weil der Lokführer des Schottertransports in die Baracke gekommen war und sich wunderte, dass Chiousse nicht schon vor ihm da war.

›In null Komma nix‹, hat der Vorsteher gesagt, ›waren wir alle auf Gleis zwei, obwohl wir uns ungeheuer anstrengen mussten, um das Schloss zum Erste-Hilfe-Raum zu öffnen, der noch nie gebraucht worden war.

Aber es war so ein Zug aus lauter gemeinen Drehgestellwaggons‹, fuhr er fort und nickte bedächtig, ›wenn die Dinger aneinander gekuppelt sind, ist da kein Meter Abstand zwischen den Rädern vom einen Waggon zu denen vom nächsten. Man muss schon gelenkig sein, wenn sie still stehen. Da können Sie sich vorstellen, wie tückisch das ist, wenn sie in Bewegung sind. Das war es nämlich gewesen: Sechs Wagen haben ihn glatt überrollt. Als man ihn gefunden hat, war er zweigeteilt. Entschuldigen Sie, Madame! Verzeihen Sie! Das ist halt der Beruf! Das rutscht einem so heraus! Verzeihen Sie, Sie sind die Witwe!‹

Ich fühlte mich gar nicht so sehr als Witwe. Als der erste Schock vorüber war, hatte ich das Gefühl, ich müsste mich knebeln, damit dieser Schrei in meinem Innern, ›Manuel!‹, nicht herausdringt. Muss ich Sie daran erinnern, Monsieur, dass ich knapp siebzehn war? Dass ich aufs Geratewohl mit diesem Chiousse verheiratet worden war und dass er mich sozusagen nie berührt hatte?

Meine Mutter gab ein bewundernswürdiges Bild ab, wie sie da vor meinem Stuhl kniete, die Essigflasche in der Hand und auf jedes Lidzucken lauernd; man hätte meinen können, sie liebt mich.

Ich habe mich noch einmal aufgerappelt. Bin noch einmal zur Tür gestürzt. Ich wollte es sehen, mit eigenen Augen sehen. Ich wusste zwar nicht warum, aber es war wie ein innerer Zwang. Ich wollte mich nicht auf das verlassen, was man mir sagte.

Aber auch diesmal ist es ihnen gelungen, mich zu packen, mich zu meinem Stuhl zurückzuführen.

›Warten Sie!‹, sagten sie. ›Warten Sie. Wir können ihn Ihnen nicht sofort übergeben. Dr. Parini und die beiden Pfleger vom Krankenhaus flicken ihn ein wenig zusammen, damit er wieder präsentabel ist. In dem Zustand sollten Sie ihn besser nicht sehen.‹«

Die Frau auf der Bank schwieg einen Augenblick, und sofort füllte das Rauschen der Platanen die Stille. Ich, Laviolette, wandte mich aufmerksam zu ihr. Trotz der wilden Bewegung von Leben und Tod, die ihre Worte da gerade vor mir in die Dämmerung gezeichnet hatten, saß sie noch immer stocksteif da, steif wie die Gerechtigkeit in Person. Und dann hob sie erneut an, noch immer mit jener hektischen Stimme, jener Stimme, die keine Zeit hat, der Stimme eines Menschen, der überall gesucht wird und der alles aufdecken will über seinen Fall, bevor er aufgegriffen wird.

»So war es, Monsieur, so hat es sich zugetragen. Die Bahngesellschaft hat großzügig einen Kranz spendiert und ich habe hundertfünfzig Franc Rente bekommen. Aber nicht lange! Nach zwei Monaten ist ein Inspekteur zum Bahnhof gekommen, angeblich um nachzuprüfen, ob alles in Ordnung ist, wie das häufig passiert. Das haben die meistens im August gemacht, bei der schlimmsten Hitze und wenn auch nur ein einziger Angestellter mit leicht gelockerter Krawatte sichtbar war, gab es einen Verweis. Und da hat der Kerl zum Vorsteher gesagt:

›Sagen Sie mal, diese Witwe da in der Siedlung, Chiousse heißt sie, glaube ich! Das ist doch beinah unmoralisch, dass die einfach nichts tut. Die gibt ein schlechtes Beispiel.‹

›Kriegerwitwen . . . ‹, erwiderte der Vorsteher schüchtern.

›Na, na!‹, antwortete der Inspekteur. ›Kriegerwitwen, das ist Sache des Staats; es ist seine Sache, wenn der sie unterhalten will, ohne dass sie was tun. Aber die da, die macht sich einen schönen Tag vom Geld der Eisenbahngesellschaft. Besuchen Sie sie doch mal. Sagen Sie ihr, dass sie fünfzig Franc mehr bekommt als ihre Pension, wenn sie Hilfskraft bei der Bahn sein will. Sagen Sie ihr das und sagen Sie's so, dass sie einwilligt. Natürlich können wir ihr ihre Pension nicht wegnehmen, aber Sie, Sie könnten ihr in den schönsten Farben ausmalen, dass sie gegebenenfalls ...‹

Der Vorsteher selbst hat mir von dieser Unterredung erzählt, lange danach. Na ja, mir kam es gelegen. Fünfzig Franc mehr, na prima, nur her damit! Zum Glück war die, die am Bahnhof von Mane die Fahrkarten verkaufte, gerade an Schwindsucht gestorben. Ich wurde an ihre Stelle gesetzt. Es war nicht übermäßig anstrengend: Es fuhren vier Züge am Tag vorbei, ich musste zehn bis zwölf Fahrkarten verkaufen und die Hälfte davon musste ich an der Schranke knipsen.

Viel verdiente ich nicht, aber immerhin, ich verdiente. Übrigens hat mich meine Mutter von da an zu schätzen begonnen. Und von der Achtung bis zur Liebe ist der Weg gar nicht so weit, wie man denkt. Nach sechs Monaten Witwendasein sagte sie mir schon: ›Hast du auch an deinen Schal gedacht? Erkälte dich nicht auch noch!‹ So weit war sie nie gegangen, als ich Kind war und in meinen abgewetzten schwarzen Kittelschürzen erbärmlich fror.

Sechs Monate, ein Jahr ... Allmählich haben mich alle möglichen Männer angeschaut. Denken Sie doch: Achtzehn Jahre und zweihundert Franc im Monat! Aber sie trauten sich nicht. Die Ereignisse lagen noch nicht lange genug zurück. Und was Manuel betraf, den sah ich von fern, beim Rangieren. Er schaute mich nicht an. Ich dachte mir: Er hat dich vergessen! Es hat noch ein Jahr gedauert. Meine Mutter fragte mich besorgt: ›Willst du nicht wieder heiraten?‹ – ›Dann such mir halt einen!‹ – ›Die Zeit der Volltrauer ist zu Ende. Das solltest du wissen lassen. Trag ab jetzt Grau!‹ – ›Glaubst du?‹ Ich hab getan, was sie für richtig hielt.

Und da, eines Abends, ich kam nach dem letzten Zug aus Mane zurück und schob mein Fahrrad ... Ich hatte die Abkürzung über den Chemin des Reines genommen. Als ich um die Ecke von der blinden Mauer ging, unterhalb der Scheune Les Encontres, da höre ich ein leises Schnaufen und ich sehe Manuel vor mir. Wahrscheinlich hatte er mich in der Toreinfahrt hinter den Strohballen abgepasst.

›Ach Sie sind das!‹, sag ich ihm. ›Sie haben mir ganz schön Angst gemacht.‹

Das war gelogen. Er hatte mir einen ganz schönen Herzkrampf verpasst, aber das war nicht Angst. Das war das Glück, das mich beutelte. Dabei dachte ich, er hätte mich vergessen. Das hab ich ihm auch gesagt. Da hat er geantwortet:

›Es war noch zu früh. Ich hab gewartet, dass Sie Grau tragen. Ist das das Kleid, das ich Ihnen geschenkt habe?‹

›Ja, aber ich hab's grau färben lassen.‹

»Gut! Sollen wir heiraten?‹

›Sofort, wenn Sie wollen!‹

Wir sind ins Stroh gestürzt, in der Scheune. Es wurde schon dunkel. Endlich konnte ich seinen Schnurrbart berühren, ihn streicheln. Die Strohballen bildeten eine Wand über uns, ich horchte auf den Wind und ich drückte ihm fest mit beiden Händen auf den Nacken, dem Manuel, damit ich seinen Schnurrbart auf meinem Bauch auch richtig spürte. Noch nie hatte mir das jemand gemacht und ich sehnte mich doch schon so lange danach!

Wie wunderbar, dieser Wind, der da wehte! Haben Sie schon einmal in einer Scheune mit einer Frau geschlafen, das Dach hoch über Ihnen und die Ziegel klappern im Wind? Danach erinnert man sich gar nicht mehr an die Liebe, aber an den Wind unter den Dachziegeln: Darin ist das ganze Leben dieser Welt, das hört man bis an sein Lebensende.

An diesem Abend habe ich wahrscheinlich mein erstes Kind in die Wege geleitet. Drei habe ich in die Welt gesetzt. Fünf Jahre, zehn Jahre, das Leben schritt voran. Zehn Jahre lang hat mich der Manuel jedes Mal, wenn er nach Hause kam, ohne ein Wort zu sagen, egal, womit ich gerade beschäftigt war, schonungslos ins Schlafzimmer geschoben.

Fünf Jahre, zehn Jahre lang; und eines Abends kommt er, lässt sich auf einen Stuhl fallen und sagt:

›Ich hab sie gesehen.‹

›Was hast du gesehen?‹

›Die Laterne.‹

›Welche Laterne?‹

›Die Signallaterne, die der Chiousse, dein Mann, in der Hand hielt, in der Nacht, als er gestorben ist. Und er stand dahinter.‹

›Was quatschst du da bloß? Der ist seit zehn Jahren tot!‹

›Auch ich hab geglaubt, dass er seit zehn Jahren tot ist. Trotzdem habe ich ihn gerade gesehen.‹

Ich, ich stecke das weg, ganz tief in die Tasche, mit dem Taschentuch drüber und ich kappe die Unterhaltung, indem ich ihm die Suppe serviere. Meine Mutter hatte es mir oft genug gesagt:

›Du wirst schon sehen, je dicker du wirst, je mehr du auseinander gehst, oder umgekehrt, man kann nie wissen, je magerer dein Hintern wird, bis es klappert, wenn du dich auf den Stuhl setzt, wenn man dir allmählich ein paar Zähne zieht oder wenn deine Haare wie Flachs werden, du wirst schon sehen: Desto schöner kommt deinem zweiten Mann plötzlich der erste vor!‹

Aber das war es nicht. Noch hatte ich alle meine Zähne. Drei Kinder mit dreißig Jahren, was ist das schon? Noch konnte ich mir unter die Brüste ein Lineal legen und sie berührten es nicht einmal. Als ob ich nie gestillt hätte. Aber er zerrte mich nicht mehr ins Schlafzimmer und wenn er neben mir im Bett lag, verkroch er sich an den Rand, aus Angst, er könnte mich berühren.

Zum Glück war ich völlig passiv geworden, denn nach der Verzückung in der Scheune hat es nicht lange gedauert, bis ich kapiert habe, dass der Manuel viel zu autoritär war, um mir meine Lust zu gönnen, schön langsam, schlückchenweise; ich hatte immer sofort zu schreien. Schließlich habe ich es ganz automatisch gemacht und er meinte dann, seine Schuldigkeit getan zu haben.

Dass er mir jetzt dreiviertel vom Bett überließ, war mir unter diesen Umständen eher angenehm. Dann, eines Nachts, packt er mich am Arm, drückt ganz fest und sagt:

›Horch!‹

›Was soll ich denn horchen?‹

›Nichts!‹

Und er schläft wieder ein. Aber damit war die Sache nicht abgeschlossen. Wissen Sie, Monsieur, mein Mann, der hatte Ehrgeiz. Er hatte alles getan, um nicht bei den Rangierern zu bleiben. Er hatte sich hochgearbeitet. Jetzt trug er einen Zelluloid-Kragen mit abgerundeten Ecken und eine vorschriftsmäßige Krawatte. Wir hatten ein Haus, das er mit eigenen Händen gebaut hatte. Kurz und gut: Er war nicht mehr derselbe Mann. Ich hätte mich in Acht nehmen müssen.

Manchmal wirkte er, als hätte er getrunken, dabei rührte er kaum je ein Glas an; manchmal kam er nach Hause, ließ sich auf einen Stuhl fallen und fing an, an seinem Schnurrbart oder an seinen Fingernägeln zu kauen. Ich dachte mir: Wie lang wird er wohl brauchen, bis er es ausspuckt? Er wartete, bis ich ihm die Suppe serviert hatte. Manchmal auch Eintopf. Und dann kam es ganz plötzlich, ohne Umschweife:

›Ich hab sie schon wieder gesehen.‹

›Wen?‹

›Die Signallaterne.‹

Ich zuckte die Achseln. ›Das bildest du dir nur ein.‹

Und dann, eines Nachts, da weckt er mich rücksichtslos, zerrt mich zu sich wie eine Decke, ganz dicht an sich, als ob er mit mir schlafen wollte. Aber nein, mein Körper sollte ihm nur als Schutzwall dienen. Gegen wen? Was weiß ich! Ich spürte wohl, wie sehr ihm mein Körper fremd war, wie wenig ihm sein Körper und mein Körper wichtig waren. Er klapperte mit den Zähnen. Ein armer Mann!

›Ich muss dir etwas sagen: Chiousse, dein Mann, den habe ich umgebracht, ich war's.‹

›Na und? Deshalb machst du den ganzen Zirkus?‹

Auf der Stelle lässt er mich los, als ob ich ein heißes Eisen wäre.

›Du hast es gewusst?‹

›Du hast es mir doch gesagt. Damals, als du plötzlich aufgetaucht bist im Waschhaus, da hast du gesagt – du erinnerst dich doch sicher –, da hast du gesagt: „Und wenn Sie Witwe wären?"‹

›Und du erträgst es, neben einem Mörder zu schlafen? Und hast mir nie was gesagt?‹

Und dann hab ich, ich erinnere mich, obwohl ich flach im Bett lag, die Schultern gezuckt – es war der ganze Überdruss dieser Welt in dieser Bewegung – und hab ihm gesagt:

›Ich hab ihn nicht geliebt, ihn auch nicht. Wir waren eben ein Paar, so ein hoffnungsloses, wie es so viele gibt. Aber ich hab ihm halt die Suppe gekocht und er hat mir ein Dach über dem Kopf geboten. Das ist die Liebe, wenn man arm ist.‹

Als er das hört, da drückt er mich noch heftiger an sich. Ich schreie. Unser Jüngstes, das damals noch keine vier Jahre alt war und noch in unserem Schlafzimmer schlief, wacht auf.

›Du hast es gewusst, du Schlampe! Du hast es gewusst und hast nie was gesagt! Und es hat dir nie was ausgemacht, mit einem Mörder zu schlafen!‹

›Und du? Hat es dir vielleicht was ausgemacht, ein Mörder zu sein?‹

Daraufhin lässt er mich los. Der Balg schläft wieder ein.

›Du hast Recht. Es hat mir nichts ausgemacht. Aber ... seit einiger Zeit ist das anders.‹

›Das bildest du dir ein! Lass das halt und schlaf mit mir, das macht dich müde, dann kannst du wieder schlafen.‹

Da wendet er sich brüsk von mir ab, verschanzt sich auf der anderen Seite vom Bett.

›Nein‹, sagt er. ›Er ist da, zwischen uns. Ich kann nicht mehr mit dir schlafen.‹

›Das ist ja allerhand! Ich dachte, eines Tages würdest du wieder ins Lot kommen, was das betrifft.‹

›Nie mehr!‹

Und ich höre, wie er sich heftig gegen die Stirn schlägt.

›Nie mehr! Er ist hier!‹

Und dann erzählt er mir leise von seiner Bettseite her die ganze Geschichte:

›Erinnere dich, wie es regnete an dem Abend. Nebel, Sturm, erinnere dich. Aus hundert Meter Abstand konnte man das Flügelsignal nicht sehen. Ich wusste, dass der arme Chiousse ein lieber Kerl war. Ich dachte mir: Eines Tages wird er dir eine Gelegenheit bieten. Also hab ich ihn beobachtet. Und an dem Abend war ich nicht in der Schicht und bin hingegangen. Ich wollte einfach mal sehen. Und da war er auch, er kam auf dem Trittbrett vom Güterzug daher, allein. Normalerweise waren sie zu zweit. Ich habe gesehen, wie er abstieg und seine Laterne schwenkte, die Güterwagen fuhren ruckweise. Mittlerweile waren mehr als hundert Meter Abstand zwischen den beiden Schüttgutwagen, die Chiousse abkuppeln sollte und dem Triebwagen, von wo aus der Lokführer ihn im Auge behielt. Daraufhin hat er seine Lampe mit der roten Seite nach vorne auf den Bahnsteig gestellt und ist runtergestiegen aufs Gleis. Ich war im Gebüsch zwischen der Halle für das Eilgut und der Weiche vom Stellwerk eins, die der Chiousse normalerweise umlegen musste, bevor er seine Signallaterne hochhob. Der Nebel war dichter geworden. Ich hab gesehen, wie der Chiousse an der Stirnwand von einem der Schüttgutwagen lehnte, den Fuß gegen die Schwelle gestemmt, zwischen den Puffern der Kupplung, die er gemächlich aufschraubte. Ich stand zwanzig Meter weiter und konnte ihn im Nebel kaum sehen, da kannst du dir vorstellen, dass man ihn von der Lok aus erst recht nicht sehen konnte. Ich habe keine Sekunde gezögert. Ich habe mich auf das Signal gestürzt, habe es umgedreht, auf die grüne Seite und habe es heftig geschwenkt. Ich seh mich noch dabei! Trotz der Kälte hatte ich Schweiß unter den Armen und das Hemd klebte mir am Körper. Aber ich liebte dich! Du weißt nicht, was das bedeutet: Lieben!‹

›O doch, bei dir hab ich es gewusst, aber du hast es mir ausgetrieben. Du bist wie alle andern auch. Die Lust, die ist euch scheißegal. Nur eure eigene nicht!‹

›Schweig! Red nicht von Lust! Ich werd nie mehr welche empfinden!‹

Und dann erzählt er mir, wie es dazu kam:

›Vor drei Monaten hat es mich gepackt. Vor drei Monaten war so ein Wetter wie damals. Mit Wind, mit Sturm, mit abbrechenden Ästen in den Platanen, und dann plötzlich hat es sich beruhigt und über die Largue herüber ist Nebel gekommen. Als ich zur Schicht ging, ist er in Schwaden und mit der Geschwindigkeit eines Zuges auf mich zugerollt. Eins muss ich dir trotzdem noch sagen: Als der Lokführer mein grünes Signal sah und Dampf gab, hat Chiousse keinen Mucks getan. Wahrscheinlich hat ihn die Kante des Schüttgutwagens erwischt und gleich betäubt. Aber danach hab ich seine Knochen knacken hören, als das Drehgestell über ihn gefahren ist, und dann das zweite und wahrscheinlich noch alle danach, und dabei war ich schon auf und davon, ich bin schon über das Rübenfeld von Trichaud gerannt. Niemand hat mich sehen können. Niemand!‹

Nach diesen Worten hat Manuel eine Pause gemacht und ohne mich anzuschauen hat er hinzugefügt:

›Niemand, außer mir.‹

›Na und? Machst du dir deswegen Sorgen? Unsinn. Keiner hat's gesehen und das ist die Hauptsache!‹

Daraufhin fährt er im Bett herum wie eine Giftschlange, auf die man draufgetreten ist. Wieder drückt er mir den Hals zu, aber diesmal so, dass mir die Zunge rauskommt.

›Ich hab dir doch gesagt: Niemand, außer mir!‹

Ich hab schon gedacht, mein letztes Stündchen hätte geschlagen. Ich hab die sieben Wunden Christi gesehen. Zum Glück hat er mich dann gleich losgelassen. Wie ein Pfannkuchen ist er auf die Matratze zurückgefallen. Er war völlig außer Atem. Platt wie eine Leiche. Eine ganze Zeit lang habe ich an meinem Hals herumgetastet, um sicher zu sein, dass er noch heil war. Nein, es war nichts passiert. Ich war gar nicht so zerbrechlich. Und im Übrigen wollte er mich ja nicht umbringen, der Manuel, reden wollte er mit mir, sich aussprechen.

Stumm hab ich gewartet. Ich dachte an den bartlosen Bahnhofsvorsteher, der mich öfter nachdenklich anguckte, wie man eine Pflanze anguckt, die zu lange nicht gegossen worden ist. Ich dachte mir: Komisch, als du sechzehn warst, war es der Schnurrbart, der dir gefiel. Jetzt findest du ihn höchstens noch lächerlich. Wann hast du dich wohl verändert? Und warum? Damit meine ich, dass die Geständnisse von Manuel meinen Geist ziemlich überforderten. Wenn man aufgehört hat zu lieben, interessiert einen nichts mehr von dem, was den anderen interessiert. Dabei ging mich das, was er sagte, doch auch etwas an.

›Sie haben einen Ballen Sägemehl über die Blutspuren gekippt. Am andern Tag bin ich vorbeigekommen – ich musste ja wohl oder übel vorbeikommen – und ich habe es gesehen, dieses Sägemehl. Für mich roch es nach frisch gezimmertem Sarg. Vierzehn Tage lang hat er angehalten, dieser Geruch. Jedes Mal wenn ein Zug vorbeifuhr, hat der Fahrtwind alles aufgewirbelt, bis zum Bahnsteig hinauf. Manchmal bin ich drauf getreten. Und dann, neulich ... Ungefähr einen Monat ist er her, dieser Abend, von dem ich dir erzähle, der genau so war wie der vor zehn Jahren ... Ich war gerade dabei, die neuen Vorschriften für den Gütereilverkehr zu lesen. Plötzlich hör ich, wie's an die Scheibe klopft. Ich dreh mich um und seh eine Hand, die versucht, von der Scheibe den Dunst und die Nässe abzuwischen. Eine Hand ... Wie ein Scheuerlappen, weiß wie Marmor, aber das hab ich mir erst hinterher gedacht, erst mit der Zeit. Im Moment hab ich gedacht, es ist eine Hand wie jede andere, nur dass sie einen ungewöhnlichen Ehering trug, ich will sagen, dass er glitzerte und leuchtete wie aus sich selbst, weil nämlich die Lampe von der Lagerverwaltung, also die im Büro, wo ich mich befand, höchstens sechzig Watt hatte. Die konnte diesen Ring nicht so anstrahlen, dass er derart glitzerte. Na ja, das hab ich mir in dem Augenblick gedacht. Und diese Hand, diese Hand, sie machte mir ein Zeichen, sie sagte: „Komm!"‹

›Mein Gott!‹, sag ich und fang an, mit den Zähnen zu klappern. ›Mein Gott! Das kann doch nicht wahr sein!‹

›Mein Gott! Das kannst du wohl sagen! Das hättest du vorher sagen sollen! Das hättest du damals im Waschhaus sagen sollen, als ich dir gesagt habe: „Und wenn Sie Witwe wären?" und du alle diese langen Sätze geantwortet hast, anstatt „Nein!" zu sagen.‹

Und ich war dermaßen verdutzt, sowohl über das, was er mir da sagte, als auch über den Vorwurf, den er mir machte, dass mir einfach nichts dazu einfiel. Ich erinnere mich, ich hab allen Grund mich zu erinnern, dass ein Hahn gekräht hat und zwar alle drei Sekunden, fast so regelmäßig wie das Ticken einer Standuhr. Es war drei Uhr morgens. Noch eine Stunde lang hat Manuel geredet. Er hat mir gesagt:

›Wer weiß, warum ich sofort gedacht habe, dass es Chiousse, dein Mann war, der mich herbeiwinkte! Weißt du, es war mehr ein Befehl als ein Winken, eine Handbewegung, die bedeutete, dass kein Aufschub geduldet wird, dass man ihm auf der Stelle gehorchen soll. Na ja . . . ein Zeichen eben, das nicht von einem lebenden Menschen kommen konnte.‹

›Und hast du ihm gehorcht?‹

›Sofort! Ich hab sogar meinen Stuhl umgeworfen. Er ist rückwärts gekippt, weil meine Jacke über der Rückenlehne hing. Draußen war genau das gleiche Wetter wie in der Nacht, in der ich ihn umgebracht habe. Du weißt schon, so eine komische Nacht, wo nichts genaue Konturen annehmen will, eine Nacht, wo man immer glaubt, man träumt . . . Ich konnte kaum fünfzig Meter Schienen vor mir sehen. Ich hab nicht einmal das rote Auge vom Flügelsignal erkannt, das geschlossen war, seitdem der letzte Zug vorbeigefahren war. Und dann . . . Da war niemand. Niemand, sag ich dir! Da war nur ich! Es war Nacht, die Schienen glänzten und die Laye und die Largue führten Hochwasser und rauschten gemeinsam und klatschten an ihre Ufer. Ich hab überall gesucht: Nach einem Menschen, einem Lebewesen, irgendetwas! Nichts! Vom Hospiz von Mane her schlug es zweimal, von da oben, Richtung Norden. Ich war im Begriff, nach Hause zu gehen. Mir war kalt. Und da hab ich es gesehen . . .‹

›Nach zehn Jahren!‹, sag ich ihm und er hat mir Leid getan.

›Glaubst du, dass das von Bedeutung ist für ein Gespenst, zehn Jahre?‹

Und dann seufzte er:

›Und im Übrigen war es kein Gespenst . . . jedenfalls nicht das

Gespenst, das du glaubst. Es war das Gespenst einer Signallaterne. Es stand mitten im Nebel ganz einsam am Boden, am Ende vom Bahnsteig, auf der Höhe von der letzten Weiche. Es hat mich angesehen mit seinem viereckigen grünen Auge, während ich auf es zuging. Ich war wie hypnotisiert: Ich höre noch, wie meine Schritte auf dem Belag des Bahnsteigs knirschen. Ich seh mich noch, wie ich ganz allein dieser Signallaterne gegenüberstehe: Sie steht da, ganz auffällig, die Flamme zittert in ihrem Zylinder unter dem grünen Glas, was man nur erkennt, wenn man direkt daneben steht. Und ich dachte an die Hand, die diese Flamme angezündet hatte. – Wo? Wann? Denn diese Signallaterne, diese Signallaterne ist seit fünf Jahren nicht mehr in Gebrauch, das Modell ist überholt, dieses Modell wurde aus den Lampenmagazinen zurückgezogen.‹

›Mein Gott!‹, sag ich noch einmal.

Und diesmal setze ich mich senkrecht im Bett auf und ziehe mir das Betttuch über die Brust, als ob meine Brüste und das Gespenst, das ich vor mir sah, nicht derselben Welt angehörten.

›Übrigens‹, fuhr Manuel fort, ›war es der Guende aus Pitaugier, der in der Woche Dienst hatte. Ein besonders gründlicher Mensch, einer, der die Signallaternen jeden Tag mit Messingpaste putzte. Der hätte nie eine Lampe einfach so auf dem Bahnsteig herumstehen lassen, vor allem nicht in einer solchen Nacht!‹

›Und? Was hast du gemacht?‹

›Zuerst hab ich mich gar nicht getraut, sie anzufassen. Verstehst du das? Ich hatte Angst, dass sie gar nicht greifbar ist. Ich hatte Angst, dass es sie nur in meinem schlechten Gewissen gab. Dann hab ich aber das Petroleum gerochen und da war mir klar, dass sie echt war. Ich hab mich gebückt und hab sie am Bügel gepackt – ich musste mich ganz schön überwinden, um die Finger vorzustrecken, weil ich an die Hand denken musste, die sie vor mir angefasst hatte! Ich hab die Flamme im Zylinder ausgeblasen – und was ich da an Zeit und Puste gebraucht habe, um sie zu löschen! – und ... hab nicht weiter nachgedacht! Ich hab sie unter meiner Windjacke versteckt, als ob ich sie gerade gestohlen hätte. Natürlich hab ich mir die Hüfte daran verbrannt. Sie kühlte einfach nicht ab. Dann bin ich über die beiden Wiesen hinter dem Güterlager gelaufen. Davor hatte ich im Gleismagazin noch schnell eine Spitzhacke von der Wand genommen. Ich bin zum Waschhaus gerannt, dem einzigen Platz, wo die Erde unter dem Dach voraussichtlich trocken war, dem einzigen Platz, der mir in meiner Panik wie ein sicherer Schlupfwinkel vorkam.‹

›Die Stelle, wo du mich zum ersten Mal gesehen hast!‹

›Wie? Ach ja! Aber daran habe ich in dem Moment nicht gedacht. Mit meiner Spitzhacke habe ich ein Loch in den Boden gegraben. Der war zum Glück ziemlich locker. Ich habe die Laterne in das Loch gesteckt – sie war noch warm! Sie war so warm, als ob die Flamme noch gebrannt hätte! Glaubst du, das ging mit rechten Dingen zu! Die Erde oben drüber habe ich festgetreten und bin weggegangen. Zwischen den Weiden und der Largue wurde es schon ein wenig hell, aber die Nacht hielt sich noch. Ich bin bis zum Bahnhof geschlichen und habe so getan, als hätte ich die ganze Zeit geschlafen. Ich dachte, ich hätte die Sache hinter mir.‹

Und ich, ich rührte mich nicht. Ich war kalt und ohne Leidenschaft. Oder vielmehr: Ich war in Leidenschaft entbrannt für einen anderen als diesen Manuel, der mir drei Kinder gemacht hatte, der mein Mann war, der meinetwegen zum Mörder geworden war und den ich geliebt hatte – ein Jahr? fünf Jahre lang? Ich weiß es nicht. Wenn man nicht mehr liebt, dann ist die Zeit, in der man geliebt hat, nicht mehr eingrenzbar. Man weiß keine Jahreszahl mehr. Als ob es die Zeit überhaupt nicht mehr gibt in der Welt, in der man lebt.

Wer mir inzwischen unter die Haut ging, das war der Bahnhofsvorsteher. Er war schlank wie ein Schilfrohr und geschmeidig wie eine Angelrute. Wohingegen Manuel, seitdem er ungehemmt aß, einen Bauch ansetzte, der ihm bald über dem Gürtel hing und ansonsten stocksteif daherkam. Außerdem rührte er mich nicht mehr an und ich, ich war doch erst dreißig.

Dieser Bahnhofsvorsteher hieß Paul und er schwirrte mir im Kopf herum wie eine Motte ums Licht. Er machte mich unaufmerksam und leichtsinnig gegenüber der Mühsal des Alltags. Er brachte Licht in mein trübes Dasein. Was dazu führte, dass ich Manuels Begegnungen mit seiner Laterne ziemlich ruhig verfolgte.

Abgehetzt kam er nach Hause. Kraftlos ließ er sich auf den Stuhl mit dem grünen Strohgeflecht im Schlafzimmer fallen. Er sagte:

›Mittlerweile belauere ich jede Nacht, wenn ich Dienst habe, die Dunkelheit hinter den Scheiben des Ladebüros. Wenn die Nacht klar ist, dann ist alles in Ordnung. Dann sehe ich die Horizontlinie über dem Lure-Gebirge und die Lampe und die grünen Ordner, die sich in der Scheibe spiegeln. Aber wenn schlechtes Wetter ist, wenn Nebel aufkommt, dann steht eine Wand zwischen mir und der Nacht. Ich sehe nichts mehr. Dann bin ich aufs Schlimmste gefasst. Danach beruhige ich mich wieder; ich sage mir, wenn alle Mörder so von dem Gespenst ihres Opfers verfolgt würden, dann gäbe es schon längst nur noch Unschuldige auf Erden. Und spätestens dann taucht die Hand wieder auf. Sie sieht aus wie ein Uhu, der schlaff gegen die Scheibe stößt. Sie wischt Regen und Nebel beiseite, als ob sie mich unbedingt aufscheuchen, mich entlarven wollte. Kannst du dir vorstellen, wie das Gesicht am Ende dieser Hand aussieht? In der Verlängerung vom Arm? Manchmal bin ich wie eine Wildkatze aufgesprungen und rausgerannt, um mir endlich Gewissheit zu verschaffen. Aber umsonst! Es ist Nacht. Und drüben, am Ende vom Bahnsteig steht die Signallaterne! Deutlich sichtbar! Schön grün! Ganz allein!‹

Ohne Atem zu schöpfen fügte er hinzu:

›Und jetzt renn ich vielleicht viermal im Monat hin und her zwischen dem Ende vom Bahnsteig und dem Waschhaus. Der Boden ist gespickt mit diesen 135er Signallaternen, die ich da vergrabe. Ich weiß nicht, wo das Gespenst von Chiousse so viele aufgestöbert hat!‹

Und ich hörte mir dieses ganze wirre Gerede an und war ganz ruhig. Hab ich Ihnen schon gesagt, Monsieur, dass mein armer Mann, seitdem er überall Laternen sah, angefangen hatte zu trinken? Und ich war schon gar nicht mehr da, war keine Stütze mehr für ihn. Ich hatte meinen Bahnhofsvorsteher, der sich in meiner Phantasie eingenistet hatte. Dazu muss ich sagen, dass der jedes Mal, wenn er mich irgendwo alleine erwischte, eine Unmenge Süßholz raspelte.

›Ach, meine Liebe, wenn es schon im Liedchen so schön heißt, er sei gehörnt, der Bahnhofsvorsteher, dann muss man wissen, wie gut es ihm dabei geht, dem Bahnhofsvorsteher. Unter den Reisenden gibt es immer Frauen, die das Bedürfnis haben, den armen Bahnhofsvorsteher über seine Hörner hinwegzutrösten. So dass sie ihm eilends alles beibringen, was sie wissen und alles, was sie wünschen. Mir nichts, dir nichts waschen sie unsereinen von dem Makel rein, zeit unseres Lebens möglicherweise gehörnt gewesen zu sein. Sie beweisen einem, gewisse Rundungen umfassend, dass man mit ihrer Hilfe genauso viel wie jeder andere über die Kunst, sich schadlos zu halten, erfahren kann! Das ist der Grund, meine süße Kleine, weshalb ich behaupte, in der Lage zu sein, Sie zu trösten!‹

Ich lachte natürlich und antwortete: ›Von wegen!‹ Aber mein Blick genügte, um mein Lachen und meine Worte zu entkräften.

Die Sache hat vielleicht noch drei Monate gedauert. Ich sah, wie Manuel wie ein Kaninchen in der Schlinge zappelte. Seine Seele wollte nach allen Richtungen zugleich ausbrechen. Wenn sein Blick zufällig meinen traf, sah ich in seinen Augen eine grüne Signallaterne. Er vernachlässigte seine Kinder, wo sie doch sein ganzer Stolz gewesen waren. Ich war heimlich zum Waschhaus gegangen, um mich zu vergewissern. Der Boden um das Becken herum war weich wie ein frisch gepflügtes Feld. Die Spuren der beiden alten Frauen, die noch immer ihre Wäsche hier wuschen, vermischten sich in der umgegrabenen Erde. Nur noch diese armen beiden Witwen kamen zum Waschen. Wir in den Siedlungen, wir hatten den Ehrgeiz, jede ihre eigene Waschstelle zu besitzen, direkt neben der Tür, solche Waschtröge aus Zement, die fertig angeliefert wurden und so praktisch waren. An dem Tag ist mir ein Schauer über den Rücken gelaufen, als ich mich an damals erinnerte, als er in diesem Waschhaus plötzlich vor mir aufgetaucht war, mein Mann, der jetzt nur noch überall Laternen sah.

Und eines Nachts ist es wieder passiert. Gegen drei Uhr war ich aus dem Schlaf gerissen worden vom D-Zug Veynes-Avignon, der nicht an der Streckengabelung hielt. Er raste wie wild ohne Warnung aus dem Tunnel von Roche-Amère durch die Schlucht der Largue, die den Lärm abfing. Normalerweise hörte man ihn erst, wenn er über den Bahnhof hinaus war und schon in den Ardantes-Graben einfuhr. Aber was mich in der besagten Nacht geweckt hatte, war, dass er gepfiffen hatte, war das panische Quietschen der Bremsen und so ein Zug braucht ewig, bis er zum Stehen kommt. Für eine Eisenbahnerfrau ist das typische Geräusch eines Zuges, der ohne Grund anhält, nie ein gutes Zeichen. Eine Stunde lang bin ich liegen geblieben, habe den Atem angehalten und darauf gewartet, dass der Zug wieder losfährt. Im Hospiz von Mane hat es vier Uhr geschlagen, weit weg, viel weiter, schien mir, als sonst. Als der Schnellzug wieder angefahren ist, was hab ich da getan, ganz automatisch? Ich habe mich angezogen. Oh! Beeilt hab ich mich nicht. Ich dachte mir: Du bist verrückt, was tust du denn? Aber trotzdem hab ich weitergemacht: Strümpfe, meine Unterröcke, meine Schuhe. Und als sie kamen, war ich fix und fertig angezogen.

Sie sind gekommen wie zehn Jahre zuvor, zu dritt. Paul, den ich mittlerweile nicht mehr den Bahnhofsvorsteher nannte, vorneweg. Sie kamen auf Zehenspitzen, so vorsichtig sie nur konnten, als ob es an der Sache etwas ändern würde, wenn sie den Augenblick, in dem ich die Wahrheit erfahren würde, so lange wie möglich hinauszögerten. Ich zitterte – ich hatte es gar nicht gemerkt –, seit der Schnellzug gebremst hatte. Ich wurde geschüttelt wie ein wackliges altes Haus, durch dessen offene Türen und Fenster der Sturm braust. Ich klapperte mit den Zähnen.

Sie haben geläutet. Seit meiner ersten Witwenschaft hatte ich Fortschritte gemacht: Manuels Haus hatte eine elektrische Klingel, man brauchte nur auf den Knopf zu drücken. Sie haben also geläutet und ich bin runtergegangen. Sie haben mir gesagt, was sie mir zu sagen hatten. Paul hat mich mit seinen großen Händen an sich gedrückt:

›Meine arme Madeleine, Sie müssen jetzt sehr tapfer sein.‹

Ich war es. Da gab es Arme, an denen ich mich festhalten konnte. Ich weiß nicht, wie ich es geschafft habe, mich nicht hineinzuschmiegen.

Diesmal hatte meine Mutter davon abgesehen, mit der Essigflasche anzurücken. Sie hatte gesagt: ›Sie ist fast dreißig Jahre alt. Mit dreißig weiß man, was man zu tun hat!‹ Und außerdem sagte sie wie so oft: ›Wie man sich bettet, so liegt man!‹ Sie hatte Recht. Mit dreißig trägt man sein Unglück mit Würde. Das hab ich getan. Diesmal hieß es von Anfang an: ›Diese Madeleine, die ist unglaublich charakterstark. Ich an ihrer Stelle . . .‹

Niemand konnte sich an meine Stelle versetzen. Innerlich schrie ich und zwar vor Schmerz und vor Freude zugleich, wie ein echter Christenmensch bei der Messe. Ich war von Schmerz gequält, weil mich Manuels Tod an meine Vergangenheit kettete und jubelte trotzdem der Zukunft entgegen, weil ich sie mit Paul, dem Bahnhofsvorsteher, verband. Ich erinnerte mich an das Lied, das meine Mutter immer mit düsterer Genugtuung summte:

Trägst du erst den Ring am Finger,
Nachher kannst du küssen immer!

Ich hatte Paul noch nie geküsst. Ich hatte nie durchblicken lassen, dass ich ihn lieben könnte. Ich hatte ihm nie Anlass gegeben zu glauben, ich könnte darauf brennen, ihn näher kennen zu lernen.

Die Geschichte von Manuel und seiner Signallaterne war mir ja auch eine Lektion gewesen. Wichtig im Leben war vor allem, sich ein ruhiges Gewissen zu wahren. Und das hatte ich. Keinen meiner Ehemänner habe ich je zu seinen Lebzeiten betrogen.

Ich erinnerte mich nur – und zwar genau in dem Augenblick, so als ob ein aufmerksamer Buchhalter mich unbedingt darauf hinweisen wollte –, ich erinnerte mich nur an eine Begegnung, eine einzige, die entscheidend gewesen war. Eines Abends, es war Winter, habe ich dem Manuel sein Essen gebracht, damit er was Warmes in den Magen kriegt, weil es eiskalt war und er Nachtschicht hatte (was hieß, dass er acht Stunden nicht nach Hause kam). Paul hatte mir sein Büro geöffnet, damit ich mich an seinem Ofen wärmen konnte.

Es war ein Tag zum Verzweifeln, wie es so viele gibt im Leben einer Frau. So ein Tag, wo die Wäsche nicht trocknen will, weil abwechselnd Südwind und Schneeschauer kommen. So ein Tag, wo man Striche an die Wand macht wie ein Sträfling, weil man mit dem Haushaltsgeld nicht zurechtkommt. So ein Tag eben, wo einem, um sich noch aufrecht zu halten, nichts anderes mehr bleibt als der Wunsch, mit einem Mann zu schlafen.

Wahrscheinlich hat er gespürt, dass ich reif war wie ein Pfirsich an seinem Stiel, denn davor hatte er mich noch nie mit so viel samtener Aufmerksamkeit behandelt. Ich sah seinen großen, rundum glatt rasierten Mund, der mir vielversprechende Dinge zuflüsterte. Dinge, die mein Körper gerne hören wollte, obwohl sich meine Seele sträubte. Und während ich es vor lauter Warten nicht mehr aushielt, während ich mich ohne Zurückhaltung zu ihm neigte, hab ich ihm eine Art Geständnis gemacht:

›Wissen Sie, Paul, am Tag, als Chiousse gestorben ist, damals, als Sie mir die Nachricht gebracht haben ... die Signallaterne ... die ist wohl nicht allein von Rot auf Grün umgesprungen. Es hat sie jemand umgedreht!‹

Meine schrundigen, hässlichen Wäscherinnenhände hatte ich

über den Ofen gehalten. Er hat sie in die seinen genommen, als wollte er sie aufmerksam betrachten.

›Sie haben sehr hübsche Hände‹, hat er mir gesagt. ›Wir könnten . . .‹

Ich hab sie ihm entzogen, er sollte nicht auf den Gedanken kommen, dass er sie gezähmt hätte, meine Hände.

›Gar nichts!‹, habe ich geantwortet. ›Gar nichts könnten wir! Wissen Sie, was mir meine Mutter immer gesungen hat, damit ich mich nicht von falschen Hoffnungen einlullen lasse?‹

Und ich summte ihm vor:

Trägst du erst den Ring am Finger,
Nachher kannst du küssen immer!

›Das ist ja die Serenade von Mephisto!‹, hat er gerufen.

Nach einem kurzen Schweigen sagte er dann:

›Im Grund also muss man, um Sie zu erobern, die Laterne umdrehen?‹

Diesmal habe ich Sphinx gespielt. Ich habe weder ja noch nein gesagt, weder mit Blicken noch durch Schweigen. Er konnte es auslegen, wie er wollte. Das war die einzige Liebeserklärung, die es zwischen uns je gegeben hat.

Nach meinem zweiten Unglück hat er die geziemende Zeit verstreichen lassen. Eines Abends ist er gekommen, allein. Er hat sich gesetzt. Ich hab den Mund nicht aufgemacht. Nur ein Schnäpschen hab ich ihm serviert.

›Ich werde dich nicht heiraten‹, hat er unvermittelt gesagt, ›du würdest deine Pension verlieren.‹

Aber als er mir mit seiner großen Hand gekommen ist und mir über den Hintern streicheln wollte – dabei war der ganz heiß –, da hab ich ihn entschlossen zurückgewiesen und gesagt:

›Nicht hier!‹

Wir haben uns dann irgendwo in der Landschaft verdrückt. Es war Sommer. Wir sind bei der Ruine von Sainte-Agathe spazieren gegangen. Sie wissen schon: Die Kapelle oberhalb vom Bahnhof. Die Grillen haben uns die Ohren voll gezirpt. Erst als es dunkel war, habe ich zugelassen, dass er mich ins Gras legt. Gegen drei Uhr kam der Morgentau über uns. Fröstelnd sind wir zu mir nach Hause gegangen und obwohl Sommer war, hab ich im Kamin im

Esszimmer Feuer gemacht. Auf dem Sofa hat er dann seine großen Arme geöffnet, damit ich mich an ihn kuscheln konnte. Wir wollten nichts anderes mehr als Zärtlichkeit, so beglückt waren wir. Und da hat er mir gesagt:

›Wo du doch immer was vom Ring am Finger andeutest, muss ich dir was sagen: Die Signallaterne, die hab *ich* so oft hinten auf dem Bahnsteig aufgestellt. Ich hab ihn zermürbt, den Manuel, ich wollte, dass er sich von dir abwendet, dass du ihm zuwider wirst. Ich dachte mir: Wenn sie die Entbehrung satt hat, wird sie am Ende schon kommen. Aber du hast keine Anstalten gemacht. Ich hörte, wie du vor dich hingesummt hast: *Trägst du erst den Ring am Finger,* das hast du ganz unbewusst getan, du hast es gar nicht gemerkt. Und eines Tages, ich hatte lange nachgedacht, da habe ich mir gesagt: Warum eigentlich nicht? Er ist angerissen, er hängt so hoffnungslos am Angelhaken, dass er fähig ist, eines Tages in den Schnellzug zu laufen, nur weil er diese Laterne wegholen will. Als du mir von seinen Halluzinationen erzählt hast, an dem Tag, als du mir gestanden hast, dass er den Chiousse umgebracht hatte, da bin ich hingegangen und habe die Laterne ausgegraben. Ich wollte sehen, ob du die Wahrheit sagst . . .‹

›Vertrauen . . .‹, hab ich ihm gesagt.

›Was meinst du damit? Vertrauen? Glaubst du denn, so was kann man ohne weiteres glauben? Ich muss dir sagen, Madeleine, als ich sie unter meiner Hand gespürt habe, diese Laterne, da ist es mir kalt über den Rücken gelaufen und diesen Schauer bin ich seitdem nicht mehr losgeworden. Kurz und gut! Ich habe sie benutzt, um ihn fertig zu machen, um ihm beizubringen, dass das Opfer zu groß gewesen war, dass du es nicht wert warst. Aber es hat gedauert, du bist nicht gekommen und da habe ich die Laterne von Gleis eins auf Gleis zwei gestellt. Du weißt doch, dass am Ufer der Largue häufig Nebel entsteht, sogar im Sommer? Dass wir Eisenbahner, wenn wir Dienst haben, oft das Gefühl haben, wir bewegen uns zwischen Traum und Wirklichkeit. Ich habe die Laterne unter meiner Windjacke versteckt, wenn so eine günstige Nacht war. Ich hab sie am Rand von Gleis zwei abgestellt, wenn der Schnellzug angekündigt war. Dann ging ich im Regen zurück auf meinen Kreppsohlen bis zur Güterabfertigung, wo Manuel auf den wartete, für den er mich hielt, das wusste ich ja. Dann wischte ich den Dunst von der Scheibe. Klopfte heftig ans Fenster.

Machte ihm ein eindringliches Zeichen. Er schnellte auf, raste zur Tür, die, wie du weißt, immer ein bisschen schwer geht, deshalb hatte ich Zeit, um die Ecke zu verschwinden. Übrigens ist er nicht ein einziges Mal – hörst du? –, nicht ein einziges Mal um das Gebäude herumgegangen. Wenn er auf die Idee gekommen wäre, dann hätte er mich gesehen und kapiert, dass hinter dieser ganzen Machenschaft ein Mensch steckt. Aber nein! Nicht ein einziges Mal. Er hatte nur eines im Sinn: Sich auf die Laterne zu stürzen und sie auszumachen, weil er glaubte, dass alle Welt sie sehen würde und dass alle Welt verstehen würde, warum sie ihn verfolgt.‹

Er keuchte ein wenig, Paul, als er mir von seinem Verbrechen erzählte. Damals hätte ich kapieren müssen, dass er das alles nicht gerade frohen Herzens gemacht hatte. Dann hat er noch hinzugefügt:

›Oh! Es hat nicht sofort funktioniert! Die Chancen standen auch nur eins zu hundert. Einmal, zweimal, dreimal ist der Versuch daneben gegangen. Im letzten Augenblick erinnerte sich Manuel daran, dass er aus Fleisch und Blut war und der Überlebensinstinkt nagelte ihn fest, während der Schnellzug vorbeiraste. Ich versteckte mich jedes Mal im Unterstand für die Reisenden, wo nachts das Licht ausgeschaltet wurde. Ich kniff den Hintern zusammen. Ich war aufs Schlimmste gefasst. Ich war beinahe erleichtert, wenn ich unmittelbar nach dem Donnern des Schnellzugs hörte, wie der Manuel zur Laterne stürmte, um sie dann zum Waschhaus zu bringen. Er merkte gar nicht, dass er immer wieder dieselbe vergrub. Und dann, eines Nachts, es war eine besonders finstere Nacht, wo man sich gerade bei den Entfernungen leicht verschätzte, da hat er wohl geglaubt, dass ihm die Zeit noch reichen würde. Er hatte wohl auch noch Zeit gehabt, darüber nachzudenken, dass alle Reisenden im Schnellzug an dieser sonderbaren Laterne vorbeifahren würden und dass sich in ihren Köpfen eine Art Lichtstreifen bilden würde. Er hat wohl – einmal zu viel – darüber nachgedacht, dass er sie entfernen müsste, bevor sie gesehen wird. Und da ist er wahrscheinlich gestolpert auf dem Schotter, der gerade frisch aufgeschüttet worden war. Nun ja. Da brauchte ich nur noch die Flamme zu löschen und das Ding unter einer Bank im Unterstand zu verstecken, ehe ich es im Waschhaus vergraben konnte. Ich brauchte nur noch, nachdem ich den

Schnellzug pfeifen und bremsen gehört hatte, hinzulaufen und mich zu erkundigen, was los war und dann von der Schicht eine Bahre beibringen zu lassen ... halt meinen Beruf auszuüben ... So‹, hat er dann gesagt, ›das, Madeleine, das ist die Liebe!‹

›Aber dann hast du auch gehört, wie ihm die Räder die Knochen zermalmten?‹, sagte ich.

Ich dachte, diese Frage sei völlig unschuldig, fast unwillkürlich war sie mir gekommen. Manuel hatte mir doch erzählt, dass er die Knochen von Chiousse hatte knacken hören, als ihn die Wagen überrollten und ich dachte, ich sei einfach nur neugierig, ob es auf Paul genauso gewirkt hatte.

Ich frage mich, Monsieur, ich frage mich, ob man ahnt, was die Seele einem auf die Lippen kommen lässt, um die Zukunft zu schonen oder auch um sie vorzubereiten. Es gibt solche Dinge, von denen man glaubt, man sage sie einfach so dahin, mehr um irgendwas zu sagen, die aber die Weichen für die Zukunft bis in alle Ewigkeit stellen.

Nun hatte ich eine neue Witwenpension. Das Unglück, wenn es einem Einzelnen wiederholt zusetzt, gebietet schließlich den wachsamsten Sittenrichtern Ruhe, auch wenn diese argwöhnen, dass man hemmungslos der Lust frönt, weil man so verräterisch blühend aussieht. Von Kopf bis Fuß in tiefer Trauer – diesmal besaß ich mehrere Kleider, um diese Trauer auch würdig zu tragen –, wurde ich dennoch eher beneidet als bemitleidet. Ich sah satt und zufrieden aus, was die anderen Frauen verletzte und die Männer, die zu diesem Zustand nicht beigetragen hatten, betrübte.

Jedermann wusste, dass ich zum Bahnhofsvorsteher gehörte. Er half mir, meine Kinder großzuziehen. Meine Älteste stand kurz vor dem Abschluss, sie wollte Lehrerin werden. Meine beiden Jungen waren gleich nach dem Volksschulabschluss zur Eisenbahn gekommen. Paul hatte es in die Wege geleitet. Meine Mutter hatte ihren Segen zu allem gegeben: ›Er heiratet sie nicht‹, sagte sie den Nachbarinnen, ›sonst würde sie ihre Pension verlieren.‹ Aber sie sah mich trotzdem schief an und grinste böse. Durch die Härte des Lebens über ihren Stock gekrümmt – sie ging auf die fünfundsiebzig zu –, vertraute sie denen, die ihr nahe standen, an: ›Über die hab ich mich getäuscht. So blauäugig, wie ich dachte, ist die gar nicht!‹ Dabei wies sie mit dem Stock auf mich.

Wir hatten es ganz gut, Paul und ich, an den Winterabenden

saßen wir gemütlich am Feuer, ich mit meiner Pension und er mit seinem Gehalt. Er sagte:

›Später, im Pensionsalter, wenn sie dir nichts mehr wegnehmen können, da heiraten wir dann. Dann kaufen wir uns ein Häuschen mit einem Garten und einer Garage fürs Auto. Es wird uns prächtig gehen, wie den Maden im Speck!‹

Aber es ist nichts zu machen! Die Zeit, das Älterwerden, die Gewohnheit: Eines Tages schläft der Mann, der einen so begehrt hat, ein, ohne einen zu berühren. Seine Phantasie ist erschöpft. Die Lust der Frau stört ihn beim Einschlafen. Er rückt ab in den kühleren Teil des Bettes.

Tja! Nur dass diese Gleichgültigkeit des Menschen für das ehemalige Objekt seiner Begierde nicht ungestraft bleibt. Irgendwann ist nämlich der Punkt erreicht, wo einen die Gewissensbisse anfallen – ich weiß, wovon ich rede! –, wenn nämlich der Grund, der einen zur Tat bewogen hat, verblasst, wenn man aufgehört hat, die Beute zu lieben, für die man seine Seele verkauft hat.

Denn abgesehen davon, dass er nicht mehr mit mir schlief, drückte ihn die Seele, den armen Paul. Er hatte Probleme mit dem Altwerden. Hab ich Ihnen gesagt, dass er zwanzig Jahre älter war als ich? Allmählich schlug ihm Manuels Tod auf den Magen. Man muss schon ganz schön stark sein, um so ein Verbrechen zu verkraften. Das kann nicht jeder!

Ich beobachtete ihn. Ich sah, wie sich das Leiden ganz langsam bei ihm einschlich, die Anzeichen waren noch kaum wahrnehmbar. Jemand oder etwas flüsterte ihm ein, dass er sich umsonst ins Unheil gestürzt hatte, dass ihm, nachdem er mich jetzt durch die Macht der Gewohnheit verloren hatte, vom Ertrag seines Verbrechens nur noch eine leere Hülle übrig blieb. Er wusste nicht mehr, wohin damit. Hab ich behauptet, dass er mich nicht mehr anrührte? Das stimmt nicht. Manchmal nachts, spürte ich plötzlich, wie er mich am Handgelenk packte, und zwar mit erschreckender Kraft. Ich dachte, er sei wach. Aber nein, er schlief. Bei Mondschein sah ich, wie seine Nasenflügel bebten, wie seine Lippen zuckten, als wollte er gleich vor Grauen auflachen. Es dauerte ... ach! höchstens eine Sekunde. Und dann schnarchte er friedlich weiter. Sein Griff um mein Handgelenk lockerte sich und danach lag die Hand offen auf dem Leintuch, wie ein totes Ruderblatt.

Aber nicht im Bett kommen einem die Gespenster am besten auf die Spur. Sie kommen zu ihrer Stunde. Man kann sie nicht herbeizitieren. Eines Abends bei strömendem Regen hatte er den Mann vom Stellwerk vertreten müssen, weil der krank war und da sah ich ihn völlig verstört nach Hause kommen. Er sagt:

›Ich hab sie gesehen!‹

›Was? Wen?‹, frage ich.

›Die Laterne . . .‹, haucht er zurück.

›Ich bitte dich! Fang du nicht auch noch damit an!‹

Er seufzt.

›Ich fang nicht an. Es geht weiter. Ich hab ja schon geahnt, dass wir in einer großen Unglücksspirale gefangen sind. Und du hattest ganz Recht: Ich hab seine Knochen knacken hören, als der Schnellzug ihn überrollt hat. Ich hör es noch!‹

Daraufhin erzählt er mir, dass er nachts bei Nebel nicht mehr rausgehen kann, ohne das smaragdgrüne Auge da vorne am Bahnsteig leuchten zu sehen. Dass er zum Waschhaus geht, um nachzusehen, ob die Laterne immer noch dort ist. Dass er sie ausgräbt und wieder eingräbt.

›Ich werd aber nicht so blöd sein wie der Manuel!‹, betonte er immer wieder.

Ich aber hab schon bemerkt, dass es bergab ging mit ihm. Als eines Tages zwei Gendarmen einen Mann abführten, hat er die ganze Zeit am Fenster gestanden hinter dem Vorhang und hat sie belauert, bis der Zug abgefahren ist. Und als er sich dann zu mir umgedreht hat, ist mir ganz flau geworden, wie er gesagt hat:

›Das werd ich tun: Mich selbst anzeigen. Dann seh ich wenigstens diese vermaledeite Laterne nicht mehr!‹

Ich hab's geschafft, nichts zu sagen, aber mir wollte sich der Magen umdrehen. Wenn er sich anzeigen würde, dann würde er auch vom Motiv sprechen. Und das Motiv, das war ich. Dann gibt er auch preis, was ich ihm früher einmal gestanden habe. Und so kommt eins zum andern und allen wird klar, dass ich ihn zum Mord veranlasst habe, so wie ich den armen Manuel dazu veranlasst hatte. Als ich noch ein Kind war, ging eines Tages ein Mann am Haus vorbei und ich hörte ihn den Satz sagen: ›Ein Mörder erbt nicht von seinem Opfer.‹ Meine Pension! Die beiden Sparkassenbücher von Chiousse, die auf mich überschrieben worden waren! Die drei Zimmer mit fließendem Wasser aus der Pumpe, die der arme Manuel eigenhändig gebaut hatte! All das hatte ich von meinen Opfern geerbt! All das würde man mir konfiszieren. Ich würde arm sein wie einst, als ich fünfzehn war. Ich würde in Armut sterben!

In Armut sterben! Unsere üppigen Essen mit den guten Weinen dazu, sie waren für Paul und mich nur noch Ödnis. Für Paul wegen der Laterne. Für mich wegen der Pension. In Armut sterben! Das war es also, was mir blühte, wenn ich nichts dagegen unternahm.

Sobald die Dinge günstig standen, bin ich meinerseits zum Waschhaus gegangen und habe in einer mondlosen Nacht die Laterne ausgegraben. Ich habe gesagt: *Sobald* die Dinge günstig standen! Man hatte die Erdarbeiten für die Kanalisation begonnen, wobei vorgesehen war, die Gleise zu untertunneln. Ein sehr tiefer Graben war ausgehoben worden, aber man hatte wenig getan, um ihn auch nachts kenntlich zu machen. In kluger Voraussicht habe ich die andere Seite dieses Grabens gewählt, dort habe ich die Laterne in der aufgeschütteten Erde festgekeilt und angezündet. Das Smaragdgrün, womit die Signallaterne das Gleis freigab, war trotz Nebel und Regen – der Wind peitschte die Erlen am Largue-Ufer – mindestens hundert Meter weit sichtbar. Ich selbst hab hinter der Gardine gestanden und Paul gewarnt. Ins Haus zurückgekommen war ich mit einem Scheuerlappen als Alibi, den ich angeblich von der Wäscheleine geholt hatte.

›Paul, schau mal. Man könnte meinen . . .‹

Meine Katastrophenstimme hat ihn aufgeschreckt, sofort kam er her von seiner Kaminecke, wo er sich gerade ein paar Mandeln aufklopfte. Er stürzte nach draußen. Ich sah ihn laufen, wie ein Wilder hetzte er auf seinen langen Beinen davon, obwohl er doch schon alt war.

Ich hatte gerade noch Zeit, ihm nachzueilen und über den Graben zu springen, den *er* in der Panik vergessen hatte. Gerade noch Zeit, um die Laterne zu packen, sie zu löschen und sie hinter den Spindelsträuchern zu verstecken. Da! Sehen Sie? Die gibt es noch, die Spindelsträucher. Genauso wie das Fenster, von dem aus wir die Laterne gesehen haben, Paul und ich, das können Sie von hier aus noch sehen. Jetzt ist eine Scheibe kaputt. Jetzt sitzt eine Spinnwebe oben rechts, weil niemand mehr dieses Fenster geöffnet hat seit bald sechzig Jahren. Und jetzt ist es dunkel. Aber damals war es ein ganz normales Fenster, vor einem ordentlichen Haushalt, denn ich war eine sehr ordentliche Frau. Die Vorhänge, die Sie von hier aus noch sehen, die hatte ich gekauft. Jetzt sind sie schwarz – ist ja ganz normal! Aber damals waren sie blütenweiß!

Ja, ja, Monsieur! Gerade noch Zeit! Unten im Graben lag Paul und jammerte. Nachdem ich die Laterne versteckt hatte, bin ich losgerannt und habe nach Hilfe gerufen. Von allen Seiten sind sie herbeigelaufen: Von der Bergwerksiedlung, vom Eisenbahnerwohnheim. Sie haben ihn rausgeholt. Er hatte schwere Brüche an drei Stellen. Keinen Mucks hat er getan. Drei Monate später ist er mit seinem Geheimnis gestorben. Man hat geglaubt, er käme davon, aber ich habe ihn mit Hingabe gepflegt. Das können Sie sich doch vorstellen, oder? Er hat mich noch geheiratet – *in articulo mortis.*

Jetzt sagen Sie ja nicht, ich würde angeben, wenn ich anfange, Lateinisch zu reden. Nein, diese drei Wörter sind der Hauptanklagepunkt gegen mich. Ich hör sie donnern über meinem Kopf wie in einem Kirchengewölbe. Sie bedrohen mich und bestrafen mich weiter, als ob es sich noch lohnen würde! *In articulo mortis! In articulo mortis!*

Meine Mutter, die die achtzig schon überschritten hatte und krumm war wie eine Alraunenwurzel, meine Mutter grinste diesmal noch höhnischer beim Begräbnis und bleckte die vier Zähne, die sie noch im Mund hatte. Machen Sie sich das einmal klar: Ich war die einzige Eisenbahnerfrau des Bezirks, die sich gleich drei Witwenrenten ans Schürzenband geheftet hatte! Und genau das ist meine Beschäftigung! Das mach ich alle drei Monate, seitdem die Ewigkeit für mich begonnen hat: Ich fahre nach Aix und am Schalter lass ich mir meine Pensionen auszahlen! Sie glauben doch nicht, ich sitze hier umsonst?«

Und plötzlich, sagte Laviolette, plötzlich habe ich gesehen, wie sich diese Alte auseinanderfaltet und kerzengerade aufrichtet, viel größer als ich, überlebensgroß; sie stand stramm, als ob jemand sie zur Ordnung gerufen hätte. Dann sagte sie: »Mein Gott!« und hielt sich die Hand, die in einem schwarzen, fingerlosen Handschuh steckte, vor den Mund.

Ich bin aufgestanden, um sie festzuhalten, aber sie eilte schon den Bahnsteig entlang, uneinholbar wie der zischende Funke einer Zündschnur. Dabei sah sie aus wie ein rennender Hampelmann mit ihrem Schließkorb, der an ihrer Hand regelrecht mitflog. Sie winkte mir noch zu, aber eigentlich sah ich nur einen schwarz flatternden Ärmel, der makabre Zeichen in den Abend schrieb.

Dürres Laub wirbelte hoch und nahm das letzte bisschen Tageslicht mit. Als der Windstoß sich legte, war auch die Alte verschwunden.

Hemmungslos berührte ich mit beiden Handflächen die Stelle, wo die Alte mehr als eine Stunde gesessen hatte. Die Stelle war kalt und feucht. Niemand hatte sich auf diese Bank gesetzt, möglicherweise seit vierzig Jahren nicht mehr.

Danach sah ich diesen Bahnsteig ohne Schienen, wo selbst der Schotter mit einem rötlich dürren Gras überwuchert war, mit einem anderen Auge. Welcher Zug hatte wohl soeben, heimlich, still und leise, die Alte mitgenommen? Welcher Zug, grauenvoll überfüllt mit unbeschreiblichen Gesichtern, war da gerade vor mir vorbeigefahren, wie viele tote Augen hatten mich gierig betrachtet, mich, den Lebenden, der gleich munter aufstehen würde, wenn Marcel mich rufen würde zum schlichten Abendessen bei seiner Gefährtin Rosemonde?

Dort drüben sah ich das grelle Licht der Tankstelle und ich fühlte mich wie ein Mensch, der am Ertrinken ist und einen Leuchtturm erblickt. Ich ruderte dieser trivialen Wirklichkeit entgegen, begierig, das dümmliche Reklametransparent zu entziffern, das da aufgespannt war. Es gibt Augenblicke, da will man die ganz gewöhnliche Mittelmäßigkeit mit Händen berühren, um sich selbst davon zu überzeugen, dass man noch von dieser Welt ist.

Die Kneipenhocker schienen es heute nicht lange ausgehalten zu haben. Nur noch Marcel saß an seiner Theke, auf der Gästeseite, so als wäre er gar nicht der Wirt. Reglos saß er da, tiefe Falten auf der Stirn. Wie immer, wenn er alleine war, dachte er angestrengt über die dringenden Angelegenheiten der Gegend nach. Als er mich hereinkommen sah, sagte er:

»Nanu, Modeste! Du bist aber ziemlich blass. Man könnte meinen, du hast ein Gespenst gesehen!«

»Richtig!«, flüsterte ich. »Hättest du eventuell eine Taschenlampe und eine Hacke?«

»Wozu? Willst du was ausgraben?«

Ich nickte. Für die Taschenlampe brauchte er nur seine Kasse aufzumachen. Eine Hacke hatte er unter der Theke deponiert, im Falle eines Falles, für die besonders heißen Abende, Sankt Barbara oder Sankt Rosalie zum Beispiel, aber sie war in zwei Teile zerlegt. Er fügte Eisen und Griff zusammen, indem er sie auf dem Stein der Schwelle festklopfte.

»Und pass vor allem auf, dass der Stiel nicht zerbricht!«

Ich habe nicht geantwortet. Ich war schon auf und davon. Ich war schon über die Wiese gelaufen und hatte schon die Hecken passiert. Vor dem Waschhaus der Serve schob ich die Brennnesseln auseinander. Schon lange wurde es von niemandem mehr genutzt und trotzdem war das Wasser noch immer genauso klar und trotzdem war der flache, glatte Stein am Beckenrand noch immer dienstbereit. Ich blieb vorne unter dem Vordach stehen und leuchtete mit meiner Taschenlampe auf das Mäuerchen, über das Manuel gesprungen war, hinter Madeleine, die sich ganz plötzlich umgedreht hatte. Ich sah den ersten Blick, den sie tauschten.

Einst war ein Mann hierher gekommen, um sein Schicksal endgültig an das Schicksal dieser Frau zu ketten. Ich sah ihn vor mir – zwanzig Jahre alt vielleicht oder fünfundzwanzig? Ich sah die sechzehn Jahre alte Madeleine mit den schrundigen Händen. Gespannt leuchtete ich den gestampften Boden ab. Ich zog meinen Mantel aus und legte meinen Schal ab; die Taschenlampe legte ich mir flach auf der Brunnensäule zurecht. Ich begann systematisch den Boden aufzuhacken und zwar unterhalb der Mauer, an der Stelle, wo einst bei großer Wäsche Feuer gemacht wurde.

Es dauerte kaum eine Viertelstunde, dann hatte ich die 135er Signallaterne ans Tageslicht befördert. Bei keinem von denen, die sie hier versteckt hatten, war das Gewissen ruhig genug gewesen, um ihm viel Zeit zu lassen; alles war in schludriger Eile, in Panik geschehen.

Da war sie, unter der Feuerstelle, in der Erde, die immer wieder erhitzt worden war bei den großen Winterfeuern. Die sie hier eingruben, hatten vielleicht gedacht, dass sie schmelzen würde, vor lauter Hitze. Aber nein, sie war noch nicht einmal zerbeult, die Gläser des zweifachen Sichtfensters waren heil, grün auf der einen Seite, rot auf der anderen. Und die Gravierung auf dem Messingmedaillon war deutlich erkennbar: 135. Ich erschauerte, als ich den beweglichen Bügel ergriff. Ich musste mich überwinden, um sie aus der Erde zu nehmen.

Die Laterne war hastig in Zeitungspapier eingewickelt worden, das zerfiel, auf dem man aber noch immer über sechs Spalten die Überschrift entziffern konnte:

»Costes und Bellonte überqueren den Atlantik.«

Es gibt keine Wirklichkeit, die mächtig genug wäre, um das Gefühl der Unwirklichkeit zu zerstreuen, das die Dichter knechtet. Diese Zeitung und diese Überschrift beschworen in mir keineswegs den Tag des Ruhmes herauf, den sie verkündeten. Ich stellte mir lediglich die hektischen Gesten der Frau vor, die diese Seiten um die Lampe geknüllt hatte.

Ich dachte mir: So, das hast du nun davon! Du bist brav deinem alten Reflex gefolgt: Immer das Corpus Delicti sicherstellen. Nun hast du es! Das kannst du dir nun in die Haare schmieren!

Ich kehrte zu Rosemonde zurück mit meiner Hacke auf der Schulter und ich kam mir vor, als würde ich ein Kreuz tragen. In der Hand hielt ich die Laterne, die ich, so gut es ging, von der Erde befreit hatte. Als er mich schlurfenden Schrittes herankommen sah, rief Marcel:

»Nanu! Was schleppst du denn da an?«

»Was ich hier anschleppe, ist eine Signallaterne.«

Er beugte sich über seinen Tresen und beäugte meinen Fund mit einigem Argwohn, wie mir schien.

»Meine Großmutter«, sagte er schließlich, »hatte die gleiche auf ihrem Kaminsims. Sie war unentwegt damit beschäftigt, sie zu putzen. Zeig mal die Ziffer her ... Ja, richtig! 135, sagt die Prägung. Es ist die gleiche. Wo hast du sie her?«

»Wie hieß denn deine Großmutter?«

»Madeleine. Warum fragst du mich das? Hast du sie gekannt?«

»Na ja ... Gekannt ist vielleicht nicht das richtige Wort!«

»Verdammt! Du siehst wirklich so aus, als hättest du ein Gespenst gesehen. Vorhin hab ich es nur so dahin gesagt. Aber jetzt, wenn ich es mir recht überlege ...«

Wenn Marcel überlegte, hatte er wunderhübsche Kalbsaugen, die nirgendwohin blickten.

»Hat das Gespenst dir das gegeben?«

Mit anklagendem Finger deutete er auf die Lampe. Ich beruhigte ihn, so gut es ging.

»Ach, Marcel, komm! Du hast völlig falsche Vorstellungen von den Gespenstern. Wenn sie in der Weltgeschichte herumspazieren, sind es nie die Lebenden, denen sie sich anvertrauen. Die Lebenden? Gespenster wissen nicht einmal, was das ist.«

Durch den Perlenvorhang, den der Wind jetzt leise bewegte, schaute ich auf das halb verfallene Stellwerk von Saint-Maime-Dauphin, wo es heute noch manchmal, über den Häusern der Rentner, nach schlechter Kohle roch, denn sie hatten noch Vorräte von dieser Kohle, die einst aus dem Bergwerk von Bois-d'Asson, drüben auf der anderen Seite der Largue, gefördert wurde. Und um die ängstliche Seele des Kneipenwirts endgültig zu beruhigen, murmelte ich zwei Verse vor mich hin, ohne ihn anzusehen:

»Und so schritten sie durch den wilden Hafer,
Nur der Wind allein hörte ihre Worte.«

»Was ist das?«, fragte Marcel mit hochgezogenen Augenbrauen.

»Ein Gedicht. Über eine Gespenstergeschichte. Findest du nicht, dass das ein schönes Ende abgibt?«

Darüber musste er lachen. Es hat verhindert, dass er sah, wie die Signallaterne immer stärker zu glänzen begann, je mehr Zeit verging, seit sie ausgegraben worden war.

Um der Gesellschaft und ihres lieben Friedens willen, riet Laviolette, sollte man Familiengeheimnisse stets unausgegraben lassen.

Le Diben, Juni–Juli 1991.

Der Veilchenstrauß

Sie haben sich vielleicht gefragt, sagte Laviolette, warum ich in den Mundwinkeln diese tiefen Bitterkeitsfalten habe, mit denen ich aussehe wie ein alter Vorstehhund? Ich habe sie schon sehr früh bekommen. Ebenso bin ich sehr früh dick geworden. Eines Tages habe ich zu essen angefangen, um mich über die Menschen hinwegzutrösten, so wie manche Frauen frühzeitig zu essen anfangen, um sich über die dahingegangene Liebe hinwegzutrösten.

Häufig glauben die Leute, dicke Menschen seien Frohnaturen. Ich selbst bemühe mich nach Kräften, es zu sein. Wer mich sieht, sagt: *Das ist ein gutmütiger Dicker!* Nein, ich bin ein bösartiger Dicker. Ein Dicker, der ein wirklicher Menschenfeind ist, das heißt jemand, der nicht nur die anderen nicht mag, sondern auch sich selbst nicht. Wer sich selbst mag, ist kein Menschenfeind. Ein echter Menschenfeind ist sich darüber im Klaren, dass er in sich selbst genau das trägt, was er bei den anderen verabscheut. Ich bin ein echter Menschenfeind, betonte er genüsslich. Und wenn Sie wissen wollen, wodurch ich zu diesem bösen Dicken geworden bin, dann hören Sie sich zunächst einmal diese Geschichte an, die sich zu Zeiten zutrug, als ich noch mager war.

Ich kam aus dem Krieg zurück und war verblüfft, noch am Leben zu sein, verblüfft, nicht mehr jede Sekunde auf der Hut sein zu müssen und ich wusste nicht so recht, wie ich mein Leben in den Gang der Welt einpassen sollte. Ich bin Polizist geworden, weil ich nichts anderes konnte: Ich hatte keinen Beruf, keine Lehre, fast keine Schulbildung und vor allem keinerlei Leidenschaft für das, was meine Altersgenossen interessierte. Auch keinen Ehrgeiz. Nur einen unüberwindlichen Ekel vor mir und den anderen. Ich habe lange gebraucht, um mich von dem Gemetzel zu erholen.

Allerdings hatte ich einen gewissen Ausgleich: ein wenig Geld und Hoffnungen hinsichtlich einer Tante, die während des Krieges mit Lebensmitteln ein Vermögen verdient hatte. Damals glaubte ich, dass man seinen Schatten zu Hause lässt, wenn man weggeht, und dass man nur sein Licht mitnimmt. Gott sei Dank dauert es lange, bis sich eine solche Illusion verflüchtigt. Wenn schließlich die Heimat als der einzige Ort erscheint, wo man sich nicht unwohl fühlt, dann hat der eisige Verstand alle Begeisterung verdrängt, und das heißt, man ist alt.

Kurzum, ich war weggegangen. Ich hatte beschlossen, Städte

im Süden, Kirchen zu besichtigen. Ich war noch sehr jung, daran erinnere ich mich, denn damals zog ich der schmucklosen Romantik die gotische Kunst vor und am liebsten mochte ich die Spätgotik. Das hat sich seitdem sehr geändert. Keine heilige Stätte ist mir karg genug, keine verzichtet entschieden genug auf Prunk und Äußerlichkeiten. Je älter man wird, desto weniger lässt man sich von Details beeindrucken.

Eines Abends – ich hatte die Grenze passiert – gelangte ich in eine sonderbare Stadt voller Hügel und Senken, in der es sich nicht leicht wohnen ließ und die genauso unbequem zu besichtigen war. Im Abendlicht wurde sie von einer riesigen Fensterrose beherrscht, in der sich die sinkende Sonne spiegelte, so dass die Kirche, zu der sie gehörte, beinahe verborgen blieb. Man erahnte lediglich die filigranen Turmspitzen und die zahlreichen Türmchen, die die Fassade wie mit Schildpatt bedeckten. Es dauerte lange, bis ich mich durch die winkligen Gassen und über Trambahntrassen hinweg zu der heiligen Stätte hindurchgefunden hatte, die man von so weit her sah.

Dem Einsamen kündet in solchen Gegenden die untergehende Sonne stets von Unglück. Man weiß, dass Paare glücklich auf Parkwegen wandeln, dass Familien wie friedliche Herden in Gartenlauben weilen, aber der goldene Staub der Abenddämmerung bringt einem unabwendbar Kunde von einer Zeit, in der man nicht mehr sein wird. Die seltenen Male, da ich Gott brauchte, brauchte ich ihn bei jenem Feuerwerk angeblicher Freude, das mir der Sonnenuntergang vorgaukelte.

Die aufgeworfene und abgesackte Erde hatte dieser sonderbaren Stadt nichts als Buckel und Senken geboten. Und es musste einen großen Anreiz gegeben haben, so viele Menschen an diesen unbequemen Ort zu locken. Stadt und Land gingen im Übrigen ständig ineinander über. Neben einem Luxusgebäude, dessen Erdgeschoss aus reichen Geschäften bestand, stieß man auf einen bescheidenen Garten, wo ein alter Mann sein Gemüse goss.

Die Kirche, die von weitem so aussah, als gehöre sie unmittelbar zur Stadt, stand dagegen von den ersten Häusern ziemlich weit entfernt. Wie ausgesperrt stand sie am Ende eines riesigen, baumlosen, leicht abschüssigen Platzes, der mit groben, roten, wie Melonen gewölbten Steinen gepflastert war, die ganz offensichtlich nicht betreten werden wollten. Dieser Platz breitete sich fächerförmig zwischen dem Gotteshaus und den benachbarten Straßen aus, von denen man das Gefühl hatte, dass sie sich in vorsichtiger Entfernung hielten.

Es war eine buchstäblich gewaltige Kirche, das heißt, dass sie Furcht einflößte. Niemand wusste, welcher Glaube sie errichtet hatte. Man hatte den Eindruck, es sei eine fordernde Inbrunst gewesen, nach dem Motto: *Herr, ich preise Dich, dafür überhäufst Du mich aber mit vergänglichen Gütern.*

Sie saß vor der Stadt wie ein Richter auf seinem Thron und nicht wie das gastliche Haus Christi. In Wirklichkeit rührte die überhebliche Feindseligkeit von der Perspektive des Platzes her, der zu ihr hin anstieg, um sie Schrecken erregend über alle Menschen zu erheben.

Der Platz lag schon im Schatten und war menschenleer. Ich stand allein vor der Kirche. Es war nicht Sommer, es war auch nicht die Jahreszeit der Reisebusse, in der die alten Leute durch Europa ziehen, um letzte Erinnerungen einzusammeln. Ich stieg vergnügt zu der Kirche hinauf, denn nichts hat mich jemals so sehr gereizt wie ein unlösbares Rätsel, das doch immer schon offen und unverhüllt sich darbot, und alles bestärkte mich in dem Glauben, dass diese Kirche, dieser Platz, das vorsichtige Sichfernhalten der Häuser, dass all dies ein Geheimnis barg, das ich beschnüffeln wollte.

Oberhalb der Schattenzone des Platzes traf die Sonne noch immer waagerecht auf das Kirchenfenster, das nach wie vor strahlte wie eine Monstranz: nicht auszuhalten. Der Platz endete vor einer Freitreppe, die jederzeit Tausende von Gläubigen hätte an sich ziehen können. Dabei wiesen alle Stufen eine leichte Schräge auf, das heißt, sie waren etwas nach unten ins Leere gerichtet, als ob sie einen aus der Kirche ausgießen und nicht in sie aufnehmen wollten. Und wenn man sich auf die Stufen wagte, hatte man den Eindruck, dass im nächsten Moment die hochragende Kirche kippen und einen unter ihren Trümmern begraben könnte.

Zwischen dem Treppenabsatz und dem Eingang erstreckte sich ein Vorplatz, den man von unten nicht ahnte. Er führte zu einem Tor mit Relief-Tafeln, die mit besessener Akribie die Hölle der Unkeuschen darstellten. Stundenlang konnte man da verweilen und sich an den zahllosen Details weiden. Auf dem Tympanon barg ein Christus im Strahlenkranz und dennoch traurigem Gesicht ein paar wenige durch den Glauben gerettete Gerechte.

All das war riesig, erdrückend, und wenn man sich auf dem Vorplatz zur Stadt hin wandte, hatte man das Gefühl, den Thron eines Mächtigen zu besetzen, so sehr lag sie einem zu Füßen. Im Grunde gab sich diese drohende Festung erst als Kirche zu erkennen, wenn man sie betrat. Dann spürte man die Bewohner und nicht mehr den Erbauer. Man nahm die Demut der alten Frauen wahr, die die Altäre mit Wiesenblumen schmückten.

Ich wanderte ziellos zwischen den Säulen und den Seitenkapellen umher, auf der Suche nach dem, weshalb ich hierher gekommen war.

»Wenn Sie das Glück haben«, so hatte man mir gesagt, »an einem Tag zu kommen, an dem die Kirche nicht gereinigt worden ist, werden Sie vielleicht eines jener seltsamen und gottlosen Votivbilder entdecken, die der Kirche ihren besonderen Ruf verschafft haben. Natürlich machen die Seelsorger des Hauses und die frommen alten Frauen, die auf die Wahrung der Ehrfurcht achten, Jagd auf derlei Gegenstände. Aber die List der dankbaren Gläubigen kennt keine Grenzen. Immer wieder tauchen neue auf: Im Schatten der Statuen versteckt, in der unschuldigen Erscheinung eines Blumengebindes, am Fuß der Säulen, hinter den mit Namen versehenen Chorstühlen, manchmal sogar wie Abziehbildchen hinter die mittelmäßigen Bilder geklebt, die den Kreuzweg darstellen. Gott möge mir verzeihen: Sogar in den Beichtstühlen wurden welche entdeckt! Freuen Sie sich, wenn Sie ein solches Exvoto finden, über die grenzenlose Dummheit der Menschen, aber«, so hatte mein Informant mit erhobenem Zeigefinger betont, »hüten Sie sich davor, auf dem Umweg über die Komik in das Grauen einzutauchen!«

Diese sibyllinischen Worte hatten mich zunächst neugierig gemacht, dann hatte ich sie vergessen.

So hatte ich eine Zeit lang erfolglos herumgesucht, während ich tat, als bewunderte ich das Hauptschiff und die prächtigen Seitenkapellen, die ein kleines Bildchen hätten verbergen können. Eingehend hatte ich alle Szenen des Lettners betrachtet, der den Chor abteilte, hatte mir Zeit gelassen, in der Hoffnung, dass die wenigen Besucher, die im Innern der Kirche herumschlichen, gehen und mich mit meiner Suche allein lassen würden. Inzwischen befand ich mich in der Mitte der Kirche unter der Vierungskuppel vor dem Hauptaltar. Diese Stelle zwischen dem Tabernakel und den zahlreichen Betstühlen war das Interessanteste an dieser Kirche, das, was ihr Seltenheitswert verlieh.

Der stolze Altar, der über fünf oder sechs Stufen zu erreichen war, sah auf vier fächerförmig angeordnete Grabplatten herab. Zwei davon waren aus Porphyr, die anderen beiden aus Onyx. Es waren die Gräber von vier Großen der Geschichte, deren arrogante Demut sie zu Lebzeiten dazu verführt hatte, sich vorzustellen, welch Privileg es wäre, sich nach dem Tod von der Menge der Gläubigen mit Füßen treten zu lassen. Sie waren es, die, reich geworden durch die Galeonen aus Amerika und die Huld der Könige, diese Kirche zu Ende gebaut hatten, welche mangels Geld und ausreichendem Glauben zwei Jahrhunderte lang Baustelle geblieben war.

Diese Mächtigen hatten zu den Nachfolgern von Kolumbus gehört, sie hatten zwar keinen neuen Kontinent entdeckt, aber die gewaltigen Vorteile dieser neuen Landstriche genutzt, wo man nur die Urbevölkerung auszumerzen brauchte, um sich allen Goldes dieser Welt zu bemächtigen.

Nach drei Jahren Abwesenheit in die Heimat zurückgekehrt, hatten sie, wie so viele andere auch, ihre Frauen schwanger vorgefunden und sie mit dem Schwert umgebracht, nicht ohne sie vorher auf glühende Eisen aufgespießt zu haben. Und sie hatten ihnen den Bauch aufgeschlitzt, um die noch zuckenden verbotenen Früchte allesamt in denselben Brunnen zu werfen.

Nach vollbrachtem Werk hatten sie Buße getan und die Priesterschaft hatte sie von ihrer Sünde losgesprochen unter der Bedingung, dass sie nun diese Kirche vollendeten; die weltliche Macht wiederum hatte sie freigesprochen in Anerkennung der von ihnen erbrachten zeitlichen Güter. Offenbar hatte jedoch solch brüderliche Absolution nicht genügt, ihr Gewissen zu beruhigen. Man sah sie nur noch, wie sie sich selbst auslöschten und in verdreckter Armut dahinlebten; sie hatten alles an die Bedürftigen verteilt und waren abgezehrt vom unaufhörlichen Fasten. Man hat sie beschrieben, wie sie sich bei jeder Prozession mit Ruten geißeln ließen und zwar von niederen Knechten, denen der Tod angedroht wurde, falls sie Mitleid bekämen oder auch einfach müde wurden.

Man hatte geschildert, wie sie bis zu ihrem Tod, der sie erst lange Jahre später hinwegnahm, das Büßerhemd trugen. Man war ihnen in ihrem ruhelosen Wanderleben gefolgt und hatte gesehen, wie sie ihre Wunden zur Schau trugen und das Volk sie mit anhaltendem Gemurmel bedauerte. Im Grunde wollten sie Gott auf ihr tiefes Leid aufmerksam machen, wobei sie sich ausrechneten, dass das Leiden im Diesseits nur vorübergehend sei, wohingegen das andere, vor dem sie sich fürchteten, ein ewiges zu sein drohte.

Da jedoch schon bei ihrem Begräbnis die Wunder um jene Grabplatten sich häuften, hatte die Kirche schon vor Jahrhunderten die Heiligsprechung dieser vier Gerechten in Aussicht gestellt. Einige Päpste hatten das Verfahren beschleunigt, aber sie hatten nicht lange genug gelebt. Andere hingegen hatten die anstößige Anwartschaft mit Widerwillen und Verachtung übergangen. Das Volk jedoch, das sich in solchen Fällen niemals irrt, schwärmte herbei zu den verbotenen Reliquien, wie die Fliegen über verdorbenes Fleisch herfallen. Und mir war berichtet worden, dass für junge Frauen der Besuch dieser Kultstätte zwar nicht ausdrücklich verboten, aber doch unerwünscht sei, als ob das Betrogenwerden den Männern vorbehalten wäre und die Frauen nie darunter zu leiden hätten.

Jedenfalls knieten an jenem Abend, während ich den Lettner und die große Fensterrose bewunderte, nur ein paar Männer auf den Betstühlen. Sie waren barhäuptig und wirkten wie verloren im riesigen Kirchenschiff. Mit starrem Blick flehten sie das große Kruzifix mit dem realistisch geschnitzten, vor Schmerzen wie ein alter Weinstock verkrümmten Heiland an. Diese Männer waren meine Brüder. Mir war sofort klar, dass ihre Frauen sie betrogen hatten.

Ich muss hinzufügen, dass ich soeben die ersten Attacken dieses ach so häufigen Übels erlitten hatte. Die Frau, die ich damals liebte, hatte mir sinngemäß gesagt: *Reisen Sie, mein Freund, denn wir sind nur noch Freunde.* Das war einer der Gründe meiner Lust auf Gotik gewesen, und deshalb befand ich mich also an diesem Ort, wo Betrogenwerden fast schon dem Heiligsein gleichkommt.

Es herrschte eine hallende Stille, die hin und wieder unterbrochen wurde durch ein Geräusch, das ich für das Schluchzen oder das Lamento eines jener barhäuptigen Männer hielt, die sich weit voneinander entfernt hielten, als ob sie ihren Unglücksgenossen vorwerfen wollten, dass sie sie angesteckt hatten.

Womöglich suchte ich, wenn auch ohne Eifer, nach den anstößigen Votivbildern, von denen man mir erzählt hatte, wahrscheinlich aber vor allem nach jenem dem Parmigianino zugeschriebenen Triptychon, das kein Führer erwähnte, weil es bei den Fachleuten allzu umstritten war. Endlich entdeckte ich es, unterhalb einer kurzen Treppe, die zu einer Art Becken führte, wo einst vermutlich in großer Zahl getauft worden war. Es war die düsterste Ecke der Kirche, abseits vom Altar und vom Lettner. Das monumental eingerahmte Triptychon wurde von einem ochsenjochförmigen Kielbogen geradezu erdrückt, der sich mit seinen schwülstigen Skulpturen alle Mühe gab, die Aufmerksamkeit auf sich zu lenken statt auf das Altarbild.

Obwohl das Werk durch eine behelfsmäßig angebrachte Glühbirne äußerst schlecht beleuchtet und dazu auch noch ungünstig platziert war, war es von strahlender Wirkung; man ahnte sofort, dass sein Schöpfer vollkommen glücklich gewesen war. Es stellte einen Baum dar, dessen Stamm mit Zweigen und goldenen Früchten umwunden war und an dessen Fuß sich zwei nackte Menschen gegenüberstanden. Auch wenn der Künstler nicht Parmigianino war, so war er doch so genial gewesen, die beiden in ganz gewöhnlichen menschlichen Körpern darzustellen, weder hässlich noch schön, etwas hager, mit zu langem Oberkörper; die Brüste der Frau waren nicht sonderlich aufreizend, und ihr Hintern war weder besonders wohlgeformt noch zeigte er Mängel, und der Mann hatte einen etwas schütteren Bart und einen mittelgroßen, wenn auch herabhängenden Penis.

In der Bewegung ihrer Hände war nicht die geringste Lüsternheit zu erkennen: Die eine war ausgestreckt, um den Apfel zu übergeben, die andere geöffnet, um ihn zu empfangen. Allein der Blick der zwischen Früchten und Zweigen eingeflochtenen zweiköpfigen Schlange drückte Geilheit aus. Die beiden Figuren waren unschuldig wie die grasenden, locker um sie herum gruppierten Lämmer: Die blauen Tieraugen spiegelten Bruchstücke des Paradiesgartens wider. *Der Tag war nicht reiner als der Grund ihres Herzens,* schreibt Racine. Demzufolge – und das war es, was der Maler allen Bannflüchen der Kirche zum Trotz ausdrücken wollte – gab es keinen Grund, sie auf so seltsame Weise zu bestrafen.

Mit der Anmaßung der Jugend machte ich diese Entdeckung. Ich glaubte, ich sei der erste, der dies bemerkte, und der Rausch der Eitelkeit erfüllte mich so sehr, dass das Thema und die hohe Meinung, die ich von mir selbst hatte, mich alles vergessen ließen; gebannt starrte ich auf den Baum der Erkenntnis und wurde gar nicht gewahr, dass die Dunkelheit allmählich in die Kirche einfiel und dass in der Fensterrose die Sonne schon lange erloschen war.

Ich hatte mich so weit wie möglich auf der breiten Treppe, die sozusagen das Becken bildete, zurückgezogen und mich in die düsterste Ecke einer Stufe gesetzt. Kunstwerke hatte ich schon immer lieber von der Seite und nicht von vorne betrachtet. Ich bin überzeugt, dass man sich auf diese Weise besser mit ihnen einlassen kann.

Irgendwann war mir, als hörte ich, allerdings sehr weit weg, schlurfende Pantoffeln und das typische Rasseln eines Wärters, der mit einem Schlüsselbund am Gürtel umhergeht, aber ich saß da, das Kinn in die Hand gestützt, und bewunderte das Leben, das dieser glückselige Maler aus der Holztafel hatte hervorbrechen lassen mit einer Freude, der auch vier Jahrhunderte nichts hatten anhaben können.

Vermutlich war ich, das Kinn noch immer in die Hand gestützt, im Sitzen eingeschlafen, vor lauter Glück, innerlich besänftigt. Plötzlich schreckte ich hoch, das dumpfe Geräusch eines schweren Deckels, der gerade zugefallen war, in den Ohren. Das Geräusch war noch nicht verhallt, das Gewölbe warf es zurück. Ich saß im Finstern. Die Funzel (ein anderes Wort wäre nicht angebracht gewesen), die das Bild beleuchten sollte, war nun ausgeschaltet. Ich blickte zur Fensterrose hinauf. Offenbar schien der Mond nicht, denn selbst das Fenster war gegen die fernen Lichter der Stadt kaum zu erkennen.

Ansonsten war die Kirche dunkel, bis auf eine Seitenkapelle, in der ein paar Kerzenlichter flackernden Glanz auf die polierten Lehnen der Gebetstühle warfen.

Ich orientierte mich an diesem Schimmer und tastete mich – meine vorsichtigen Schritte hallten beängstigend – zu der kleinen, im Hauptportal ausgesparten Tür, durch die ich hereingekommen war. Aber ich machte mir keinerlei falsche Hoffnungen: Ich hatte mich wie ein Dummkopf in diese Kirche einsperren lassen. Und als ich bei der wie in einer Notarskanzlei grün gepolsterten Tür ankam, war ich nicht einmal versucht, an ihr zu rütteln. Denn der Lichtstrahl einer fernen Straßenlaterne drang durch den Spalt zwischen Tür und Türstock und ließ einen soliden Riegel erkennen, der durch zweifache Schlüsselumdrehung vorgeschoben worden war. Um ganz sicher zu gehen, drückte ich dennoch auf die Klinke, wunderte mich aber nicht, dass sie Widerstand leistete.

Ebenso versuchte ich, nach wie vor halb blind in der Dunkelheit, die Seitentür im Querschiff zu öffnen, die ich bemerkt hatte, als ich um den Lettner herumging. Danach probierte ich es noch mit der Tür der Sakristei. Ohne Erfolg, alles war verrammelt und es wäre sinnlos gewesen, es mit Gewalt zu versuchen. Ganz ohne Lebensart war ich nicht. Ich wusste, was ein Parmigianino war, auch wenn es sich womöglich um einen falschen handelte. Er musste mit erstklassigen Schlössern geschützt werden, wie sie nur von Priestern ausfindig gemacht werden, die schließlich daran gewöhnt sind, dass man ihnen die Opferstöcke ausraubt.

Es blieb mir nichts anderes übrig, als mich in aller Ruhe damit abzufinden, die Nacht hier zu verbringen. Das war eine bittere Pille, denn während ich vorhin den Parmigianino betrachtete, hatte ich mir gedacht, dass es ganz angenehm wäre, in einem jener Straßencafés der Altstadt, von denen man mir vorgeschwärmt hatte, eine kleine, wenn auch einsame Mahlzeit einzunehmen und dazu den Wein der Gegend zu kosten.

In der Finsternis kamen mir diese schlichten Ersatzgenüsse meiner Melancholie jetzt unentbehrlich vor. Sie hatte Recht gehabt, meine verlorene Geliebte, mir das Reisen anzuraten. Charlotte war mir sehr fern. Ich sah mich wie Goethe in Weimar, voller unersättlicher Neugier auf alles andere im Leben, das von meiner unglücklichen Liebe schon nicht mehr belastet war. Und nun war ich hier! Allein in einer Kirche. Weihrauch atmend und damit vermischt den schwachen Duft der Kerzen, die in jener Seitenkapelle brannten, von unbekannten Händen angezündet. Gefangen! Aus eigener Dummheit!

Seitdem mich die Kirche mit ihren Türen ringsum eifersüchtig eingeschlossen hielt, kamen mir ihre gewaltigen Ausmaße noch bedrückender vor. Ich hatte geglaubt, ich wüsste, was Stille ist; die Stille, die hier herrschte, war jedoch ganz neu. Schließlich hatte ich mich an die Dunkelheit gewöhnt und konnte mich ungehindert darin bewegen. Im Grunde weidete ich mich an dem einsamen Besitz, der mir in dieser Nacht zufiel: an den sieben Jahrhunderten dieser Kirche und an dem Parmigianino, den ich leider nicht mehr sehen konnte.

Ich irrte noch ein wenig umher, von einer Säule zur anderen, eher von der Lust, etwas Gutes zu essen, umgetrieben, als von echtem Hunger. Meine Schritte hatten mich unter die Kuppel zurückgeführt, durch deren Laternen der Lichtschimmer der Stadt wie Goldstaub herabsank.

Ich trat auf den Platten der vier Gräber herum, die Millionen anderer Schritte vor den meinen abgenutzt hatten. Diese Monolithen waren so gewaltig, dass mich unwillkürlich schauderte. Ich strengte mich an, die Namen der vier Helden zu lesen, die darunter lagen und deren Taten, ebenso wie die Untat, auf den Grabsteinen getreulich erzählt wurden. Aber abgesehen davon, dass mir die Sprache unbekannt war, machte die Dunkelheit jegliches Lesen unmöglich. Ich war jedoch aufmerksam genug, um am Rand der Grabplatten, da wo sie sich in den Boden der Kirche einfügten, parallel verlaufende Kerben im Marmor zu bemerken. »Damit die Platte hochgehoben werden kann, natürlich«, dachte ich mir. Aber meine Polizistenlogik, die mich damals – leider – auch schon belastete, verbesserte mich auf der Stelle: »Unsinn! Dies sind Einzelgräber. Ihre jeweiligen Insassen liegen bereits vier Jahrhunderte darin. Es gibt überhaupt keinen Grund, sie wieder zu öffnen.« Ich bückte mich, um die Einkerbungen abzutasten. Sie waren sauber und glatt. Dabei hätten die Vertiefungen vom Staub der Jahre zugefüllt sein müssen, genauso wie die Steinplatten durch jahrelanges Betreten abgenutzt worden waren. Also waren die Kerben die Jahre hindurch offenbar sauber gehalten worden. Wozu? Ein paar Minuten lang klammerte ich mich an dieses kleine Geheimnis, um meinen Geist zu beschäftigen.

Der Schlaf übermannte mich urplötzlich im Stehen, ganz ohne Vorwarnung, wie er das immer schon mit mir macht, und dann bin ich auf der Stelle halb tot, höre und sehe nichts mehr. Haben Sie bemerkt, was ich für schwere Augenlider habe? Wenn sie erst einmal zuklappen, kann ich sie nicht mehr öffnen. Dann gibt es keinen Ausweg, ich muss irgendein Bett suchen und mich bis über beide Ohren darin versenken. Leider konnte mir die Kirche kein Bett bieten. Ich glaubte, im Chorgestühl Unterschlupf zu finden, aber es war unangenehm rutschig, dank der frommen Frauen, die es um der eigenen Kasteiung willen wachsten und wienerten.

Jedes Mal, wenn ich das Bewusstsein verlor, wurde ich sanft auf die Stufen davor befördert, wo mir nichts als Kranzgesimse und scharfe Kanten entgegenkamen. Nach langem, erfolglosem Herumirren und Suchen landete ich schließlich hinter dem Hauptaltar, an der einzigen Stelle, wo ein Teppich den Stein- und Marmorboden zierte.

Ich ließ mich der Länge nach hinfallen, die Arme wie ein Gekreuzigter ausgebreitet. Damals war ich – leider habe ich mich da sehr verändert – ziemlich anspruchslos, was die Qualität meiner Liegestätte betraf. Im Krieg hatte ich sogar auf noch warmen Leichen geschlafen, die unter meinem bewusstlosen Körper schließlich kalt und steif geworden waren. Ein Beweis, dass ich einen gesunden Schlaf habe.

Hingegen waren bei mir damals die Krieger-Reflexe noch nicht abgestumpft und so überwältigend der Schlaf auch sein mochte, ich war immer auf der Hut.

In jener Nacht wachte ich auf von einem vagen Rascheln, das von der Seitentür zu kommen schien, von der rechten Seite des Querschiffes. Zugleich ließ im Hauptschiff ein helleres Leuchten als das der Kerzen die Goldtöne der Statuen und das Glas der Lüster aufschimmern.

Die Tür ganz hinten im Querschiff, links vom Lettner, war kaum sichtbar, aber ich erkannte eine schemenhafte Gestalt, die eine Blendlaterne trug und mir den Blick auf diese Tür versperrte. Eine Gestalt, die sich, wie mir schien, in verstohlener Bewegung seltsam verrenkte. Mir wurde jedoch schnell klar, dass sich in Wirklichkeit jemand am muschelförmigen Weihwasserbecken links vom Eingang bekreuzigt hatte.

Die Gestalt huschte zur Seite, eine weitere folgte ihr und stieß dabei das quietschende Türchen an, dann kam noch eine und dann noch weitere. Innerhalb weniger Sekunden hatte sich hinten im Seitenschiff eine dichte Gruppe gebildet, die sich sogleich in Bewegung setzte. Alle trugen sie Laternen und warfen riesige Schatten auf die Säulen, die Mauern, das Holz des Gestühls und den Marmor des Lettners. Mir schien, dass sich auf ihren Schultern hellebardenähnliche Geräte hin- und herwiegten, so dass ihr verlängertes Schattenbild sich wie mit stummem Eisengeklirr durch die Kirche bewegte.

Ich hatte meinen Teppich verlassen, um dem Lichtstrahl der

Laternen zu entkommen; kriechend war ich bis zu dem Bogen des Lettners zurückgewichen, der sich hinter mir schloss. Warum? Eigentlich hätte ich ganz im Gegenteil dazu neigen sollen, meine Gegenwart spontan anzuzeigen, um diesen Nachtschwärmern mein Missgeschick zu erklären und mich schleunigst durch das geöffnete Türchen davonzumachen. War das nicht das einzig vernünftige Verhalten für einen zivilisierten Menschen, der aus Versehen nachts in einer Kirche eingeschlossen war?

Aber genauso wenig wie den Lauerschlaf hatte ich den Spürsinn jener Jahre verloren, in denen ich gehetzt und gejagt worden war. Jener Jahre, in denen beim geringsten Fehler alles sehr schnell gehen konnte: Zuerst die Folter, bevor zwölf Gewehrkugeln den Rest besorgten. Wenn man dies im Alter zwischen achtzehn und zwanzig erlebt hat, dann sind einem die, die diese Erfahrung nicht gemacht haben, unterlegen. Dem schlimmsten Lumpenpack gegenüber hat man zwanzig Jahre Vorsprung. Und das ist wie in den naturwissenschaftlichen Fächern: Der Abstand wird nie mehr aufgeholt.

Abgesehen vom Klappern der Laternen und dem sonderbaren Schatten der auf den Schultern hin- und hergewiegten waffenartigen Geräte schritten diese Unbekannten jedoch ohne jedes Gehabe voran: Sie gingen im Gegenteil halb geduckt und voller Demut und machten keinerlei Geräusch. Und als wollten sie ihre Gesichtszüge in der Dunkelheit verbergen, gingen sie mit gebeugten Knien und schwenkten ihre Laternen dicht über den Boden, so dass sie nur ihre Schuhe beleuchteten. Hinzu kam, dass es altertümliche, mit einem Gitter bewehrte Laternen waren, und ich sah und hörte letztlich nur sie, die die Dunkelheit und die Stille mit ihren rhythmisch bewegten Lichtkegeln und ihrem Knarzen durchbrachen.

Die Truppe bewegte sich nicht in meine Richtung. Einer nach dem anderen stellte seine Laterne und das, was ich für eine Waffe hielt, auf den Altarstufen ab. Sie beugten rasch das Knie, dann nahmen sie ihre Utensilien wieder auf und drehten dem Tabernakel den Rücken.

Noch immer wusste ich nicht, warum ich mich versteckt hielt und vor allem, warum ich nicht die Gelegenheit ergriff, die Kirche zu verlassen. Ich hatte kein Schließgeräusch als Zeichen dafür gehört, dass sie die Tür wieder verriegelt hätten. Vielleicht war es der Teufel der Neugierde, der mich ritt. Auf jeden Fall war ich auf meinen Teppich zurückgekehrt und zum Tabernakel gegangen. Er bestand aus einer Marmorplatte, die von einem Dutzend Kniender getragen wurde, deren Arme ineinander verschlungen waren. Es genügte, den Kopf zwischen die gemeißelten Körper dieser unheimlichen Riesen zu schieben und man konnte im Schutz ihres Schattens alles beobachten, was sich vor dem Altar zutrug, genauso wie der sich vor Schmerzen windende Christus es von seinem Leidenskreuz herab sehen konnte.

Zehn Männer standen da vor mir. Da sie die Laternen auf den Boden gestellt hatten, konnte ich noch immer nur den unteren Teil ihrer Körper sehen. Sie hatten sich in gleichem Abstand zueinander auf beiden Seiten von einer der Grabplatten aufgestellt, jener, von der ich dachte, sie sei aus Onyx. Jetzt hielten sie die seltsamen Waffen in der Hand, die sie zuvor auf der Schulter getragen hatten. Sie waren auf den Boden gerichtet, als wollten sie eine unsichtbare Beute niederhalten. Die Täuschung hielt nicht lange an. Am Klingen des Stahls auf dem Boden erkannte ich, dass es sich um Werkzeuge und nicht um Waffen handelte. Im Übrigen erinnerten mich die Bewegungen dieser Männer an die Straßenarbeiter, die ich einst auf den schlechten Wegen der südlichen Alpen am Werk gesehen hatte, wenn schwere Felsbrocken auf die Fahrbahn gerollt waren. Die Männer, die ich belauerte, machten sich in Wirklichkeit mit Brechstangen zu schaffen. Da fiel mir wieder ein, dass ich an den Marmorplatten Einkerbungen bemerkt hatte.

Inzwischen hatten sich meine Augen trotz des armseligen Lichts der Blendlaternen an die Dunkelheit gewöhnt, und ich konnte die Pantomime dieser schweigenden Männer bequem verfolgen, die sie um die Gruft herum vollführten. Ganz offensichtlich versuchten sie, sie aufzuhebeln. Ihr angestrengtes Keuchen wurde in der Leere der Kirche zu einem durch den Hall verstärkten Dröhnen. Drei von ihnen knieten am Boden und mühten sich damit ab, Holzbohlen unter die Grabplatte zu schieben; ich hatte sie damit im Laufschritt aus der Sakristei herauskommen sehen.

Es dauerte lange, bis das schwierige Manöver vollbracht war, doch dann hörte ich auf einmal, wie das typische Geräusch von Holzrollen unter dem Marmorblock das Gekeuche übertönte. Zugleich stieg über die Stufen, die zum Altar hochführten und durch das durchbrochene Steinwerk der Oranten hindurch, das mir die

Beobachtung erlaubte, ein unvergessener Modergeruch an meine Nase; bis heute brauche ich nur daran zu denken, und schon ist er in seiner ganzen Stickigkeit wieder da. Er enthielt alles, was sich dort unbemerkt im Lauf der Jahrhunderte an Gerüchen zusammengeballt hatte. Nun breitete er sich an der Luft aus, erblühte, sich auffächernd, unter dem Kirchengewölbe zu einem süßlichen Duft, der an einen im Herbstwetter verwelkten Garten gemahnte, in dem die großen, schwerköpfigen, von endlosen Regengüssen zu Boden gedrückten Dahlien verfaulen. Ja, ich weiß: Für Leute, deren Geruchssinn flüchtig, oberflächlich ist, haben Dahlien keinen Duft. Aber zerdrücken Sie an einem Oktobertag eine Blüte zwischen Ihren Fingern: Sie wird Ihnen einen viel bezeichnenderen Geruch in der Nase hinterlassen als alle Rosen Ispahans. Das war sie, die Synthese des Geruchs, der aus der Gruft hochgestiegen war, als die Platte zur Seite gerollt worden war und der nun an den Altarstufen entlang bis zu mir hochkroch; der schwere Duft regengetränkter, verfaulender Dahlien.

Und während ich dieses seltsame Aroma in mich einsog, das aus der Tiefe stieg, sah ich, wie die Männer in ihrem stummen Ballett sich von der Öffnung, die sie gerade freigelegt hatten, abwandten, ihre Laternen hochhoben, und die Brechstangen wie eine Trophäe vor dem Altar zurückließen. Nach einem angedeuteten Kniefall stürzten sie allesamt in Richtung Seitentürchen, durch das sie in die Kirche eingedrungen waren.

Ich hätte ihnen folgen sollen, ich hätte versuchen sollen, mich im Schutz der Dunkelheit mit ihnen hinauszuschleichen, aber ich war allzu benommen von dem, was ich gesehen hatte; und außerdem war ich wie hypnotisiert von dieser rechteckigen Öffnung, die im Boden klaffte und mich buchstäblich wie ein Magnet anzog.

Kaum war das Geräusch der sich schließenden Tür im Hall der Kirche verklungen, verließ ich mein Versteck und stieg die Altartreppen hinunter zur Gruft. Das große Loch, das sich da vor meinen Füßen auftat, war so finster, dass ich es nur als eine Fläche wahrnahm, glatt und eben wie ein See.

In diesem Augenblick wurde irgendwo hoch oben etwas ausgelöst, ein Mechanismus, der mit Verzögerung in Bewegung geriet und der plötzlich zwei beeindruckende Schläge von sich gab. Im Glockenturm schlug es zwei. Die Kirche lag nun wieder im Dunkeln. Drüben brannten die Kerzen noch immer, die filigranen Skulpturen jener Seitenkapelle, wo ich sie bemerkt hatte, waren als Schattenrisse erkennbar. Ich ging auf ihr Licht zu. Am Altar der heiligen Theresa nahm ich zwei Kerzen aus ihren Tropfschalen heraus. Zwar dachte ich, dass ich soeben ein Sakrileg begangen hatte, trotzdem ging ich mit einer Kerze in jeder Hand zu der gähnenden Öffnung der Krypta zurück.

Zwei Kerzen, das ist verdammt wenig, um einen Abgrund zu beleuchten. Die kleinste elektrische Taschenlampe hätte mir bessere Dienste geleistet. Wie dem auch sei, das musste genügen. Immerhin konnte ich unter meinen Füßen schwach die Umrisse einer Stufe erkennen, die in Längsrichtung von der einen Seite der Öffnung zur anderen reichte. Vorsichtig setzte ich einen Fuß darauf. Dann bemerkte ich eine zweite und noch eine weitere. Ich tastete mich hinunter, wobei ich meine Kerzen entschlossen über mich hielt, um nicht geblendet zu werden.

Die Stufen, die in dieses Grab hinunterführten, hatten die Ausmaße einer Schlosstreppe, als sei dem rätselhaften Insassen dieses Ortes einst das Privileg zugesprochen worden, aufrecht hinabzuschreiten.

Je tiefer ich in den Boden drang, desto mehr wandelte sich der Dahlien- in einen opulenten Weingeruch, die aufsteigende Luft war vom Gerbsäureduft durchdrungen.

Ich erreichte den weichen Sandboden und konnte trotz der Kerzen, die ich mit ausgestreckten Armen hielt, nicht mehr als einen Meter um mich herum sehen. Ein Sims tauchte aus der Dunkelheit auf und ragte wie ein Kragstein aus dem Gewölbe. Ich kippte meine Funzeln darüber aus, um sie mit etwas flüssigem Wachs darauf zu befestigen.

Nun sah ich! Ein anderthalb Meter hoher, wie der Hauptaltar der Kirche kunstvoll mit Oranten geschmückter Katafalk stand da wie ein lebendiges Wesen. Er bot in der Waagerechten den Anblick eines Toten, der direkt auf dem Marmor aufgebahrt worden war, vermutlich wegen eines Demutsgelübdes. Er lag in seinem eigenen Staub begraben, den er im Zuge seiner Verwesung erzeugt hatte und der sich mit dem vermischte, den die Feuchtigkeit der Gruft im Laufe der Jahrhunderte auf ihm abgelagert hatte. Sein Brustkorb war eingebrochen, alle seine Knochen waren morsch und wurmzerfressen: Außer dem grauen Leichentuch seines eigenen Staubes blieb nur noch der winzige Schädel, wobei der Unterkiefer zur Seite gefallen war.

Das war es, was mir das schwankende Licht meiner Kerzen zunächst enthüllte, es war aber nicht das Wesentliche. Langsam, langsam, während ich zunächst die große Treppe absuchte, machte ich allmählich um mich herum zahlreiche weitere Gerippe aus, die nicht dem Inhaber der Gruft zugehörten und die vor allem auch nicht das gleiche Alter hatten wie er.

Es war da ein ganzer Reigen von zerfallenen oder auch intakten Skeletten, die in mysteriösen Haltungen erstarrt waren. Einige schienen der Verzweiflung hingegeben, andere deuteten noch eine letzte Geste der Abwehr oder der Auflehnung an. Am Fuße der Treppe lagen jedoch zusammengewürfelte Überreste verstreut, aus denen ein paar wie zufällig hingeworfene Schädel hervorstachen. Auch auf den marmornen Stufen lagen noch vereinzelt Knochen, ein Schienbein etwa oder ein Oberarmknochen. Es sah so aus, als wären diese Stufen irgendwann einmal hastig und nicht sehr sorgfältig gekehrt und von den makabren Überbleibseln, die sich angehäuft hatten, befreit worden.

Die Mehrzahl der Toten waren an den Mauern der Gruft oder an den Seitenwänden des die Mitte einnehmenden Katafalks aufgereiht. Alle trugen sie in ihrer merkwürdig grotesken Haltung die Reste einer riesigen Kerze, die manchmal fast ganz niedergebrannt, manchmal im Gegenteil noch fast vollständig war; dann lag sie meist quer über dem Brustkorb.

Ich ergriff eine davon, die auf den Boden gerollt war, und entzündete sie an der Flamme meiner viel bescheideneren Kerzen. Daraufhin untersuchte ich die wenigen unversehrt gebliebenen Skelette, eines nach dem anderen. Ein Gerippe fiel mir besonders auf, es hatte wie zufällig auf dem Sockel des Katafalks das Gleichgewicht bewahrt. Mit seinen leeren, zur Decke gerichteten Augenhöhlen hatte es noch eine menschliche Haltung.

Ich hatte so viele Tote in ihrer fleischlichen Hülle gesehen, manche schon in Verwesung zerfließend, dass mir der Anblick dieser durch die Zeit gereinigten Leichen meine innere Ruhe nicht nahm. Der eine Leichnam jedoch, den ich genauer betrachtete und der mir als der jüngste vorkam, weil er am besten erhalten war, erweckte in mir ein gewisses Unbehagen. Ich betrachtete ihn lange, blickte ihm tief in die Augen, das heißt in die Höhlen dieses Schädels, dessen Stirn zur Decke der Gruft gerichtet war, die vermutlich irgendwann einmal für diesen Toten den Himmel bedeutet hatte. Ich zögerte, ihn zu berühren, aber nicht aus Ekel, sondern aus Respekt oder Taktgefühl.

Stutzig wurde ich jedoch beim Anblick einer Art Schmuck, der sich irgendwann, zu einem bestimmten Zeitpunkt der Verwesung der Anstecknadel wegen an einer Rippe verhakt hatte. Schließlich griff ich danach, um die Sache genauer zu betrachten.

Es war ein Sträußchen aus Filz. Im Kerzenschein sah ich sogar, dass es noch seine Farbe bewahrt hatte: Es war von hellem Violett. Ein Sträußchen Parmaveilchen hing da in den Rippen dieser alten Leiche. Ich vergaß, dass es nur aus Filz war, und führte es unwillkürlich an die Nase.

Bis dahin hatte mich ein Strauß Parmaveilchen, auch wenn er künstlich war, an die europäische Romantik, an Stendhal in Italien erinnert. Die Begegnung in dieser Gruft jedoch beraubte das Symbol jeglicher angenehmen Erinnerung. Wann immer ich ein schlichtes Veilchen erblicke, selbst wenn ich nur seinen Duft rieche, werden meine Gedanken seit jenem Tag von Parmaveilchen besetzt, und seien sie nur aus gefälteltem Filz. Dann brauche ich dringend Alkohol und Zigaretten, nur so kann ich mich wieder erholen.

Im übrigen war da nicht nur der Veilchenstrauß. Die Stirn des Skeletts war noch von einer schwarzen Mantilla bedeckt, die der ekligen Durchfeuchtung standgehalten hatte, von der sie sicherlich beschmutzt worden war. Ich berührte sie. Es war Seide, lebendige Seide, Seide, die nur danach trachtete, unter dem sanften Reiben meiner Finger aufzuleben. Diese zerschlissenen Kleidungsreste hatten irgendwann einmal zu den Bewegungen und Handlungen eines sorglosen Luxuslebens gehört. Parmaveilchen, eine Mantilla: Es war also eine Frau, die vor dem Tod die jetzt leeren Augen gen Himmel gerichtet hatte. Worum hatte sie gefleht? Was hatte sie bedauert?

Mit einer Kerze in der Hand machte ich die Runde zwischen den mehr oder weniger gut erhaltenen Leichen, die da entlang den Mauern zusammengesunken waren. Ich ging in die Hocke, um sie gewissermaßen von Angesicht zu Angesicht zu betrachten. Ich fand keinen weiteren Veilchenstrauß. Seide hingegen ist ein widerstandsfähiges Material. Auf fast allen Schädeln, die ich aus der Nähe betrachtete, klebte noch ein Fetzen von einer Mantilla.

Da wurde mir klar, dass diese Leichengrube ein Frauengrab war. Was mich am meisten beunruhigte, war, dass diese Gerippe nicht alle im gleichen Zustand der Zersetzung waren. Manche waren verrottet wie wurmstichige Möbel, andere schienen noch mehr oder weniger frisch. Das Skelett, das am Katafalk lehnte, strahlte noch vor Leben und war, wie mir schien, kaum seines Fleisches entledigt.

Ich war ein einziges stummes Fragezeichen. Ich suchte vergebens nach einer Erklärung für dieses Massengrab. Ich hatte vergessen – wie konnte mir der Instinkt des alten Widerstandskämpfers im so falschen Moment abhanden kommen? –, ich hatte vergessen, dass ich hier war, weil vorhin zehn mit Brechstangen bewaffnete Kerle die bedrohliche Steinplatte ausgehebelt hatten, die da oben auf Rundhölzern lag und wohl kaum weniger als eine Tonne wog. Jeden Moment konnte jemand kommen und sie in ihre abgeschrägten Fugen zurückrollen lassen.

Der Gedanke ließ mir das Blut in den Adern gefrieren. Ich löschte die dicke Kerze, warf sie zu Boden, griff nach den beiden anderen und stürzte die große Treppe hinauf, die ich so leichtsinnig herabgestiegen war.

Genau in diesem Moment hörte ich hinten im Kirchenschiff ein gewaltiges Grollen. Ein anschwellendes, nicht enden wollendes Donnern. In Windeseile löschte ich meine beiden Kerzen und warf mich im Schatten des Hauptaltars flach zu Boden. Durch die Lücken zwischen den einander zugekehrten Oranten sah ich nun, dass eine neue Lichtquelle das Halbdunkel aufhellte. Es war das Hauptportal, dessen beide Flügel soeben geöffnet worden waren. Dieser gähnenden Öffnung wegen kam mir die Kirche plötzlich wie in die Nacht hinein gewaltsam aufgerissen vor, ihres Geheimnisses völlig entleert. Weit jenseits des Vorplatzes glommen die Lichter der Stadt.

Aber schon wurden mit dem gleichen Donnern die Torflügel wieder geschlossen (vermutlich mussten sie auf Rollen geführt werden, so riesig waren sie), die Stadt verschwand hinter ihnen und ich war erneut in sanftes Halbdunkel gehüllt. Erst dann sah ich, dass es mit neuen Lichtern durchsprenkelt war und dass, je mehr davon erglommen, das ganze Kirchenschiff sichtbar wurde:

Der Goldschimmer der Statuen, die roten Tuniken der Heiligen, der blaue Sternenregen der Kirchenfenster und das Glitzern der geschliffenen Glaslüster, die sich im Luftzug sacht bewegten.

Ich habe schon erwähnt, dass es sich um eine sehr große Kirche handelte. Zwischen dem Altar, wo ich in Deckung gegangen war, und den Türen unter der Orgelempore betrug die Entfernung wohl mehr als hundert Schritte. Am Ende dieses mangelhaft beleuchteten Tunnels sah ich, wie mit Blick zu mir, also zum Altar hin, eine Art Prozession Aufstellung nahm.

Es war keine Menschenmenge, aber doch eine größere Gruppe, etwa dreißig Leute, wie mir schien, ich dachte an eine mittlere Hochzeitsgesellschaft – ich weiß nicht warum sich mir der Vergleich aufdrängte.

Am wogenden Spiel von Licht und Schatten erkannte ich aus der Entfernung, dass sich diese Prozession sehr langsam formierte: Die Teilnehmer wurden gezählt und die Plätze zugeteilt, als ob da ein Zeremonienmeister am Werk wäre, der die Rangordnung streng einhielt und haargenau das Ritual kannte.

Offenbar war jetzt jeder Einzelne in der Gruppe mit einer Kerze versehen, denn unter der Orgelempore setzte sich ein Lichterteppich in Bewegung. Die Prozession begann in feierlichem Zeremonienschritt. Aber es war keine Hochzeit. Die schemenhafte Gruppe, die da hinter den marmornen Oranten langsam heranzog, war schwarz umflort und bewegte sich im Tempo eines Trauermarschs.

Je näher sie dem Altar kam, desto deutlicher drang ein dumpfes Geraune an meine Ohren. Die Teilnehmer deklamierten alle zusammen leise Klageverse, die so ähnlich klangen wie die Litaneien der Karmeliterinnen bei der Karfreitagsandacht. Es sind dies die düstersten Töne der gesamten Liturgie.

Sie schritten in einer perfekten Formation voran, dabei glitten sie über die schwarzweißen Bodenplatten als tanzten sie eine gemessene, unaufhaltsame Pavane.

Ganz vorne und am Ende der Kolonne, die Prozession einrahmend, erkannte ich zunächst die Arbeiter, die vorhin die Grabplatte aus den Fugen gehievt hatten. Sie gingen wogenden Schrittes, beinahe lässig, mit leerem Blick, sie schienen so riesig wie Grabfiguren und mit ihrer sonderbaren Kleidung wirkten sie ganz aus der Zeit genommen. Tatsächlich war nicht zu erkennen, so dunkel waren sie, ob sie Anzüge oder Kutten trugen. Allmählich wurden nun auch ihre Gesichter erkennbar. Vergeblich suchte ich jedoch aus ihren ausdruckslosen Mienen etwas herauszulesen. Ähnlich wie Leichenwagenkutscher schienen sie routinemäßig eine Aufgabe zu erfüllen, die keinerlei Geheimnis für sie barg und die sie in keiner Weise fesselte. Ich bemerkte, dass sie zwar erhobenen Hauptes gingen, dass ihr nicht fassbarer Blick aber bemüht war, den Altar, auf den sie zugingen, zu meiden.

Zwischen diesen Arbeitern, die sich im Kirchenschiff dicht an dicht drängten und ungeschickt ihre Kerze hielten, als hätte man sie ihnen gegen ihren Willen in die Hand gedrückt, gingen drei Männer, die sich gegenseitig stützten. Die obere Hälfte ihrer Gesichter verschwand unter beeindruckenden, mit schwarzem Band umflorten Hüten. Der mittlere schien deutlich jünger als die anderen und ich hatte den Eindruck, dass ihn seine Freunde festhalten mussten, weil er dem Zusammenbruch nahe war.

Hinter ihnen und wie mir schien recht zerknirscht, schritt ein dicker Mann, der wahrscheinlich im Alltag eher ein Genussmensch war, dessen Hängebäckchen aber bebten, als ob er gegen seinen Willen in dieses Abenteuer mit hineingezogen worden wäre. Er trug eine Art schwarze Priesterrobe mit einem Anwaltsbeffchen, aber vermutlich war er weder Priester noch Anwalt. Ich dachte mir, dass er da sei, um dieser Prozession einen legalen Anstrich zu verleihen. Gehilfen oder Messdiener, vielleicht waren es auch Assistenten, flankierten ihn mit der aufgesetzten Miene von Gerichtsvollziehern, die in schäbigem Auftrag unterwegs sind. Jedenfalls trugen sie ihr Wappenzeug zur Schau: eine Akte unter dem Arm, die sie als Schreiberlinge auswies.

All diejenigen, die sich schleppenden Schrittes voranbewegten, Liktoren, Trauernde und Schreiberlinge, wirkten mehr wie von hinten angeschoben, als dass sie selbst angetrieben oder geführt hätten. Mir schien, sie sträubten sich eher, bis auf den einen, das menschliche Wrack, der unter den Armen festgehalten und mitgeschleppt wurde: Manchmal, wenn er unter seinem Hut die Augen hob, erkannte ich seinen schmerzverlorenen Blick, der über dem Altar den Blick Christi suchte, als flehe er um Gerechtigkeit.

Im anhaltenden Brummen der Litanei hörte ich nun das Klicken von Rosenkränzen und Schmuckstücken. Die Liktoren waren verstohlen vor dem Altar angelangt und verkrochen sich nach einem knappen Kniefall sogleich im seitlichen Schatten der Säulen. Ich sah nur noch ihre Hände mit den Würgefingern, die die dicken Kerzen umklammerten, aber als sie vor dem Gekreuzigten an mir vorbeigezogen waren, hatte ich ihre scheuen Hasenblicke registriert. Es war übrigens der gleiche Blick, der das Gesicht des Staatsanwalts und seiner Beisitzer belebte. Krampfhaft hielten sie ihre Akten unter den Arm geklemmt und ließen sie nur einmal flüchtig los, um sich zu bekreuzigen. Alles stellte sich nun vor mir auf, wie bei einer Inszenierung, alles bei vollem Licht und so nah, dass ich deutlich das Räuspern und die Seufzer vernahm; und plötzlich traten all die schwarzen Männer auseinander, um dem Schwarm von Frauen, die die Prozession beschlossen, Platz zu machen. Deren Blick war weder gehetzt noch scheu, sondern im Gegenteil direkt und herrisch. Unter ständigem Sich-Bekreuzigen und rhythmischem Beugen des Knies näherten sie sich dem Altar, ihr Auftritt wirkte wie ein geschmeidiger Tanz und wie ein ganz eigenes Ritual. Ihre Gesichter waren kühn dem Kruzifix zugewandt, und ich sah, wie ihre Lippen unentwegt die drängenden Worte der Litanei formten. Die Tüllschleier raffend und knitternd, bildeten sie einen Reigen zwischen den Männern. Im Hall des riesigen Kirchenschiffs klapperten die Perlen ihrer Rosenkränze wie Kastagnetten.

Vom Licht der Kerzen fein gezeichnet, tauchte aus dem Dunkel eine ganze Reihe von grünlichen Gestalten auf, deren Absichten ich nicht verstand. Zwischen den Stufen des Tabernakels und dem offenen Grab, das heißt über mehr als zehn Meter, erstreckte sich die Pantomime dieser Trauerfrauen, ununterbrochen schnitten ihre Kerzen das Kreuzzeichen in die Luft. Lange, sehr lange wogte in einer sorgfältig inszenierten Unordnung ihr spiraliger Reigen vor dem Altar, sie blieben eng aneinander gedrängt, als fröstele sie, und immer noch wurde ihr Tanz von jener erbarmungslosen Litanei begleitet. Keine Einzelheit dieses wundersamen Schauspiels entging mir: Die Frauen mit dem selbstgerecht glühenden Blick, diese verhuschten, wie festgenagelt im tiefen Dunkel stehenden Männer, die im Kerzenlicht wie eine *Trompe-l'œil*-Malerei wirkten. Es war ein Gemälde in Grau- und Grüntönen, vom Halbdunkel mir unvergesslich aufgedrängt.

Die Gesamtansicht überwältigte mich derart, dass ich in dem wimmelnden Reigen die Frauen kaum einzeln wahrnahm, bis sie aus ihrem rituellen Gewoge plötzlich eine Person entließen, die dem Blick des Gekreuzigten bislang sorgfältig vorenthalten worden war.

Es war eine Art Ballerina, hoch gewachsen, von Kopf bis Fuß in so viel Tüll gehüllt, dass der Schleier hinter ihr herschleifte und nicht einmal die Schuhspitzen erkennen ließ. Plötzlich stand sie alleine da, während man sie kurz zuvor nicht von der Masse der anderen hatte unterscheiden können. Mit einem ängstlichen Knistern ihrer schwarzen Kleider rückten die frommen Frauen geschwind von ihr ab, als ob nun auf einmal tödliche Ansteckungsgefahr von ihr ausginge. An ihrer Seite blieben nur noch zwei alte, schmallippige Anstandsdamen, das Haar grau unter der schwarzen Mantilla, in den Mundwinkeln ein leichter Schnurrbartansatz.

Einsam, den Rücken dem zwei Meter entfernten Grab zugewandt, stand die Ballerina im Halbkreis, den plötzlich alle um sie herum bildeten. So sah ich sie: Reglos wie ein Wappenschild, schwarz, gestützt oder aufrecht gehalten von den beiden Alten an ihrer Seite.

Erst in diesem Augenblick verstummte die Litanei im Kirchengewölbe. Ich hörte, wie ihre letzten Worte über mir, im Hall der Vierungskuppel erloschen.

Dann schritt der Mann in der Robe zur Dreiergruppe in der Mitte hin. Einer seiner Helfer zog aus seiner Mappe ein in Leder gebundenes Ritualbuch und reichte es ihm wie eine Opfergabe. Feierlich schlug der Juristenpopanz es auf. Seine Robe hatte er anscheinend in Eile übergeworfen, sie saß ganz schief, als ob er aus dem Schlaf gerissen worden wäre und kaum Zeit gehabt hätte, sie sorgfältig überzuziehen. Am Ohr dieses Mannes sah ich die Zigarette stecken, die er ganz unwillkürlich gedreht haben musste, bevor er die Kirche betrat. Er hatte wohl keine Zeit mehr gehabt, sie zu rauchen, und ich stellte mir vor, dass er sie, kaum wäre er wieder im Freien, genüsslich anzünden würde.

Aber zunächst redete er. Er redete mit gespreizter, eintöniger Stimme. Er rezitierte eine Litanei von Sätzen, in denen wie ein Leitmotiv drei Wörter vorkamen, die ich sogar verstehen konnte: *mujer, hombre, fidelidad.* Man brauchte die Sprache nicht zu kennen um zu verstehen, dass es eine Anklageschrift war, die er hier in dieser Kirche verlas. Und diese Anklageschrift schien sehr sorgfältig formuliert, die Argumente reihten sich in Endlossätzen aneinander, bei deren Vortrag mit erhobenem Zeigefinger der Rezitator fast außer Atem geriet, wobei ihm Grauen und Abscheu zuzusetzen schienen, trotz seines gefühllosen Redestroms.

Noch immer von ihren Hüterinnen gestützt – die nicht ohne Genuss an den Spitzen ihrer unbedeutenden Schnurrbärte knabberten –, sank nach jeder Seite der Anklageschrift die große Ballerina in schwarzem Tüll ein wenig mehr in sich zusammen. Sie hatte einiges von ihrem Hochmut eingebüßt und ich sah, wie sie schwankte, als ob ein Wind, den nur sie allein spürte, sie nach seinem Gutdünken hin- und herschaukelte.

Die Stimme des Anklägers verstummte. Er reichte den Folianten, den er benutzt hatte, seinem Helfer und nahm sogleich einen zweiten entgegen, den er mit deutlich mehr Ehrfurcht öffnete. Allerdings befeuchtete er zum Umblättern seinen Daumen, verhedderte sich dabei, blätterte häufig zurück.

Jeder Satz, den er jetzt aussprach, war mit einem Fragezeichen versehen, und jedes Mal wartete er auf die Antwort, indem er sich ein wenig zu der Gestalt im schwarzen Tüll, die vor dem Christus zur Schau gestellt war, hinneigte und lauschte. Die Antwort war immer die Gleiche, nur dass es mehr oder weniger lang dauerte, bis sie kam. Es war ein einziges Wort der Zustimmung, das zwar leise ausgesprochen wurde, aber deutlich hörbar war, denn es herrschte absolute Stille.

Nach jedem dieser »Ja«, jedem dieser Geständnisse erhob sich das empörte Lamento der Litanei und summte über den Anwesenden, ehe es abrupt abbrach und sich in ein neugieriges Keuchen verwandelte.

Die Szene dauerte lange und endete damit, dass der Ankläger mit dem Beffchen noch eine kurze, moralinsaure Predigt hielt. Danach klappte er das Ritualbuch endgültig zu und gab es dem Helfer zurück. Anschließend ging er langsam auf das männliche Trio zu, das Trauer trug und das – wie er – seit Beginn des Dialogs noch etwas niedergeschlagener schien als bei seiner Ankunft. Die zwei Greise, die den Dritten in ihrer Mitte hielten, hatten große Mühe, wie mir schien, ihn am Ohnmächtigwerden zu hindern; es war, als hätten die von der Unbekannten unter dem Schleier ausgesprochenen Antworten ihn jedes Mal mit ein paar Pfeilen mehr durchbohrt.

Ich beobachtete ihn eingehend, diesen Mann mit dem gewöhnlichen Gesicht, der noch jung zu sein schien. Seine Gesichtszüge kamen mir bekannt vor und plötzlich erinnerte ich mich: Er glich wie ein Bruder den vier einzelnen Männern, die ich beiläufig mit mir selbst verglichen hatte – war es eine Stunde her oder ein Jahrhundert, gestern Abend jedenfalls –, den vier Männern, die einsam und verstohlen gebetet hatten für irgendeinen gerechten Ausgleich der Dinge.

Der Ankläger streckte die Hände nach ihnen aus, als fordere er etwas, das ihm zustand. Sogleich reichten sie ihm ein großes, längliches Paket, das offenbar einiges wog. Ich hörte das Knistern des blauen Papiers, das vom Robenträger ungeduldig aufgerissen wurde und nun sah ich, strahlend weiß, jungfräulich und skandalös leuchtend, eine anstößig überdimensionale Kerze: Im Vergleich dazu schienen die Kerzen der Teilnehmer unscheinbare Lichtlein.

Ich erkannte sie sofort: Es war die Kerze der öffentlichen Abbitte, die die Kaiser einst leisteten, wenn sie sich den Päpsten zu Füßen warfen. In den Händen des Anklägers, die mir bei dieser Gelegenheit ein wenig zu zittern schienen, schwankte sie wie ein monströser phallischer Gegenstand. Angezündet wurde sie an der Kerze des menschlichen Wracks, das zwischen den strammen Händen der Greise hing und es dauerte einige Zeit, bis die Flamme von der einen auf die andere überging. Zweimal weigerte sich der Docht des obszönen Wachsgebildes zu zünden und verbreitete einen stinkenden Rauchfaden, dessen Geruch bis zu mir hinter den Altar gelangte. Endlich stieg die Flamme jedoch empor und bildete ein lang gezogenes, deutlich dreifarbiges Herz, das die vielen anderen Kerzen verblassen ließ.

Dann kehrte der Ankläger dem Trio den Rücken und schritt auf die Ballerina mit dem verhüllten Gesicht zu. Die Alten, die sie umrahmten, drückten ihr die Finger in die Schulter, als wollten sie sie zwingen, sich vor Christus zu Boden zu werfen, während sie doch den Kniefall willig vollführte und das Geräusch ihrer Kniescheiben, die auf den Boden schlugen, von ihrer Bußfertigkeit zeugte.

Als sie so kniete, griffen die Alten schonungslos in den dichten Tüllschleier und entblößten ihr den Kopf mit rascher Bewegung. Zugleich entfernte sich auch der Ankläger von ihr – er hatte sie kurzzeitig für mich verdeckt –, wobei er ihr den Rücken kehrte. Nun sah ich, von der gewaltigen Kerze beleuchtet, die sie mühsam in ihren kleinen Händen hielt, eine durchaus gewöhnliche Frau vor mir.

Ich sah ein Gesicht, das weder schön noch hässlich war, ein Alltagsgesicht, ein Hausfrauengesicht, ohne Schmuck und ohne Schminke, das vermutlich mit einer unparfümierten Seife kräftig gewaschen worden war, ein Gesicht mit freudlosem Blick. Unter ihrem Tüllschleier war eine schwarze Mantilla zum Vorschein gekommen und kein Haar lugte darunter hervor. Was mir aber vor allem auffiel, war, zwischen ihren wohlgeformten Brüsten, die meinen Blick auf sich zogen, ein Stückchen Filz von der Farbe der Parmaveilchen, das ich von da an nicht mehr aus den Augen ließ.

Während diese Frau nun vor aller Augen enthüllt wurde, entstand eine Bewegung vorsichtigen Rückzugs unter den Zuschauern. Der Ankläger mit seinem Beffchen und seine beiden Gehilfen verschwanden. Letztere hielten die Bücher, die gerade benutzt worden waren, wie einen Schatz unter den Arm geklemmt. Die Flamme ihrer Kerze hatten sie zwischen den Fingern ausgedrückt und nun flogen sie förmlich in Richtung Hauptportal. Sie beeilten sich so sehr, dass in ihrer Anstrengung, sich auch ja nicht vom anderen überholen zu lassen, das Geräusch ihrer groben Schuhe auf den Bodenplatten an eine wilde Flucht erinnerte. Hektisch drehten sie den Schlüssel im Schloss der kleinen Seitentür des Portals, dreimal hörte ich den Türflügel wie eine Ohrfeige knallen, denn sie konnten sich nicht alle drei gleichzeitig durch den engen Ausgang quetschen.

Dieser Rückzug war von den restlichen Teilnehmern weder bemerkt noch kommentiert worden. Jetzt brannte die überdimensionale Kerze ruhig vor dem Gesicht der Unbekannten: Jede Wimper ihrer Augenlider glänzte, ebenso ihre ausdruckslosen Augen, jedes kaum sichtbare Fältchen ihres Gesichts wurde betont – sie war jung, sehr jung. Sie hatte sogar Grübchen, was darauf hinwies, dass sie nicht immer unfähig gewesen war zu lächeln. Ich konnte mich kaum satt sehen an diesen Gesichtszügen, die ich nie mehr vergessen würde, da war ich mir sicher.

Die Tat, die vor meinen Augen begangen wurde und deren Hintergrund ich nicht kannte, wurde mir nicht wie einem Zuschauer aufgedrängt, sondern wie einem verantwortlichen Richter, von dem feststand, dass er nicht eingreifen würde – denn ich wusste, was geschehen würde und war bereits ein schuldiger Zeuge.

Seitdem ich den künstlichen Veilchenstrauß gesehen hatte, der das Mieder der Frau schmückte, vor allem seitdem ich diese dicke Kerze gesehen hatte, die man ihr gewaltsam in die Hand gedrückt hatte, war ich wissend. Krampfhaft hielt ich mich an dem marmorenen Körper von zwei Oranten fest, und ganz allmählich, wie gedämpft, erfasste mich das Grauen.

Sobald sich diese Männer des Gesetzes davongeschlichen hatten, entwickelte sich in der auf den Steinplatten knienden Gruppe eine merkwürdig heimtückische Bewegung. Ich hörte das Rutschen der Knie und bald schon waren die Frau mit der Kerze und die beiden Alten eng umringt von einer schwarzen Blütenkrone aus zu Boden gewölbten Rücken. Die Anstandsdamen neigten sich zu ihr hinab und schienen, jede von ihrer Seite, ihr einen Strom beschwörender Worte ins Ohr zu flüstern.

Die Gruppe der drei Männer, die hartnäckig ihre Hüte ins Gesicht gedrückt hielten, wo sie doch eigentlich barhäuptig an dieser Kultstätte hätten auftreten sollen, kniete nicht, sie stand und bildete das Pendant zu der Frauengruppe mit den beiden Alten. Die Männer verneigten sich nicht, seit ihrem Eintreten in die Kirche hatten sie sich zu keinem Zeitpunkt niedergekniet. Jetzt schritten sie nach vorn zwischen den Flehenden hindurch, die ihnen den Zugang öffneten, die beiden Greise mussten den dritten, jüngeren Mann fast herbeizerren. Sie gelangten zu dem schwarzen Frauentrio: Das bleiche, von der Kerze bloßgelegte Gesicht leuchtete wie ein Mond im Zenit.

In der vollkommenen Stille hörte ich die Stimme des von den Greisen flankierten jungen Mannes, von dem ich nur den Rücken sah. Sein flehender Ton schien mir zu bedeuten, dass er um einen Friedenskuss bettelte. Langsam nahm er seinen Hut ab, führte ihn entlang seinem Körper nach unten und reckte den Kopf nach vorne, um die Frau zu umarmen. Sie spuckte ihm ins Gesicht, ruhig, ein einziges Mal. Ich sah, wie ihre bislang ausdruckslosen Züge sich in Verachtung und Hass verzerrten. Ein Raunen der Empörung ging durch den Kreis der Flehenden. Eine von ihnen sprang sogar mit erhobener Hand auf, wurde aber sofort von ihren Nachbarinnen wieder auf den Boden gedrückt. Der Mann und seine beiden Stützen hingegen wichen vor diesem Angriff zurück.

Auch sie machten nun auf dem Absatz kehrt und stürzten wild durcheinander dem Ausgang zu, fast so schnell wie der Robenträger und seine Helfer zuvor. Ich bemerkte, dass der jüngere Mann keinerlei Unterstützung mehr brauchte. Auch hinter ihnen knallte die quietschende Seitentür zu.

Es war also Frauensache. Um die Büßerin mit der Kerze herum waren in der Tat nur noch der inzwischen wieder dicht geschlossene Kreis von Weibern und die im Schatten verschanzten Liktoren zugegen, die für mich überhaupt nicht zählten, weil ich ja wusste, wofür sie da waren.

Ja, es war Frauensache. Zugleich mit dem Grauen dieser Gewissheit durchdrang mich eine naive Verblüffung, Beweis genug, dass ich noch sehr jung war. Wie eine dunkle Flut kroch vor meinen Augen der Chor der Opfernden am Grab auf diese einsame Frau zu, die die beiden hartnäckigen Alten noch immer fest im Griff hatten. Sie näherten sich, umzingelten sie flüsternd. Ihre Hände umschwärmten sie wie Fliegen. Ein leises, beschwörendes Lamento strömte von ihren Lippen. Eine Art rituelle Anrufung, unermüdlich wiederholt, wie mir schien, da die Worte gleichmäßig wiederkehrten.

Im Geraune der knienden Frauen, die alle dem Altar den Rücken drehten, war eine Furcht erregende Beschwörungskraft, die sich auch mir mitteilte, obwohl mir die Sprache unbekannt war. Ich erinnere mich, dass ich gedacht habe: »Sie reden mit ihr, wie sie mit einem acht Monate alten Baby reden würden, wie man auf es einredet, damit es aufs Töpfchen geht oder sein Breichen aufisst.«

Ich hörte, sie hörten, wie die Turmuhr der Kathedrale drei Uhr schlug, einmal, dann noch einmal. Sie redeten noch immer. Ihre süßliche Aufforderung wurde zwar immer leiser gesprochen, aber immer dichter am Gesicht der Ballerina, das ich mir noch immer einprägte. Es war jetzt ein Kranz von strengen Masken, die kaum mehr Worte aussprachen, sondern nur noch ihre besänftigenden Ermutigungen der Büßerin zuwisperten. Einige der Weiber hatten auch die Anstandsdamen umkreist und sogar ihre Köpfe zwischen diese und die Frau mit der Kerze geschoben.

Diese Masken rissen übergroße Münder auf, zogen die Augenbrauen hoch und runzelten ihre Stirn, warfen Funken sprühende Blicke, die allein schon die Empörung verkörperten. Mir wurde bewusst, dass es sich um Augen von Kranken handelte, von Menschen, die an Halluzinationen leiden. All diese Xanthippen hatten Augen wie Wahnsinnige. Aber ich war mir ganz sicher, dass sie nur diese Kirche zu verlassen brauchten, um zu einem gewöhnlichen Blick zurückzufinden, zu einer friedlichen Routine, aus der sie vielleicht ihr Leben lang nicht wieder ausscheren würden.

Und plötzlich geschah vor meinen Augen etwas Ungeheures: Die Ballerina mit dem Veilchenstrauß richtete sich hoch auf. Ich sah ihre Gesichtszüge zum letzten Mal, denn plötzlich wandte sie sich ab und drehte sich auf dem Absatz um.

Der Chor ließ sich davon nicht aus der Fassung bringen, man hörte nur das Knistern der in Unordnung gebrachten Seide und das Klicken von Rosenkränzen. Die Frauen gruppierten sich hinter der Büßerin und zunächst sah ich nur noch den schwarzen Panzer ihrer gebeugten Rücken, aber allmählich wichen sie auseinander, nach wie vor ihre Litanei summend, und nun sah ich, dass sie sich um die offene Gruft scharten, sie umringten, sich über sie neigten, noch immer ihre Kerzen in Händen; vor der Treppe, die ich vorhin entdeckt hatte, sparten sie einen leeren Raum aus. Niemand befand sich zwischen mir und der Treppe außer der Büßerin; zwei Stufen war sie schon hinabgegangen.

Hätte sich diese Frau bei Sturm vor meinen Augen in die aufgewühlte See gestürzt, so wäre ich ihr ohne nachzudenken, aus Instinkt und Reflex zu Hilfe geeilt, wäre ihr trotz Lebensgefahr nachgesprungen. Da war ich mir ganz sicher. Man hat nicht einen ganzen Krieg durchgemacht, ohne mehrfach in die Lage gekommen zu sein, ein Leben zu retten, vor allem dann, wenn man freiwillig in diesen Krieg gezogen ist. Sie können mir glauben: Ich frage mich bis heute, warum ich in jener Nacht in jener Kirche nicht eingegriffen habe!

Um das offene Grab herum bedachten die Flehenden diejenige, die die Treppe hinabschritt, mit jubelnden Worten. Etwas merkwürdig Raues, dem Orgasmus Ähnliches, dämpfte die Schrillheit ihrer Stimmen. Sie neigten sich über die Leere und hielten ihre Kerzen so schräg, dass Wachs auf die Stufen tropfte. Beneideten sie diejenige, die sich unter der Last ihrer Beschwörungen plötzlich von der Welt abgewandt hatte? Ich konnte die hohlen, von den Flammen der Kerzen dunkel vertieften Gesichtszüge noch so forschend beobachten, ich las nichts anderes darin als eine religiöse Leidenschaft, frei von Hass und frei von Liebe. Eine unerbittliche Solidarität der Sitten schweißte sie zusammen. Sicherlich waren sie eins in ihrem Denken. Als wären sie in Ekstase versetzt, sahen sie zu, wie die Geopferte ins Grab hinabstieg, wie sie langsam verschwand, bis nur noch der Schein der Büßerkerze die Köpfe der Flehenden von unten anleuchtete.

Plötzlich kam Unordnung in die Schar. Die Liktoren traten aus dem Schatten. Sie legten ihre riesigen Hände auf die Schultern der Frauen und schoben sie rücksichtslos beiseite, jagten sie mit kehligen Schreien davon und die schwarze Herde löste sich auf und zerstreute sich.

Währenddessen legten die zehn Helfer gleichzeitig ihre Brechstangen in die Einkerbungen – der Ablauf verriet langjährige Übung –, in einhelliger Bewegung beugten sie sich über die Marmorplatte, die sich donnernd auf den Rundbohlen in Bewegung setzte. Sie agierten mit unglaublicher Behändigkeit. Daraus schloss ich, dass die Dinge nicht immer problemlos vonstatten gingen. Vermutlich war es auch schon vorgekommen, dass das Opfer sich im letzten Moment anders besonnen hatte und dass man es dann nur mit beträchtlicher Mühe ins Grab zurück gezwungen hatte. Die verstreuten Knochen, die ich auf der Treppe bemerkt hatte, waren vermutlich Spuren solcher Schwierigkeiten. Aber diesmal verlief alles würdig und ohne Zwischenfall. Plötzlich hörte ich den gewaltigen Luftschwall, als der Marmorblock sich mit einem endgültigen Rumpeln in seine Fugen setzte. Alle zehn Männer wischten sich in zwei aufeinander folgenden und fast synchronen Bewegungen die Stirn, drehten sich zum leidenden Christus hin und bekreuzigten sich heftig. Wonach auch sie, die schwankende Brechstange auf der Schulter, in Richtung Hauptportal losrannten. Das Rütteln und Scheppern tat kund, dass auch sie sich alle gleichzeitig durch die kleine Behelfspforte drängen wollten.

Übrig blieben jetzt nur noch die aufgeregten Frauen, die sich vor dem Altar versammelt hatten. Sie bekreuzigten sich, fielen in die Knie, zündeten erneut ihre Kerzen an, die in der panischen Bewegung erloschen waren, und danach, ohne die Gruft eines Blickes zu würdigen, zogen sie sich in ordentlicher Formation zurück und summten ihre unterbrochene Litanei weiter. Ihre Stimmen klangen jetzt besänftigt, wie mir schien, ihre Schritte wirkten schleppend, wie bei Leuten, die von einer langen Wanderung oder einer durchfeierten Nacht heimkehrten, erschöpft, aber zufrieden, wegen der erfüllten Aufgabe oder des dabei empfundenen Vergnügens. Sie brauchten sich noch nicht einmal das Blut dieser Gerechten von den Händen zu wischen, ich konnte es bezeugen: Sie hatten sie überhaupt nicht berührt.

Ich hörte, wie das Geraune ihrer Litanei schwächer wurde und das Glasperlengeklicker der Rosenkränze, die sie schmückten, nachließ. Ich hörte, wie der Schlüsselbund rasselte, den die eine an ihrem Rockbund in Verwahrung hatte. Plötzlich war das Halbdunkel vor mir wieder geschlossen und bar jeder menschlichen Anwesenheit, jeglichen Geräuschs.

Ich war allein. Allein mit der lebendig Begrabenen unter den sechs Doppelzentnern dieser Onyxplatte. Die Schande und der Ekel vor mir selbst überwältigten mich. Nicht Empörung, nicht Grauen beherrschten mich. Die widerwärtigen Vollbringer dieses barbarischen Rituals hatten keinerlei Wirklichkeit für mich. Mit ihrem Verbrechen hatten sie nur ein einziges Ziel verfolgt: mich mit meiner Feigheit zu konfrontieren. Das war das letzte Laster, das ich in mir ans Licht zerren musste, alle anderen hatte ich bereits aus nächster Nähe erfahren. Aber von diesem hier hatte ich mich bis dahin frei gefühlt, konnte ich doch auf einige mutige Taten verweisen – lachhafte Taten, weil im Kollektiv begangen –, die ich im Laufe dieses vor kurzem zu Ende gegangenen Krieges vollbracht und für die ich übrigens einen Orden bekommen hatte.

Was tun, jetzt, wo ich aus Furcht, man könnte auch mich darunter lebendig begraben, zugelassen hatte, dass diese Grabplatte wieder geschlossen wurde? Was tun? Wie lange würde die Frau in der stickigen Luft am Leben bleiben?

Gebannt vom Anblick dieser Platte im dämmernden Dunkel war ich aufgestanden und ging die Altartreppe hinunter, als ich von der Sakristei her, deren Türe leise geöffnet wurde, ein Kratzgeräusch und ein Seufzen hörte. Erneut warf ich mich im Schatten des Altars flach auf den Boden.

Eine sehr alte, von Gicht gebeugte Frau trat hervor, sie trug die gleiche Lampe wie zuvor die Liktoren. Sie ging schlurfend in ihren Pantoffeln, sie schleppte ihren von einem Leben der Knechtschaft völlig verkrümmten Körper mit sich. Ein ganzes Sortiment Besen, Eimer und Scheuerlappen umgab sie wie eine Rüstung. Sie trat an das Onyx-Grab heran und betrachtete bedächtig nickend den verräterischen Abfall, der um das Grab herum verstreut lag, ehe sie sich daranmachte, diese Spuren zu entfernen. Dies war im Handumdrehen geschehen. Danach scheuerte sie mit weit ausholenden Gesten den Marmor des Grabes sauber.

Erst als sie damit fertig war und da sie nun schon einmal kniete, wie mir schien, neigte sie den Kopf zum Boden herab und legte das Ohr auf die Steinplatte. Ich sah ihr von der abgestellten Laterne grell beleuchtetes Gesicht. Ich fragte mich, welche Gefühle sie wohl hegte – ich habe es nie erfahren. Ein flüchtiges Lächeln, das über ihren lippenlosen Mund huschte, brachte mir keine Erhellung. Mir schien lediglich, dass dieses Lächeln eine tiefe, beifällige Zufriedenheit ausdrückte.

Jedenfalls ließ sie für einen Augenblick ihre Utensilien wohl geordnet am Fuße des Altars stehen. In ihren leisen Pantoffeln trippelte sie zu dem Opferstock für die Kerzen, der hinter einer der Säulen verborgen war. Ich sah, wie sie in den Taschen ihrer armseligen Kleider nach ein paar Münzen suchte. Als sie zurückkam, stellte sie zwei rote Lichtlein unter den kleinen Altar mit der bläulich schimmernden Madonna, die sich lächelnd zu ihr herunterzuneigen schien, und zündete sie an. Direkt auf den Stufen des Marienaltars versenkte sie sich danach in ein langes, stummes, verzehrendes Gebet. Dann hörte ich die Tür der Sakristei erneut quietschen, aber die Frau schenkte dem Geräusch keine Aufmerksamkeit. Lange, sehr lange betete sie, leidenschaftlich, die Hände eher ineinander gekrampft als gefaltet. Manchmal hob sie den Kopf. Mit offenem Mund wie ein Fisch, der aus dem Wasser aufgetaucht ist, bekreuzigte sie sich mit einer ausladenden Geste. Die Turmuhr schlug vier. Hörte die lebendig Begrabene von unten das ohrenbetäubende Getöse der großen Glocke? Und wie lange wohl würde sie es noch hören können?

Jetzt war die Alte mit ihrem ganzen Plunder verschwunden, aber in der großen Kirche war noch ein Atemgeräusch zu vernehmen. Es war ein beklommenes Atmen, das manchmal zu einem heiseren Stöhnen anschwoll und das von tiefer Verzweiflung kündete. Nun sah ich, wie ein Mann verstohlen aus dem Halbdunkel hervortrat. Er war allein und verbarg sein Gesicht unter einem tief sitzenden Hut. Er trug keine Kerze. Er kniete auch nicht vor dem Altar nieder. Er umschlich die Onyx-Grabplatte und betrachtete sie mit starrem Blick. Auch er war schwarz gekleidet, auch er trug einen Trauerflor am Hut. Plötzlich brach er wie eine Gliederpuppe auf der Steinplatte zusammen. Er lag buchstäblich auf ihr und versuchte krampfhaft, sie mit seinen Armen zu umfassen. Ich hörte Laute aus seinem Mund dringen, Laute, die zwar geflüstert waren, die aber, im leeren Raum der Rotunde anschwellend, ein Echo zu wecken vermochten. Schließlich gelang es mir, zwei Silben zu unterscheiden, die er in allen Schattierungen des Flehens wiederholte.

»Pilar! Pilar! O Pilar!«

Ich sah, wie er sich mit dem ganzen Körper auf der Grabplatte wälzte und mit Fäusten auf sie einhämmerte. Ich sah, wie der Schmerz ihn trieb. Gehörte auch er noch zu dem schrecklichen Ritual, dessen Zeuge ich geworden war? Das war unwahrscheinlich. Da war niemand, der seinen Auftritt verfolgt hätte. Er hatte der Kirche keinen Tribut gezollt: Er hatte sich nicht bekreuzigt. Er hatte sich nicht Christus zugewandt. Es war nicht schwer zu verstehen, dass er die lebend Begrabene liebte und dass er in seinem Schmerz machtlos war. Ich ging die Stufen zu ihm hinunter und legte ihm die Hand auf die Schulter. Er drehte sich um, voller Verzweiflung. In seinem Gesicht las ich das Entsetzen darüber, dass er entdeckt worden war. Meine Hand ließ seine Schulter nicht los. Ich sagte das einzige Wort, das ich in seiner Sprache kenne und das bedeutet: »Freund«.

Daraufhin deutete er auf die Grabplatte.

»Pilar!«, flüsterte er.

Ich nickte, damit er verstand, dass ich Bescheid wusste. Ich erinnerte mich an das Wort, das in der Rede des Anklägers so häufig vorgekommen war. Ich wiederholte es, als Frage diesmal.

»Mujer?«

Er verneinte heftig und sank erneut auf die Steinplatte. Mit der Wange streifte er über den Marmor, murmelte sanfte, gurrende Worte. In seiner Verzweiflung fuhr er mit den Händen in die seitlichen Einkerbungen des Steins und stemmte sich wiederholt dagegen. Ich hörte die Fingernägel in ohnmächtiger Anstrengung auf dem Marmor knirschen. Ein-, zweimal packte mich das absurde Bedürfnis, ihm zu helfen und mit ihm zusammen setzte ich all meine Kraft ein. Schließlich sahen wir uns an, restlos entmutigt, außer Atem. Ich sah, wie ihm die Tränen über die Wangen liefen.

Der Mann war genauso unscheinbar wie das Opfer, das mir im Kerzenschein sein Gesicht zugewandt hatte. War er Arbeiter? Angestellter? Ich wusste es nicht. Er war etwa Mitte dreißig, ziemlich groß, wirkte aber schmächtig und schlaff. Eine Weile versuchten wir, uns trotz unserer verschiedenen Sprachen auszutauschen, dabei halfen wir uns mit den Händen. Das hermetisch verschlossene Grab, unter dessen Platte, wie wir wussten, noch jemand lebte, ließen wir nicht aus den Augen. Die Mimik dieses Mannes drückte die reinste, leidenschaftlichste Liebe aus. Schließlich wurde mir klar, dass er der Liebhaber dieser Frau gewesen war und dass die Familie – sowohl die des Ehemannes als auch die der Ehebrecherin – einem alten Brauch des Dorfes sowie dem Ansinnen des Mannes folgend, beschlossen hatte, sie lebendig zu begraben. Was ihn, Ramirez, betraf – den Namen wiederholte er mehrfach und deutete auf sich –, so waren die Brüder der Begrabenen (drei, bedeutete er mir) auf der Suche nach ihm, um ihn zu erdolchen. Er ahmte die mordende Geste nach, indem er sich heftig mit der Faust auf die Herzgegend schlug. Aber das war ihm egal. Es gab keine Liebe mehr für ihn auf dieser Welt. Fragend sprach ich das in alle Sprachen der Welt übersetzbare Wort aus:

»Polizei?«

Daraufhin verwandelte sich seine Verzweiflung in Panik. Der ganze Mann bestand nur noch aus flehentlicher Ablehnung. Nein! Nein! Ja keine Polizei! Alles, nur keine Polizei! Die Brüder, die ihn suchten, um ihn kaltzumachen, jagten ihm weniger Angst ein als die Polizei. Er fing an zu zittern, fast vergaß er darüber seine Qualen. Wie ein im Stich gelassenes Kind sah er mich an, als ob allein die Tatsache, dass ich das Wort ausgesprochen hatte, mich zum Komplizen einer für alle Unglücklichen so unheilvollen Institution machte. Schon wandte er sich von mir ab, wollte die Flucht ergreifen, schon sah er mich als Feind.

Genau in diesem Augenblick wurde mir seine ganze Erscheinung mit Einzelheiten bewusst, die ich bisher noch nicht bemerkt hatte: Seine hellen, wässrigen Augen, sein nicht ganz einwandfreies Hemd, seine Hose, die auf den ausgeleierten Schuhen Ziehharmonikafalten warf. Das Tageslicht, das durch die seitlichen Kirchenfenster einfiel, stellte ihn bloß. Die Flammen der Kerzen wurden unschärfer und verblassten. Auf den Heiligenscheinen der Figuren schimmerte das Gold und die Schattierungen von altem Kupfer auf dem schmerzverzerrten Christus nahmen im ersten Sonnenstrahl eine sonderbare Patina an.

Indessen entstand einige Unruhe in der Sakristei und in der Nähe des großen Portals. Jemand erzeugte ein Echo, indem er ungeduldig an eines der Türchen klopfte. Ohne uns abzusprechen, zogen der Unbekannte und ich uns zurück in die letzte dunkle Ecke der Kirche: In jene beckenartige Vertiefung, in der ganz hinten das Altarbild des Parmigianino ausgestellt war.

Von da aus hörten wir das Pantoffelgeschlurfe des Schlüsselverwalters, der nun geräuschvoll alle Ausgänge öffnete. Der Unbekannte bedeutete mir, dass dieser Küster vollkommen taub sei. Wir verbargen uns vorsichtig hinter den Säulen, in der Absicht, uns durch irgendeine Seitentür davonzustehlen, sobald er uns den Rücken gekehrt hätte. Aber während der Mann von einer Tür zur nächsten wanderte, fiel eine Horde kreischender Betschwestern in die Kirche ein, als hätten sie schon lange auf das Öffnen gewartet. Sie stürzten sich auf die Weihwasserbecken und die Betstühle und vertieften sich sogleich ins Gebet. Hinter ihnen schlichen einige Männer herein und ließen sich unauffällig in den Bankreihen nieder; sie waren so ziemlich von der gleichen Art wie die, die ich am Vorabend und in der Nacht gesehen hatte. Vorne, vor dem Altar, traten zwei Priester auf den Onyx der Gräber und verneigten sich tief, ehe sie, gefolgt von den Messdienern, zum Altar emporstiegen, um die Frühmesse zu lesen.

Inzwischen war ich wieder im Freien und schloss die Augen im grellen Licht. Die Sonne brannte schon heftig. Sie offenbarte jedes Türmchen der Kirche, jeden Wasserspeier. Die Rosetten waren so weiß wie an dem Tag, an dem sie eingesetzt worden waren. Alles stand in heiterer Helligkeit gemeißelt und das muntere Läuten der großen Glocke rief die Gläubigen herbei.

Als ich die Augen wieder öffnete, sah ich, wie am anderen Ende des Platzes der trauernde Liebhaber wie ein Hase floh. Da wurde mir klar, dass er genauso eine Memme war wie ich und dass er nicht mehr wusste, wo er seine Feigheit verbergen sollte.

Da bemerkte ich plötzlich mit Schrecken, dass ich in der ganzen Zeit, bevor ich die Kirche verließ, vergessen hatte, dass hinter mir, dort drinnen, jemand, eine Frau, lebendig begraben war und dass ich ihr nicht zu Hilfe kam.

Der leuchtende Tag war seit Anbeginn von einer unschuldigen

Lebensfreude erfüllt; ich war außerstande, sie auszulöschen und sie nicht in meinem tiefsten Innern zu spüren und als Segen zu empfinden. Ich musste mich zwingen, das Grauen in mir am Leben zu erhalten. Ich spürte, wie es ausfranste, je weiter ich mich von der Kirche entfernte.

Außerdem hatte ich Hunger. Und dieser unanständige Hunger – unanständig nach allem, was ich gesehen hatte – machte meine Feigheit noch offenkundiger. Fast verstohlen ging ich, mir in Windeseile ein *pan-bagnat* – ein mit Salat und Tunfisch belegtes Brot – einzuverleiben, dazu einen Wein von dort, dickflüssig und dunkel wie Tinte. Gott sei Dank war die Wirkung gleich null.

Unwillkürlich, wie bei einem Schlafwandler, führten mich meine Schritte dann zu einem Gebäude, vor dem an einer überdimensionierten Stange eine angeberische Fahne wehte. Es war die Polizeiwache. Ich wäre tatsächlich hineinmarschiert, trotz allem, hätte ich vor der Tür nicht drei wohlgenährte Henkersknechte mit runden vollen Backen und strahlenden Zähnen gesehen, in makellosen Uniformen, die gerade einen Kaffee getrunken hatten und plauderten. Nun würde ich mit meiner unglaubwürdigen Geschichte das Weltbild dieser braven Kerle umkrempeln. Von weitem sah ich ihr glückliches Lächeln. Sie waren gerade aufgewacht und voll von dem Optimismus dieses strahlenden Tages. Sie waren gut bezahlt und fühlten sich wohl in ihrer Haut, wohl in ihrer funkelnagelneuen Uniform, ganz gewiss schien ihnen alles zum Besten zu laufen in der besten aller Welten. Dies schloss ich aus der Größe der Schirme an ihren Dienstmützen. Die Größe der Schirme ist stets genau proportional zur Niedertracht des Regimes, das für deren Entwurf verantwortlich ist.

In mir führten der freiheitsliebende Don Giovanni – ohne Musik – heftige Diskussionen mit seinem feigen *Alter Ego* Leporello. Leporello siegte und ich muss gestehen, dass es ihm nicht an Argumenten mangelte. Ich hielt mich in einer Diktatur auf und selbst in einer Demokratie, aber umso mehr eben in einer Diktatur, muss der Mensch, der weit herumkommen möchte, sich stets bewusst sein, dass die Polizei den kategorischen Imperativ der Nation verwaltet, und der lautet nun einmal: öffentliche Ordnung über alles. Mit meiner Albtraumgeschichte jedoch war ich *a priori* ein Störfaktor für besagte öffentliche Ordnung. Nicht umsonst war ich selbst Polizist. So las ich wie in einem offenen Buch in den

Seelen dieser harmlosen Schergen, deren niedrige Stirn von den großen Schirmmützen verdeckt wurde.

Ich war Ausländer, allein und jung. Außerdem gehörte ich jener Nation an, die nie sonderlich beliebt ist in den Ländern, wo Ordnung herrscht. Ja doch, natürlich würde man mich anhören. Aber zur Sache würde man erst nach fünf oder sechs Stunden eines äußerst gründlichen Verhörs kommen, an dessen Ende die fast schon amtliche Überzeugung stehen würde, dass man es im schlimmsten Fall mit einem Agenten des Kommunismus oder einem potenziellen Triebtäter zu tun hatte, im besten Fall, dass ich infolge von Angst und Einsamkeit das Opfer einer Halluzination gewesen war. Möglicherweise würde man sogar pro forma behaupten, ich hätte mich absichtlich in der Kirche einsperren lassen, mit dem Vorsatz, den Parmigianino zu entwenden. Aber niemals, auf gar keinen Fall, würde man die einzige Maßnahme ergreifen, die meine Behauptungen beweisen oder entkräften konnte: die Öffnung der Gruft.

Also stolzierte ich ganz aufrecht und voller innerer Ehrerbietung an den Schirmmützen vorbei, die in der Sonne glänzten. Zu meiner Rechtfertigung machte ich einen Ausflug in die Mancha, um das Land von Don Quichotte und seine Windmühlen zu besichtigen. Nach Leporellos Seele nun die von Sancho Pansa in mir tragen? Ich fragte mich, warum ich mich nicht damit begnügte. Wofür hielt ich mich, dass ich das Recht auf eine größere Seele beanspruchen wollte? Abends aß ich – mit gutem Appetit – in *Posadas* auf dem Lande, wo die Wirte alle so aussahen wie mit Brechstangen bewaffnete Liktoren. Sie sahen mir in die Augen ohne mit der Wimper zu zucken.

Aber Montherlant hat schon Recht: »Am dritten Tag«, schreibt er, »muss man den Menschen sehen, den es getroffen hat.« Der Morgen dieses dritten Tages brach an, und ich konnte ihn nicht ertragen. Die Dinge, die angefangen hatten zu verblassen, nahmen wieder Gestalt und Farbe an. Das schreckliche, mit unparfümierter Seife gewaschene Gesicht tauchte vor mir auf und dazu der Körper, die von der schamlosen Kerze erdrückte Brust. Drei Tage! Ob sie wohl noch lebte? Die Kerze jedenfalls brannte sicher noch. Oder aber die Flamme war erstickt, auch sie, weil es an Luft fehlte.

Umsonst bemühte ich mich, Abstand zu gewinnen und das schreckliche Ereignis, dessen Zeuge ich geworden war, unter die

Sitten und Gebräuche einzuordnen, von denen fünfhundert Jahre später die Historiker mit Gelassenheit berichten – es gelang mir nicht.

Ich irrte wieder durch die dicht bevölkerten Straßen der Stadt, ich schlich um die Polizeiwache herum, immer näher, aber immer ängstlicher. Mal ging ich entschlossenen Schrittes darauf zu, dann verließen mich wieder meine Kräfte, wenn ich die angeberische Fahne erblickte. Am Ende der endlos langen Abende sah ich die Leuchtreklamen der Tageszeitungen auf den Fassaden. An die Zeitungen hatte ich von Anfang an gedacht. Aber seit fünfzehn Jahren war die Presse in diesem Lande geknebelt.

Ich schlenderte ziellos umher, mein Gesicht eine tragische Maske, auf ihr klebend das Gesicht der Frau. Es gab Ströme von Autos, Verkehrsampeln, Staus, Kinder, die ihre amerikanischen Kaugummis bis zum Platzen aufbliesen und grellbunte Hemden trugen; junge Mädchen sogar in kurzen Röcken, wenn auch nicht viele, die alles taten, um sich den Anschein von Freiheit zu geben. Mich schauderte bei ihrem Anblick, denn etwas Schreckliches ging mir durch den Kopf: Vermutlich war es nicht die letzte Lebende gewesen, die da ins Grab geworfen worden war mit ihrem Veilchenstrauß als Trauerflor und ihrer überdimensionalen Kerze. Die Jahrhunderte waren noch nicht vollbracht. Bis sich der Mensch mit eigener Kraft aus dem selbst gewählten Höhlendasein befreit, waren ihm noch Jahrtausende unsäglicher Leiden verheißen. Mein Entschluss war gefasst: Morgen würde ich zur Polizei gehen. Sie würden mir wohl oder übel zuhören müssen und wenn ich auch, was vorauszusehen war, so schnell nicht wieder aus den Fängen des Regimes entlassen würde, so würde ich mein Schicksal zumindest mit ruhigem Gewissen erdulden.

Aber ich war kein reiner Don Quichotte. Morgen . . .

Mañana, wie sie dort sagen. Ich hatte mir diesen Aufschub vorbehalten, um meine Geschichte aufzuschreiben und sie dem französischen Konsulat zu schicken, damit, falls ich verschwinden sollte, gegebenenfalls eine Ermittlung in Gang gesetzt würde.

Am nächsten Morgen um acht verließ ich mein Zimmer und ging zur Rezeption, so entschlossen wie einst am 18. Juni 1940, als ich zu den bretonischen Seeleuten stieß, die bei mörderischem Seegang in einer Schaluppe nach England aufbrachen. Der Hotelportier erwartete mich hinter seinem Tresen. Er reichte mir ein blaues Schriftstück. Ganz automatisch gab ich ihm meinen Brief an das französische Konsulat, den er abschicken sollte. Das blaue Schriftstück war ein lakonisches Telegramm von meiner Mutter: »Komm nach Hause. Vater Selbstmord.«

Ich stürzte zum Bahnhof und nahm den erstbesten Zug. Als ich Avignon erreichte, lag mein Vater bereits im Sarg; sein Gesicht habe ich nie wieder gesehen. Er hatte keinerlei Botschaft hinterlassen. Er war ein sanfter, unauffälliger Mensch, der nur für die Lokomotiven lebte. Er pfiff unentwegt vor sich hin, oder aber er summte schmalzige Liebeslieder. Meine Mutter erzählte mir, dass sie ihn noch am Vortag, an dem Morgen, an dem er sich erhängte, in der Waschküche hatte singen hören, wo er das Sterilisieren der Marmeladengläser beaufsichtigte. Nichts, nie ein lautes Wort, immer ein Lächeln, zwischen ihm und meiner Mutter eine etwas hausbackene Liebe, über die sie manchmal seufzte.

Das Geheimnis um den Tod meines Vaters war das Einzige, was es mit der Erinnerung an mein Erlebnis in der Kirche aufnehmen konnte. Monatelang verdrängten der Kummer und die Erbitterung darüber, dass ich nicht wusste, warum er sich umgebracht hatte, alle anderen Sorgen und ließen sie in Vergessenheit geraten. Und dann tauchte eines schönen Morgens wieder das weiße, frisch gewaschene Gesicht mit der Kerze davor vor meinen Augen auf. Es kann passieren, dass man von einer Liebe ins Leben zurückgerufen wird, wenn man um einen lieben Menschen trauert, aber es kann auch ein anderer Toter sein.

Das war der Anfang einer Zeit, in der ich meinen Vorgesetzten durch meine Kühnheit und meine Hartnäckigkeit im Kampf gegen die Ganoven auffiel. Man sah, wie ich bei jeder Gelegenheit mein Leben aufs Spiel setzte. Und da so etwas Seltenes immer benötigt wird, kletterte ich schnell ein paar Dienstgrade empor und war schon bald Kommissar.

Niemand konnte wissen, dass ich jedes Mal, wenn ich mein Leben riskierte, meine Tat dem Gedenken an die Begrabene widmete, weil ich die einzige Mutprobe nicht bestanden hatte, die in meinen Augen sinnvoll gewesen wäre: zu ihr ins Grab zu steigen.

Ich nutzte meine relative Bekanntheit, um, wann immer sich eine Gelegenheit bot, das Geheimnis auszuposaunen. Ich erzählte es der Presse. Ich gab Interviews im Rundfunk. Vor allen möglichen Leuten klopfte ich mir schuldbewusst an die Brust. Ich schrieb die Geschichte sogar auf und schickte sie der Zeitung *Le Monde.* Sie wurde mir zurückgeschickt mit dem Kommentar: »Viel zu ungeschickt geschrieben und im Übrigen völlig unglaubwürdig.«

Zum Glück gab es auch Leute, die mich ernst nahmen. Unvermutete Dinge passierten: In einer stürmischen Nacht in Valence, wo ich damals Dienst tat, raste ein Wagen ohne Licht auf mich los. An einem Herbstabend im Département Hautes-Alpes brachte ich meiner Vermieterin einen Korb voller Steinpilze und bat sie, sie zuzubereiten. Ich las gemütlich die Zeitung am Kamin und wartete auf das Essen, als sie plötzlich in ihrer Küchenschürze vor mir stand und ruhig sagte:

»Und die da? Soll ich die mitbraten?«

Sie hielt vier Satanspilze auf der flachen Hand und streckte sie mir entgegen. Genug, um uns beide ins Jenseits zu befördern, denn ich hatte sie herzlich eingeladen, meine Ernte mit mir zu teilen.

»Zum Glück kenne ich mich aus mit Pilzen«, sagte sie. »Denn sonst . . .«

Es schien mir nicht angebracht, sie zu beunruhigen und ihr zu sagen, dass auch ich mich auskannte und dass nicht ich diese vier Satanspilze gepflückt hatte. Aber Sie wissen ja, wie das ist: Wenn man sich in den Kopf gesetzt hat, Steinpilze zu suchen, lässt man den Korb auch mal zehn oder fünfzehn Meter abseits im Unterholz stehen und wenn da jemand böse Absichten hegt . . .

Ich hatte mir unter den Ganoven ziemlich viele Feinde gemacht, Freunde allerdings auch. (Ja doch, auch Freunde: Wenn man jahrelang aufeinander losballert, entsteht allmählich eine Verbindung wie bei alten Kampfgenossen.) Aber ein Auto, das auf einen losfährt, oder giftige Pilze, das ist eigentlich nicht die Art der Ganoven. Sie bevorzugen eine Beretta oder eine Smith & Wesson, unter Umständen auch ein Päckchen Sprengstoff. Sie haben's nicht so mit ausgeklügelten oder phantasievollen Methoden.

Ich war nach Gap versetzt worden; eine schöne Stadt. Meine Mutter war zu ihrer Schwester nach Grenoble gezogen. Einmal im Monat besuchte ich sie. Eines Abends langte ich oben an der Steigung von Laffrey an – Sie wissen schon, diese fatale, schnurgerade Strecke –, am Steuer meines berühmten apfelgrünen Ford Vedette. Wie immer probiere ich meine Bremsen aus, sobald eine abschüssige Strecke in Sicht ist. Und dann ... Wissen Sie, wenn man plötzlich ins Leere tritt, dann ist das für den normalen Sterblichen ungefähr so, wie wenn einer, der nicht an das Tischerücken glaubt, plötzlich erlebt, wie unter seinen Händen ein kleiner Salontisch vom Boden abhebt. In beiden Fällen bleibt einem ganz einfach die Luft weg. Ich schaltete sofort in den dritten Gang, für den zweiten war es schon zu spät. So ein Wagen wiegt 1200 Kilo und bei dem Schwung, mit dem ich ankam ... Kurz und gut, als ich bei der berühmten Brücke war, rauchte der Motor, aber ich kriegte die Kurve gerade noch mit etwas weniger als hundert Sachen. Jetzt brauchte ich nur noch schräg an die Böschung zu knallen, was ich auch tat.

Es hatte einige Zeit gedauert, bis ich kapierte, aus welcher Ecke der Anschlag kam, aber diesmal war es mir klar. Es war die Zeit, als die Diktaturen anfingen, dafür Sorge zu tragen, dass das Laster der Tugend einen gewissen Respekt zollte: Wer im Weg war, wurde nicht mehr am helllichten Tag per Genickschuss beseitigt. Man verbrämte jetzt das Verbrechen mit Heuchelei. Man tötete heimlich.

Ich befand mich in einem Zustand blinder Wut, und zwar ständig. Meine Reaktionsfähigkeit stieg unglaublich. Allen machte ich Angst. In meinem Bezirk waren die Straftaten um die Hälfte zurückgegangen.

Im Kopf überschlug ich rasch den zeitlichen Abstand der drei Attentate. Zwischen dem ersten und dem zweiten waren drei Monate vergangen, zwischen dem zweiten und dem dritten waren es vier. Daraus schloss ich, dass in ihrer einfältigen Bürokratie eine gewisse Zeitspanne nötig war, um dieses Hinrichtungssystem in Gang zu setzen. Vermutlich gab es da auch ein Etatproblem. Andererseits hatte ich Glück gehabt und mich als eine zähe Beute erwiesen: Ich erforderte Sorgfalt, Phantasie, und dementsprechend höhere finanzielle Mittel. Sie würden sich jetzt erst einmal den Kopf zerbrechen, um eine todsichere Falle für mich auszuhecken.

Ich beschloss, ihnen behilflich zu sein. Ich beantragte und erhielt einen fünfmonatigen Urlaub wegen Krankheit. (Man war nicht ganz unglücklich, mich für einige Zeit los zu sein.) Ein befreundeter Arzt bescheinigte mir eine Gelbsucht als Folge der ausgestandenen Angst und nannte mir einen Trick, um tatsächlich gelb auszusehen. Derart mit der Safranfarbe der Gehörnten geschmückt, mietete ich mir ein Haus mit einer Außentreppe und sechs Fenstern, das nur einen Vorteil hatte: Der nächste Nachbar wohnte 1200 Meter entfernt. Ich schlüpfte in die Rolle des Hosenscheißers. Ich magerte ab – welch eine Qual! –, damit mir der Hosenboden am Hintern herabhing. Auf diese Weise als bemitleidenswerter Mann verkleidet, bastelte ich mir für alle sichtbar eine lächerliche Alarmanlage um meine Oase des Friedens herum – die ohnehin schon mit hohen Mauern umgeben war. Und nun wartete ich.

Das Warten bestand darin, so selten wie möglich das Haus zu verlassen, meine Einkäufe zu machen und mich danach zu Hause auffällig zu verschanzen. Ich konnte schon immer auf Kommando schlafen: Ich legte mich um fünf Uhr nachmittags ins Bett und wachte um zehn auf. Das allerdings wusste niemand. Um zehn stand ich auf, rasierte mich und bezog Wache hinten im Garten, wo ich mir eine Art Ansitz in der Mauerecke eingerichtet hatte, mit einem soliden Vordach über mir, zum Schutz gegen den Abendtau zum einen und gegen einen möglichen Angriff von der Mauer herab zum andern. Von dieser Stelle aus überblickte ich die ganze Fassade des Hauses, die von strahlendem Schlagsahneweiß und selbst in den finstersten Nächten sichtbar war. Ich setzte mich da auf einen wackligen Stuhl, drehte mir eine Zigarette, zündete sie aber nicht an.

Achtundfünfzig ereignislos friedliche Nächte lang habe ich völlig unbehelligt gewartet, immer mit zusammengebissenen Zähnen, immer mit der Wut im Bauch, immer mit dem stumpfen Gesicht der Frau mit der Kerze, das mir wie ein Auswurf feucht an der Haut klebte.

In der neunundfünfzigsten Nacht sind sie gekommen, ihrer Sache sicher, geschmeidig, systematisch; sie hatten alle Hindernisse aus dem Weg geräumt, der Kies knirschte unter ihren Schritten, sie versuchten nicht einmal, leise zu sein. Es war übrigens auch nicht nötig. Innen dröhnte das Radio und die sechs Fenster waren taghell erleuchtet auf der Schlagsahne der Fassade. Die Männer waren höllenschwarz, kaum zu glauben, wie schwarz sie waren. Irgendwo hatte ich sie schon gesehen, obwohl sie nur als Schattenspiel vor mir auftraten. Sie waren riesig, gewaltig. Ausmaße zum Fürchten. Aber seitdem ich mich *in flagranti* als Feigling ertappt hatte, konnte mir keiner außer mir selbst noch Angst machen.

Ich schmückte mein Programm ein wenig aus, um mir eine Chance zu geben umzukommen. Ich pfiff aus der Dunkelheit heraus, damit sie sich umdrehten.

Ich sah, wie sie reflexartig wie Kampfhunde eine Kehrtwendung machten und in Richtung Schatten, wo ich auf der Lauer lag, losstürzten. Ich sah sie wie Scherenschnitte vor den sechs erleuchteten Fenstern.

Gemeinsames Laufen wird unweigerlich zum Wettrennen, das ist eine Urreaktion, egal ob zu Fuß oder in irgendeinem Gefährt. Der erste war nach zwei Sekunden bei mir, ich erschoss ihn aus nächster Nähe. Der zweite kam mit fünf Schritten Abstand nach und auf ihn musste ich zielen. Meine vier letzten Schüsse feuerte ich auf den dritten, der die Flucht ergriff. Eine Kugel traf ihn in der Hüfte, die drei anderen im Rücken. Das war mein einziger Fehler, aber die weiße Gestalt mit der Kerze, die mir ins Gesicht spuckte, schenkte mir nichts.

Das war das erste Mal in meinem Leben, dass ich Menschen tötete, die keine Uniform trugen. Es war das erste Mal in meinem Leben, dass ich es tat, ohne dass es mich aus der Fassung brachte, mir den Magen umstülpte. Ich drehte alle drei auf den Rücken, damit ich ihre Gesichtszüge genau betrachten konnte. Jetzt sahen sie aber nach gar nichts mehr aus. (Das ist das große Rätsel des Todes, dass wir nämlich, hat er uns einmal eingeholt, nach gar nichts mehr aussehen.) Wo war ihr Groll gegen mich geblieben? Mir fiel ein, dass sie Mutter, Frau und Kinder hatten, dass man vielleicht um sie trauern würde. Aber wo war ihre Seele? Durch welch schreckliches Missverständnis – denn jetzt erkannte ich sie: Es waren drei der Helfer, die damals die Grabplatte geschlossen hatten –, durch welch schreckliches Missverständnis hatten sie in jener Nacht, indem sie sich vor Christus bekreuzigt hatten, das Recht erhalten, von ihren Taten freigesprochen zu werden? Ich verlangte nicht, dass man mich von meinen Taten lossprach. Ich wusste wohl, dass ich sie aus Leidenschaft umgebracht hatte und nicht um mich zu verteidigen, hatte doch der dritte meine drei letzten, unnötigen Kugeln abbekommen, in den Rücken. Nein, das war keine Notwehr. Ich musste mich für das Schauspiel rächen, mit dem ich in meiner Erinnerung nicht fertig werden konnte. Ich wollte mich dafür rächen, dass sie mich mit der bitteren Wahrheit konfrontiert hatten, dass ich genau so feige war wie sie.

Diese drei Schüsse in den Rücken lenkten übrigens die pingelige Aufmerksamkeit des Ermittlungsrichters auf mich. Er war skeptisch – da er selbst noch sehr jung war – in Bezug auf den kämpferischen Elan eines Mannes, der schon einen Bauchansatz hatte und dem Alkohol nicht abgeneigt war. Widerwillig unterzeichnete er den Beschluss, das Verfahren einzustellen.

»Es tut mir Leid«, sagte er, »aber diese drei Männer hatten keinerlei Papiere bei sich, kein Feuerzeug, kein Messer, kein Taschentuch, keinen Ehering. Ihre Kleider, ihre Schuhe, ihre Unterwäsche hatten sie zwei Tage zuvor in einem Billigkaufhaus erstanden. In ihren Taschen war kein Staubkorn. Haben sie zuvor andere Kleider getragen, so haben wir sie nicht gefunden. Kein besonderes Kennzeichen, keine Narbe, nichts! Als gäbe es sie nicht! Sie haben drei Männer getötet, die es nicht gab. Ich meine: gesellschaftlich gesehen. Sie behaupten, es seien Ausländer gewesen. Wunderbar. Aber Tote sprechen nicht mehr, haben also auch keinen Akzent. Im Übrigen hatten sie keine Waffen bei sich. Also müsste ich . . .«

Ich unterbrach ihn forsch.

»In der Tat, sie hatten keine Waffen. Aber ich bitte Sie, lassen Sie doch ihre Handkanten untersuchen, an beiden, der rechten und der linken Hand. Ich habe sie angefasst, als sie noch warm waren. Das waren Hände von Spezialisten. Sie waren geübt im Zerschlagen von Ziegelsteinen, die auf der Kante liegen. Mit einem Schlag auf die Halsschlagader hätten sie mich umgebracht. Das ist die einzige Mordart, die keinerlei Spur hinterlässt. Man stirbt an inneren Prellungen. Der Schlag verursacht eine Art Druckwelle in der Blutbahn. Um es kurz zu machen: Man bewirkt den Herzstillstand, indem man über die Arterien dem Herzen einen Schlag versetzt.«

»Ich werde das prüfen lassen, keine Sorge. Im Übrigen hätte bei einem Scharfschützen wie Ihnen eine Kugel genügt für den dritten Täter. Warum also vier?«

»Mir sind die Nerven durchgegangen, Herr Richter, vermutlich hat mich die Angst überwältigt.«

»Von der Angst überwältigt«, das war meine durchgängige Verteidigung. Am Ende wurde auf meinen Fall die rettende Formel angewandt, die so vielen Polizisten das Schwurgericht erspart: »Totschlag in Notwehr.«

Aber es verging kein Monat, da bestellte man mich in mein eigenes Büro zum Treffen mit einem Menschen, der einst mein brüderlicher Kamerad gewesen war, damals als die Kugeln pfiffen. Etliche Male hatten wir uns Hand in Hand gewünscht, noch eine Stunde weiterzuleben, wobei wir uns unverhohlen gestanden, dass wir in die Hosen machten vor Angst. In der Résistance hatte er Chateaubriand geheißen. In Wirklichkeit hieß er Chabriant. Er war im Innenministerium eine zentrale Figur der Republik geworden. Man schickte ihn überall da hin, wo man sich nicht selber die Finger schmutzig machen wollte.

Er saß in meinem Sessel, als ich kam und drehte sich eine Zigarette, um mir nicht die Hand schütteln zu müssen.

»Laviolette«, sagte er ohne Umschweife und leckte dabei kurz über seine Handgedrehte. »Laviolette, Sie fallen uns, gelinde gesagt, auf den Wecker.«

Nach dieser kurzen Vorrede – ich hütete mich, etwas hinzuzufügen – schwieg er einen Moment.

»Wir hatten die leise Hoffnung«, knurrte er dann, »dass die von Ihren hartnäckigen Feinden eingesetzten Mittel ihre Früchte tragen würden, aber erkennbar ist das nicht eingetreten.«

Im Ton seiner Worte lag ein gewisser Missmut. Daraufhin nahm ich ohne Aufforderung ihm gegenüber Platz, drehte mir selbst eine Zigarette und sagte:

»Sie werden mir jetzt erst einmal zuhören! Sie werden erfahren, warum es mir scheißegal ist, was diejenigen denken, die Sie hierher geschickt haben, warum mich meine Zukunft einen Dreck kümmert! Warum mir am Leben, das ich Ihrer Meinung nach besser verloren hätte, so wenig liegt! Sie werden sich meine Geschichte anhören, und wenn sie Sie dann nicht verfolgt wie mich, dann habe ich Sie falsch eingeschätzt.«

Ich habe ihm starr in die Augen geschaut, um ihn an der Flucht zu hindern und ich habe ihm alles an den Kopf geworfen, mit jenem unerbittlichen Erzähltalent, das mir in die Wiege gelegt wurde, zu meinem Unheil, denn es ist nichts als der Widerschein der heftigen Regungen meiner ringenden Seele. Ich habe ihn in das Grauen hinabgezogen, so unausweichlich wie ich selbst hinabgezogen worden war. Ich muss zu seiner Ehrenrettung sagen, dass er mich nicht ein einziges Mal unterbrach und dass sich sein Blick nicht ein einziges Mal von meinem abzuwenden versuchte.

Nur am Ende hatte er schon die Arme erhoben, lange bevor ich mit meiner Rede fertig war.

»Sie schien bereitwillig!«, rief er. »Das haben Sie selbst festgestellt! Was wollen Sie also mehr? Das ist viel zu viel Lärm um einen Brauch, der im Aussterben begriffen ist! Und das Pech wollte, dass gerade Sie sich in dieser Kirche haben einschließen lassen! Und gerade in dieser Nacht! Wo diese ... Zeremonie doch höchstens noch einmal in zwanzig Jahren vorkommt!«

Er machte eine Pause. Offensichtlich hatte er Probleme, diese Scheinargumente mit seinem Gewissen zu vereinbaren.

»Und Sie unterhalten diplomatische Beziehungen mit einem Regime, das solche Sitten duldet!«, sagte ich bitter.

»Beste Beziehungen, zweifeln Sie nicht daran! Das ist es ja gerade: Wir sind im Begriff – nicht ganz legal natürlich –, so bedeutende Handelsvergünstigungen zu erlangen, dass Sie, mein lieber Laviolette, dabei sind, zu einem bedauerlichen diplomatischen Zwischenfall auf unserem politischen Schachbrett zu werden. Keiner der betroffenen französischen Industriellen würde auch nur den kleinen Finger für Sie heben, das kann ich Ihnen versichern, Ehrenwort.«

»Vor zwanzig Jahren«, antwortete ich, »hätten Sie mir selbst gezeigt, wo es lang geht. Sie wären hineingesprungen in diese Horde von Barbaren, um ihnen ihre Beute zu entreißen. Unter Lebensgefahr. Und heute reden Sie von Handelsbeziehungen!«

»Ja wollen Sie mir denn nicht zuhören? Ich sage Ihnen doch, das war ein Opferlamm, ein Sündenbock, ein statuiertes Exempel, was weiß ich? Ein Symbol! Ja, richtig, das war es: Wenn es hoch kommt, ein Symbol, das da lebendig begraben wurde. Eine von einer Million vielleicht. Ich betone es abermals. Lohnt es sich, daraus eine Staatsaffäre zu machen?«

Er hatte seine Zigarette endlich fertig gedreht. Er zündete sie an. Mit erkennbarer Zufriedenheit tat er zwei Züge. Er war sich selbst dankbar dafür, dass er sich wohl fühlte in seiner Haut und dass es mir in meiner so schlecht ging.

Ich habe nicht mehr geantwortet. Er war auf ein Rededuell gefasst, bei dem er mich mitsamt meiner Empörung niedergemacht hätte. Vermutlich hatte man ihm gesagt: »Dieser Laviolette ist ein intelligenter Mann. Er wird sich Ihren Argumenten beugen.« Nun nötigte ich ihm mein Schweigen auf, denn das Schweigen bewahrt dem Argument, das man einfach nur ausgesprochen hat, seine Kraft. Um sich gegen das Schweigen zu verteidigen, kann der Gegner einen nur noch auf der Stelle erschlagen, so wie ein Rohling die Geige zerschlägt, deren trauernde Seufzer ihn stören. Nie hat jemand etwas anderes tun können als zu töten angesichts des Schweigens und des verachtenden Blicks. Ich ersparte ihm weder das eine noch das andere.

»Nun gut!«, sagte er abschließend. »Wir erwarten von Ihnen, dass Sie – genauso lautstark wie Ihre Erklärungen bislang waren – zugeben, dass Sie das Opfer einer Illusion waren. Was ich übrigens auch glaube! Müdigkeit, Aufregung, was weiß ich? Man wird nicht jeden Tag in einer Kirche eingesperrt! Vielleicht lag es sogar an irgendwelchen Zechgelagen, der Wein dort ist tückisch! Oder an sonst irgendetwas! Unsere Gesprächspartner legen großen Wert darauf: Immerhin geht es um einen Handelsvertrag! Sie glauben doch wohl nicht, dass wir uns durch eine lebendig Begrabene davon abhalten lassen?«

Ich habe unentwegt den Kopf geschüttelt vor seinen verbalen Ohrfeigen, zum Zeichen der Ablehnung. Zum Schluss hat er sich aufgerichtet und die Arme ausgebreitet.

»Nun denn!«, hat er gesagt. »Wenn das so ist, entziehe ich Ihnen meine schützende Hand.«

»Besten Dank. Aber bisher habe ich mich ganz gut selbst verteidigt.«

Daraufhin bedachte er mich mit einem gutmütigen Lächeln.

»Wissen Sie«, sagte er im Ton der Vertraulichkeit, »so gern die Diktaturen auch die Muskeln spielen lassen, nichts geht über eine gute alte Demokratie, um diese Art von Problemen mit tadellosem Anstand zu regeln.«

Und während er mühsam in seinen Mantel schlüpfte, als erwarte er meine Hilfe, rief er:

»Niemand! Hören Sie, Laviolette? Niemand ist gegen einen natürlichen Tod gefeit.«

»In diesem Fall bedanke ich mich bei Ihnen. Derart im Sumpf zu leben, behagt mir nicht. Da ist mir das Nichts lieber.«

»Können Sie haben!«, murmelte er.

Er täuschte sich aber. Gerettet wurde ich durch das, was man heute ein äußeres Ereignis nennt. Der Diktator, den man dort seit zwei Jahren künstlich am Leben hielt, starb schließlich, allen Bemühungen der ihm Nahestehenden, sein Leiden zu verlängern, zum Trotz. Eine geschickte Monarchie, die sogar die Tore der Gefängnisse öffnete, folgte ihm ohne Übergang. Die Kränkungen und die Gekränkten wurden sofort und geräuschlos vergessen. Dieses Volk wusste bereits Bescheid über das Gewicht der wirtschaftlichen Realität. Auf der Stelle hörte ich auf, ein diplomatisches Hindernis zu sein. Die Nationen sind wankelmütig wie die einzelnen Menschen. Sie sind genauso fähig, ein Hindernis zu zerstören, wie es zu vergessen, wenn es nicht mehr im Wege ist. Und leider begann auch ich zu vergessen, oder ich glaubte es zumindest.

Eine angenehme Überraschung wurde mir beschert. Die Freundin, die mir zu reisen geraten hatte, las von meiner Heldentat in den Zeitungen. Dass ich fähig war, drei Männer hintereinander umzubringen, verhieß ihr Fortschritte auch im Erotischen. Sie rief mich herbei und vergaß nichts, was meinem Vergessen förderlich sein sollte. Bis zum Champagner lief alles wunderbar. Als sie aber in durchschimmerndem weißem Gewand auf mich zukam, sah ich sie plötzlich schwarz, auf ihrer reizenden Brust eine phallische Kerze. Ich atmete den Duft von Parmaveilchen, obwohl das Sträußchen doch nur als klägliche Imitation aus Trauerflor existiert hatte. Ich entzog mich unter tausend Entschuldigungen.

Eines Morgens, als ich ins Büro kam, erfuhr ich, dass ein Terroristenanschlag verübt und die berühmte Kathedrale von X, dieses Juwel der Spätgotik, schwer beschädigt worden war. Zehn Tage später erhielt ich einen Brief von Ramirez, den ich mir übersetzen ließ. Er war kurz:

»Wenn Sie diese Zeilen lesen, werde ich tot sein. Ich habe mich den Separatisten angeschlossen, weil ich nicht vergessen kann. Morgen werde ich ihnen bewiesen haben, dass ich vertrauenswürdig bin, dass man mir freie Hand lassen kann. Ich habe auch genug gelernt, um sachgemäß vorzugehen. Ich will, dass es alle Welt erfährt. Wenn die Gruften gesprengt sind, wird es alle Welt erfahren. Sie waren Zeuge und ich weiß, was Sie ausgestanden haben. Sieben der Schurken, die die Gruft geschlossen haben, habe ich eigenhändig umgebracht. Drei blieben übrig und um die haben Sie sich gekümmert. Bravo! Morgen wird alle Welt wissen, dass Sie die Wahrheit gesagt haben. Kommen Sie als Zeuge. Adieu!«

Das war der Mann, den ich auf dem Grab seiner noch lebenden Freundin zu trösten versucht hatte. Ich brauchte nur an die Schrecken zu denken, die ich ausgestanden hatte, um mir seine Qualen vorzustellen. Ich kehrte jedoch nicht an den Ort des Verbrechens zurück. Ich wusste aus sicherer Quelle, dass niemand ein Interesse daran hatte, alte Schandtaten wieder auszugraben. Vermutlich umgab die Kirche eine eindrucksvolle Sicherheitsabsperrung, und solange die Spuren dieser erbärmlichen Sitte nicht völlig verwischt wären, würde die Bewachung nicht nachlassen. Ramirez war umsonst gestorben. Hinzufahren, um mir die Bestätigung zu holen, war unnötig.

Die Jahre vergingen. Ich erhielt eine seltsame Einladung von einem seltsamen Menschen. Und seltsam war die Einladung deshalb, weil sie ausgerechnet an mich gerichtet war, der doch Lichtjahre entfernt war von dem Mann, der mir schrieb. Eine Weile war ich versucht, daraus zu schließen, es könnte ein verkappter Befehl sein. Nach einigem Nachdenken nahm ich die Einladung jedoch an. Ein Grund oder Vorwand war nicht genannt, ich wurde auch nicht mit meinem Titel angeredet, obwohl mir der Brief ins Büro geschickt worden war. »Monsieur Laviolette«, stand auf dem Umschlag, mehr nicht. Der Absender lautete »Zurlinden, Kunsthändler in Luzern, Schweiz«. Dieser Zurlinden war wohl bekannt. Er war der Mann mit den vierzig Picassos.

Hundertfünfzig Jahre lang hatte seine Familie sämtliche Raddampfer gebaut, die gemächlich auf den Schweizer Seen verkehrten, dazu alle Zahnradlokomotiven, die es, ehe solche Anlagen zu teuer wurden, mit den Steilhängen der Weltgebirge aufnahmen, bis hin nach Neuseeland und zu den Anden.

Und eines Tages hatte dieser letzte Nachfahre das ganze Riesenvermögen zusammengeschaufelt und begonnen, die Kunst zu lieben.

Ich kam nach Luzern in meinem alten apfelgrünen Ford Vedette, der nach allen zerfransten Seiten hin den Rost regelrecht ausschwitzte. Man wies mich an, ihn an der Seite eines schwarzen Rolls-Royce zu parken. Es regnete. Haben Sie Luzern schon einmal ohne Regen erlebt? Der Regen besiegelt den hochmütigen Charme dieser Stadt. Luzern ist eine Stadt, die nicht einmal den

Vergleich mit Venedig standesgemäß fände. Sie weiß, dass sie ohnehin verkannt bleibt.

Der Mäzen bewohnte ein Haus, das sich alle Mühe gab, schlicht zu wirken – so ähnlich wie sich ein Wolf bemüht, einem Lamm zu gleichen. Es war ein Riesen-Chalet am Ufer des Vierwaldstättersees. Ein vierstöckiges Haus, das mit Geranien und Begonien geschmückt war. Freundlich lächelnde, dralle Frauen gingen in mit großen Blumensträußen geschmückten Büros ihren Tätigkeiten nach. Viele Blumen gab es da und viele Frauen. Der ganze erste und der ganze zweite Stock dienten der Ausstellung einer verschwenderischen Fülle von neueren Gemälden. Das Erstaunliche bei der modernen Kunst ist, dass jedes einzelne Werk, so armselig manchmal auch das Leben seines Schöpfers gewesen sein mag, jene blendende Klarheit ausstrahlt, jenes Glück der neuen Farben, von denen man meinen könnte, sie werden nie altern, sie werden für alle Zeiten die in einem Atelier eingefangene Stimmung ausstrahlen, wo stets Lebensfreude herrschte. Da hingen Klees, Mirós, Juan Gris', Dubuffets, Kandinskys, zwei oder drei Items, da standen zwei Kästen von Pons und in einem großen, leeren Raum mit weißem Marmorboden eine phallische Skulptur von Brancusi, *Der Himmel.*

Zurlinden hatte jedoch nicht alles auf eine Karte gesetzt. Im dritten Stock herrschte wieder das für graue Vorzeit passende, gedämpfte Halbdunkel. Die Werke, die da an bevorzugter Stelle hingen, waren wie in einer Kirche durch Arkaden in Einzelkapellen voneinander getrennt. Mit ihren üppigen Rahmen brauchten sie jeweils eine besondere Beleuchtung, um in ihrer ganzen Pracht zu erstrahlen. Sie reichten, wanderte man von einem Raum in den anderen, vom 19. bis ins 15. Jahrhundert. Zurlinden erwartete mich in der Tiefe dieses Halbdunkels. Freundlich stand er da und streckte die Hand nach mir aus.

Der friedliche, heitere Erfolg jener Familien braucht nicht beschrieben zu werden, die es in keiner Generation je nötig hatten, mit der unangenehmen Mitwelt auf Tuchfühlung zu gehen. Man spürte sofort, dass dieser Mann sich niemals das Blut eines Gerechten von den Händen hatte waschen müssen. Andere hatten es einst an seiner Stelle getan. Diese bei einem millionenschweren Menschen sonderbare Jungfräulichkeit war gewiss die Ursache für eine friedlich-rosige Hautfarbe, der er keineswegs hatte nachhelfen müssen.

Im Übrigen handelte es sich um einen Achtzigjährigen, der mich um einen Kopf überragte und mich mit ernstem Blick betrachtete, wobei er keiner Brille bedurfte. Während er mir die Hand reichte, fragte ich ihn:

»Hat noch nie jemand Lust gehabt, Sie zu malen?«

»O doch«, antwortete er und lachte. »Viele Leute.«

Er sprach Französisch mit deutschem, aber dennoch vornehmem Akzent.

»Ich habe Sie von so weit hergebeten«, sagte er, »weil ich Ihnen ein Geschenk machen möchte. Kommen Sie!«

Er führte mich zu einer Tür, die er öffnete und bei der er mir dann den Vortritt ließ. Dahinter befand sich ein Büro im Stil Vermeers, mit rautenförmigen schwarzweißen Fliesen, in dem gewaltige Möbel standen. In einem schwarzen Marmorkamin brannte ein säuberlich gestapeltes Feuer. In diesem Raum waren keine Bilder ausgestellt, nur ein einziges hing in der Mitte einer Stellwand zwischen zwei Wandverkleidungen aus dunkler Eiche. Ich wusste, dass es ein Bild war, weil ich das Dreieck der Kordel erkannte, an der es an der Wand befestigt war. Ansonsten war es jedoch mit einem schwarzen Tuch verhängt, wie ein Porträt, das man nicht mehr sehen möchte.

Zurlinden bat mich, Platz zu nehmen und bot mir eine Zigarre an, die ich ablehnte. Während er die seine anzündete, drehte ich mir eine Zigarette, wie ich das immer tue. Dann sagte er:

»Wir haben beide nicht viel Zeit für Überflüssiges und deshalb habe ich Sie nicht einmal gefragt, ob Sie eine angenehme Reise hatten. Denn überflüssig ist es schon, was wir uns hier gerade gönnen. Sie vielleicht mehr noch als ich. Kommen wir also zur Sache. Vor . . . einiger Zeit fuhr ich mit dem Zug nach Ferrara – ich fliege grundsätzlich nicht –, um an der Versteigerung eines Nachlasses teilzunehmen. Der letzte Erbe der Montferrat war im Elend gestorben, in den Ruinen seines Palazzos an Alkohol und Halluzinationen zugrunde gegangen. In siebzig Jahren eines zügellosen Lebens hatte er bereits alle Teile seiner Sammlungen verkauft. Es blieb fast nichts übrig und ich machte mir schon Vorwürfe, dass ich meine Zeit in Ferrara verschwenden würde.

Im Zug hatte ich – der Anlass war übrigens das Begräbnis des Diktators – eine lange Geschichte gelesen, in der von Ihnen und der Nacht in jener merkwürdigen Kirche die Rede war. Es wurde in allen Einzelheiten von dem schrecklichen Ereignis berichtet, dessen Zeuge Sie gewesen waren. Ich las nur flüchtig und dachte bei mir, dass diese Journalisten doch viel Phantasie haben.

In Ferrara war kaum ein Mensch bei der Versteigerung, bis auf einen Monsignore in violetten Strümpfen, den bei solchen Anlässen unvermeidlichen Japaner und einige Mailänderinnen, die Millionen von Lire in ihren hässlich ausgebeulten Handtäschchen mit sich herumschleppten. Alles verlief ruhig und leidenschaftslos. Ich hob nicht ein einziges Mal die Hand, so hässlich und belanglos war alles, was da angeboten wurde. Ich war schon im Begriff aufzubrechen, nach Luzern zurückzufahren.«

Nach diesen Worten unterbrach Zurlinden seine Rede. Er erhob sich und näherte sich lässig dem verhängten Bild an der Wand.

»Und dann brachten die Helfer des Auktionators ein Bild auf einer Staffelei; es war verschleiert wie hier und der Auktionator betonte, dass man dieses Bild nach dem Tod des Fürsten genau so an der Wand des Palazzo Montferrat gefunden habe: Verschleiert. Als dann das schwarze Tuch gehoben wurde, sah ich . . . das hier!«

Während Zurlinden eine Reihe Strahler anmachte, um das Bild richtig zu beleuchten, riss er den Schleier, hinter dem das Bild verborgen war, herunter. Jäh richtete ich mich auf, einen Schrei des Grauens auf den Lippen. Ich zitterte unter der Wirkung einer Halluzination. Ich trat näher; das Bild war gut ein Meter fünfzig breit und ein Meter zwanzig hoch.

Es stellte das Innere jener Kirche dar, in der ich eingeschlossen gewesen war. Und zwar stellte es sie genau aus der Perspektive dar, aus der ich sie hinter dem Altar gesehen hatte. Im Vordergrund grinste übrigens einer der marmornen Oranten, an denen ich mich festgeklammert hatte. Und vom Blickpunkt des Malers aus gesehen war da, ohne wesentliche Änderung, genau die Szene zu erkennen, deren Zeuge ich einst in einer gewissen Nacht gewesen war.

Da war die gleiche bittende und flehende Schar, die die Hände zum Offenkundigen hin ausgebreitet oder zum gottlosen Gebet gefaltet hielt; sie umlagerte die stehende Frau, die eine schmalzfarbene Kerze vor ihrer Brust hielt – wesentliche Lichtquelle des Gemäldes, obwohl sie noch gar nicht brannte. Darum herum ordneten sich bedeutsam im grünlichen Zwielicht die leidenschaftlichen Gesichter der Anstandsdamen, deren Finger von der Hausarbeit verkrümmt waren, die Gesichter der entrüsteten Mütter und Ehefrauen mit weit aufgerissenen Mündern und bösen, lüsternen, dunkel umringten Augen. Die Liktoren auf beiden Seiten strahlten die ewig währende Niedertracht aus, genau wie es diejenigen getan hatten, denen ich begegnet war. Obwohl sie vermutlich hundert Jahre früher geboren waren, lag auf ihrer Stirn und in ihren Blicken der Anschein der Verwandtschaft, als hätten die gleichen Mütter sie in die Welt gesetzt. Aber meine ganze Aufmerksamkeit galt dem Gesicht der Frau mit der Kerze, das genauso gewöhnlich, genauso unauffällig, genauso natürlich und frisch gewaschen wirkte wie das Gesicht, das ich lebend betrachten konnte. Ein winziges Detail nur war dem Maler misslungen. Was ich sowohl auf den Gerippen der in der Krypta entdeckten Leichen als auch am Mieder der lebendigen Frau gesehen hatte, war ein verblichenes Filzsträußchen. Er aber hatte das Mieder des Opfers mit einem schönen Tupfer Violett geschlossen: Er hatte tatsächlich echte Veilchen gemalt. Durch einen perspektivischen Kunstgriff war das Grab – vermutlich um dem Betrachter klarzumachen, womit diese stumme Szene unvermeidlich enden würde – gewissermaßen senkrecht hinter der Frau dargestellt.

Schwankend kehrte ich zu meinem Sessel zurück und ließ mich hineinfallen.

»Sie schonen mich nicht . . .«, flüsterte ich.

Zurlinden legte mir die Hand auf die Schulter.

»Goya zugeschrieben!«, rief er aus. »Das hat der Auktionator versichert. Wir waren drei, die dieses Schreckensbild betrachteten, als handle es sich um die allerbanalste Komposition, um eine Landschaftsidylle oder um einen glatten, sinnlichen Akt. Der Monsignore war besonders detailgierig, und sorgfältig prüfend kam er mit seiner Nase so dicht an das Gemälde heran, dass er es regelrecht beschnüffelte. Offensichtlich wusste er genauso gut wie ich, welches Ereignis dieses Bild festgehalten hatte. Der Japaner hingegen wusste es vermutlich nicht. Er ließ das Bieten fast sofort sein. Goya! Er hatte die Nase gerümpft. So was hielt den sicheren Werten, die in den Tresoren von Hokkaido ruhten, wahrscheinlich nicht stand. Zwischen dem Monsignore und mir hingegen setzte ein erbitterter Kampf ein. Bei jedem Mehrgebot warf er mir giftige Blicke zu. Aber niemand bremst einen Zurlinden, wenn er kaufen will. Ich werde Ihnen nicht verraten, welchen Preis ich letztendlich bezahlt habe. Mit der Summe hätte man das ganze Dach des Palazzo Montferrat erneuern können, aber für den Erblasser war es zu spät! Der Monsignore, das glaubte ich an seinem Schritt erkennen zu können, ging gramerfüllt und schmerzgebeugt davon. Fast wäre ich ihm nachgelaufen, um ihm das Meisterwerk zu schenken, aber dann habe ich an Sie gedacht!«

Ironisch stöhnte ich auf.

»Sie sind sehr gütig! Aber ich hätte es vorgezogen, nicht mit einem leibhaftigen Goya konfrontiert zu werden.«

»Einem zugeschriebenen«, verbesserte er mit erhobenem Zeigefinger.

»Was erzählen Sie mir da mit Ihrem ›zugeschrieben‹? Das *ist* ein Goya!«

»Sind Sie ein Kenner?«

»Nein, aber als ich dieses Bild lebend und dreidimensional vor mir sah, habe ich mir in meinem Albtraum unentwegt gedacht: Das ist ein Goya!«

»Gut! Wir werden es also Goya zuschreiben«, sagte Zurlinden.

Er betrachtete das Bild mit dem Ausdruck kühler Herablassung, den ihm seine Zigarre verlieh.

»Das Dach des Palazzo Montferrat!«, murmelte er zwischen den Zähnen. »Nur weil ich nicht zu gestehen wage, dass es auch für das Dach des Palazzo Farnese ausreichen würde!«

Plötzlich wandte er sich mir zu.

»Nehmen Sie es! Es gehört Ihnen!«

Ich machte den Mund auf, um ihm eine Grobheit an den Kopf zu werfen, erinnerte mich aber rechtzeitig, dass er kein Franzose war und dass es der falsche Augenblick gewesen wäre, die Würde zwischen uns aufzugeben. Ich schüttelte nur den Kopf.

»Was? Sie wollen es nicht?«

»Legen Sie wirklich Wert darauf, dass ich nie mehr werde vergessen können? Nicht eine einzige Minute lang? Manchmal gelingt es mir . . .«

Er drückte mir erneut seine Hand auf die Schulter.

»Ich wäre enttäuscht gewesen, wenn Sie es angenommen hätten«, sagte er. »Aber ich hätte es Ihnen in die Arme gelegt und Sie damit zum Teufel gewünscht!«

Wir standen beide wie angewachsen vor dem Meisterwerk, hypnotisiert.

»Ich kann nicht mit dem Grauen leben!«, jammerte Zurlinden. »Ich gehöre zu den Leuten, die allzu grausame Artikel mit dicken Strichen aus der Zeitung herausstreichen.«

Es war nicht der richtige Augenblick – und ich hatte auch keine Lust dazu –, ihm zu sagen: »Jeder Geldschein, der für die Kunstwerke dieses Hauses ausgegeben wurde, war irgendwann einmal der Anlass zu unzähligen Gräueln.« Er hätte mich auch gar nicht verstanden. Er ging schnurstracks auf das Bild zu und packte den Rahmen.

»Kommen Sie!«, sagte er. »Helfen Sie mir, es abzuhängen.«

Ich verstand zwar nicht, was er wollte, aber ich gehorchte ihm. Wir standen jetzt auf beiden Seiten des abgehängten Bildes. Zurlinden schnaufte ein wenig nach dieser Anstrengung.

»Und wenn wir nun schon dabei sind . . .«, fuhr er fort. »Werfen Sie doch einen Blick auf die Leinwand. Ich meine auf die Rückseite. Schauen Sie hin. Da, über den Streben. Sie haben doch noch gute Augen, denke ich? Da steht was!«

Ich sah die schwarzen, säuberlich voneinander getrennten Buchstaben. Zunächst dachte ich, es handle sich um eine Signatur. Aber nein, es war ein Titel.

»Was steht da?«, fragte Zurlinden.

»*La Violeta* . . ., glaube ich . . .«

»Richtig: *La Violeta.* Dieses Bild ist im Werkverzeichnis von Goya nicht aufgeführt. Aber ich besitze mehrere Schriftproben von ihm. Ich habe die Aufschrift einem Experten vorgelegt. Es handelt sich wirklich um einen Goya. Sie haben einen unfehlbaren Blick. Als ich vorhin vom Palazzo Farnese sprach . . .«

»Verkaufen Sie es doch«, sagte ich. »Wenn es Sie so sehr stört.«

Nun war er es, der den Kopf schüttelte.

»Kommen Sie!«, sprach er. »Seien Sie mir noch einmal behilflich!«

Er lenkte mich zum Kamin und lehnte das Bild an den Sockel. Dann ging er ein paar Schritte zurück, um es noch einmal zu betrachten. Die Flammen tanzten über den Firnis der Leinwand und betonten die feinen Risse. Ähnlich wie die Wellen vergessen lassen, wie tief das Meer ist, schmückte das vor den dunklen Farben gleißende Flammengezüngel das Bild mit einer unziemlichen Freude, einer bösartigen Freude. Jener Freude, die der Schöpfer dieses Werkes vermutlich empfand, als er es sorgfältig vollendet hatte.

»Sogar das Genie hat sich diesmal als unfähig erwiesen«, sagte

Zurlinden, »das Grauen zu überhöhen. Dieser Goya hier duldete keine Kompromisse!«

Plötzlich warf er seine Zigarre ins Feuer.

»Helfen Sie mir!«, befahl er. »Wenn Sie nicht zusehen wollen, wie ein alter Mann vor Anstrengung in die Knie geht.«

Diesmal wusste ich, was er vorhatte und ich billigte seine Absicht. Der Kamin war riesig. Wir konnten beide aufrecht darin stehen auf beiden Seiten des Feuers. Das Gemälde mitsamt seinem Rahmen wurde sanft auf die glühenden Scheite gelegt.

Schweigend haben wir lange zugesehen, wie die von den Bestandteilen der Farben irisierenden Flammen die Gesichter, die Säulen, das Gewölbe des Kirchenschiffs und jenes Glasfenster mit den Engel-Motiven zerfraßen. Das Letzte jedoch, was im Nichts verschwand, war dieses gewöhnliche Frauengesicht und die große weiße Kerze, die sich zwischen ihren Brüsten eingrub.

»Sie sind viel jünger als ich«, sagte mein Gastgeber, während er mich hinausgeleitete. »Sie werden später bezeugen können, dass der alte Zurlinden genauso empfänglich war für die Hässlichkeit, wie er es für die Schönheit gewesen ist.«

Zurlinden ist tot, erklärte Laviolette abschließend. Manchmal fahre ich nach Luzern und besuche zum Zeichen der Freundschaft sein Grab. Aber dieses Kunstwerk hat er völlig umsonst zerstört. Ich trage es in mir auf ewig. Dieses gewöhnliche Frauengesicht werde ich nie in meinem Leben vergessen – dabei habe ich so viele andere Gesichter vergessen, die schönen Begleiter meines Glücks, die mich doch so viele Jahre lang aufmerksam erlebt haben, so viele andere, unendlich nahe, die ich berührt, gestreichelt habe und die sich alle im Halbdunkel der Erinnerung aufgelöst haben.

Unverhältnismäßig häufig bin ich ein kläglicher Liebhaber gewesen – da wir nun schon mal bei den Geständnissen angelangt sind –, und wissen Sie warum? Weil sich vor das Gesicht jeder Partnerin, die sich ein paar Zentimeter von meinem entfernt die höchste Ekstase erhoffte, das Gesicht jenes Opfers mit den toten Augen schob und mich daran hinderte, Freude zu geben oder zu empfangen.

Jedes Mal, fuhr Laviolette fort, wenn ich im Laufe meines Lebens die Versuchung spürte, an den Menschen zu glauben, ja sogar an mich zu glauben – haben Sie etwa vergessen, dass ich Freimaurer bin? –, verordnete ich mir schleunigst und wie eine Kur diese Reise ins Land der spätgotischen Kathedralen. In dem Staat, der inzwischen zu Wohlstand gelangt war, waren alle Spuren der Unterdrückung verschwunden; die Polizeiwache befand sich zwar noch am gleichen Platz, aber die Schirmmützen der Schergen waren auf bescheidenere Maße geschrumpft.

Auf dem fächerförmig angelegten, ochsenblutfarbenen Platz sah ich Luxusbusse aus ganz Europa, aus denen anständige, wohlhabende, fein säuberliche, modische Menschengruppen herausquollen, die meilenweit entfernt waren von den Wahnvorstellungen, die mich noch immer verfolgten. Ich setzte mich auf die Stufen des Altars, die Hände im Schoß verschränkt. Seit dem angeblich von Terroristen verübten Anschlag, der sie aufgerissen hatte, waren die Gruften der vier Anwärter auf eine Kanonisierung sorgfältig zugeschüttet worden. Selbst die Grabplatten und die dazugehörigen Namen waren verschwunden, letztere standen nicht mehr in Erwartung der Heiligsprechung auf den Listen der *Heiligen Kongregation der Riten.*

Das dunkle Glas der Fensterrose, das bei dem Anschlag zersplittert war, hatte man in Ermangelung entsprechender Mittel durch schlichte armierte Glasscheiben ersetzt, durch die das Tageslicht hereinflutete. Es gab nichts Geheimnisvolles mehr. Ich konnte glauben, ich hätte geträumt.

Der Opferaltar, den die Oranten stützten, war noch immer aus Marmor und mit Blumen geschmückt. Aber ich war mir sicher – dies bestätigte mir die gierige Hartnäckigkeit, mit der sie die vermutete Stelle des Massengrabs fotografierten, dessen Geschichte sie natürlich kannten (wären sie sonst so zahlreich gekommen?) –, dass jeder dieser Touristen (mich eingeschlossen, der ich da mit den Händen im Schoß auf den Stufen des Altars saß) dazu imstande gewesen wäre und es auch heute bliebe – vorausgesetzt der Vorwand wäre überzeugend genug –, jedwedes Opfer lebendig zu begraben und sei es auch nur, um es nicht mehr schreien zu hören, oder um die Wahnvorstellung zum Verschwinden zu bringen, die es in seiner Unschuld verkörperte.

Was bedeuten schon Rahmen oder Handlung? Ich brauchte nur in meinem eigenen Gewissen zu lesen: Die Zeit der lebendig Begrabenen war noch lange nicht zu Ende.

Le Diben, August 1991.

Die Eiche

Nie, erzählte Laviolette, war ich so glücklich wie in den Lolchfeldern, die damals noch angesät wurden. Das goldene Ährengras ist der Weizen der Seele. Und wenn man durch die blonden Halme hindurch die weißen Ruinen eines Weilers erspäht, ist der Hunger gestillt und man läuft zu diesen dürren Lebensspuren, um darin zu baden wie im Wasser einer Quelle.

Es war mein Großvater, der, wie Sie wissen, bei der Gendarmerie war, der mir diese Geschichte erzählte, wenn er mit mir auf den Hügeln über Manosque spazieren ging. Es war seine letzte Stelle gewesen, und er war lange vor meiner Geburt dorthin versetzt worden.

Mein Großvater mochte die verfallenen Dörfer, die er nach Belieben mit so vielen Gespenstern des Lebens bevölkerte: Mit polternden Menschengespenstern, die selbstbewusst ihre Überzeugungen verkündeten, aber auch mit stillen Gespenstern von Brunnen, Lauben und wohl gepflegten Gärten.

Wie ein Weihnachtsmann war er beladen mit einer Kiepe voller trauriger Geschichten und immer wieder überschüttete er mich von der Höhe seiner achtundsechzig Jahre herab mit dem großen Gedicht des Todes, damit ich mich an ihn gewöhnte. Vermutlich war er der Meinung, man könne damit gar nicht früh genug anfangen, würde doch ein ganzes Leben kaum dazu ausreichen.

»Ich habe«, so erzählte er mir, »inmitten von nie gemalten Bildern – manchmal waren es Jagdszenen – gelebt. Zuweilen wandere ich durch diese Galerie von Meisterwerken wie durch ein Museum. Das Gedächtnis ist etwas Großartiges. Schau mal, weißt du, wo ich mich gerade befinde? In Montfuron! Dort oben, im Jahre neunzehnhundertsoundsoviel ... Ich bin gerade ins Haus der Bürgermeisterin eingetreten, der Witwe Truche, die mir zugerufen hat, die Tür sei offen. Sie trug Schwarz. Der Bürgermeister, Polycarpe Truche, war gerade gestorben – an einer Wahlembolie.

Ich erkläre es dir: Madame Truche herrschte dank der Amtsfunktion ihres Gatten schon so lange über diese Anhöhen, dass sie am Ende geglaubt hatte, sie selbst sei der Herr Bürgermeister. Aber die letzten Wahlen waren ihr zum Verhängnis geworden: Sie war in der Person Polycarpes besiegt worden und der war daran gestorben. Nun ja, man hatte dem tödlichen Verdruss den Namen »Krebs« gegeben, aber kein Bürger von Montfuron hatte sich täuschen lassen und beim Begräbnis unterdrückten sogar diejenigen ein Feixen, die für ihn gestimmt hatten, als ob sie der Überzeugung gewesen wären, dass sie die Gerechtigkeit verkörperten.

Wenn man nach fünfundzwanzig Jahren Ädilendespotismus noch immer gefürchtet ist, gibt es auch nicht mehr viele Leute, die einen lieben. Zwar hielt die Witwe Alix Truche den Blick derjenigen, die ihr im Vorübergehen geradewegs ins Gesicht schauten, noch immer in Schach, doch machte sie sich keinerlei Illusionen. Sie wusste, dass ein freudiges Grinsen die Gesichter aufheiterte, kaum deckte sie wieder der dunkle Schatten der Hüte.

Diese Witwe Truche war von Tradition wegen gewaltig. Ihre Schneiderin hatte für ihr Trauergewand vier Meter Seidentaft verarbeitet. Wenn sie sich fortbewegte, dann majestätisch wie eine Staatskarosse. Ich rede von Tradition, weil es bei uns in der Gegend den Ehrgeizlingen, die von der Macht im Rathaus träumen, nie gelungen ist, schlanke Gattinnen zu bewahren. Das ist buchstäblich zum Sprichwort geworden. Bis auf ganz seltene Ausnahmen hat sich dieses Phänomen über Generationen bestätigt, ohne dass je eine rationale Erklärung hätte gefunden werden können.

Übrigens erkennt man die stadtväterlichen Ambitionen der Söhne aus gutem Hause – die Sache scheint angeboren – daran, dass sie sich redlich bemühen, eine Bohnenstange zur Frau zu nehmen. Die argwöhnischen Blicke, die sie auf ihre potenziellen Schwiegermütter werfen, sprechen eine deutliche Sprache. So gertenschlank sie auch sein mag, die Tochter findet Gnade vor ihren Augen lediglich dann, wenn die Mutter ein dürres Klappergestell ist und wenn man, wie am Eingang von Dantes Hölle, jegliche Hoffnung aufgeben muss, sobald man besagte Tochter in den Arm nimmt.

Aber sämtlichen Vorsichtsmaßnahmen zum Trotz – denn diese eitlen Naivlinge schauen sich nie die Väter an – führen sie alle eines Tages eine Tonne spazieren. Manchmal geschieht die Verwandlung nach den ersten Schwangerschaften, meist aber tritt sie zwei Jahre nach dem ersten Bürgermeistermandat ein, als ob diese Damen ausgehungert gewesen wären und ihr Aufstieg in den rathäuslichen Olymp ihnen endlich erlauben würde, sich satt zu essen.

So etwas wirkte natürlich unseriös. Hübsche Karrieren auf Département-Ebene waren daran zerbrochen, Aussichten auf höhere, nationale Weihen zerstoben. Man weiß wohl, dass Macht mästet, aber für sich selbst können die Herren mit den langen Sitzungen argumentieren, zu denen sie gezwungen sind, um Gewinn bringend über das Wohl der Mitbürger zu debattieren; wenn hingegen die Ehefrauen in die Breite gehen, wie soll da noch geleugnet werden, dass sie die offiziellen Festivitäten genutzt haben, um sich voll zu fressen?

Dennoch weckte diese Witwe Truche, obgleich sie dick war, noch immer gewisse Träume. Vom reinen Marmor ihrer üppigen Rundungen wurde gemunkelt. Anlässlich irgendeiner Hochzeitsfeier hatten ein paar angeheiterte Onkel Wetten darüber abgeschlossen. Im Gedränge des nächtlichen Balls hatten sie allerlei beherzte Versuche unternommen, sie in den Hintern zu zwicken. Sie mussten schallende Ohrfeigen einstecken – die selbst die wackersten Reiteroffiziere aus dem Sattel geworfen hätten –, aber sie hatten sich davon überzeugen können, dass Alix' Hintern keinerlei Griff bot. Jetzt wusste man, dass Monsieur Constantin ein glücklicher Mann war.

Dieser Constantin war Mitglied des Gemeinderates gewesen. Zusammen mit Polycarpe hatte er die Schlappe erlitten, aber er war daran nicht gestorben. Mit Alix unterhielt er seit kurzem gewisse Gewohnheiten, allerdings hatten diese schon ein paar Monate vor dem Tod des Bürgermeisters eingesetzt. Die Beziehung störte niemanden: Ganz Montfuron wusste Bescheid. Nur ein Detail hätte man zur eigenen Beruhigung noch gern gewusst: Ob sie körperlich denn auch Vergnügen aneinander hatten. Aber das hatte man nie in Erfahrung bringen können, obwohl man sie mit Eifer belauerte. So war denn die nie ganz abzuweisende Besorgnis geblieben, ihre Liebe könnte eine rein politische sein.

Monsieur Constantin hatte seine Gesichtszüge sorgfältig unter Kontrolle gebracht: Er sah aus wie ein gutmütiges Schaf. So hatte er das Misstrauen gedämpft, das Fremde immer wecken; allerdings brauchte man nur die vorspringende Partie zwischen den Augenbrauen und die Art und Weise, wie er seine Lippen schürzte – was zu einem regelrechten Tick geworden war –, zu beobachten, damit einem klar wurde, dass er in seinem verborgensten Inneren über grenzenlose Phantasie und ungeahnte Fähigkeiten verfügte.

Die Augen waren leidenschafts-, ja erstaunlich ausdruckslos, auch die Farbe war nicht sonderlich schön, aber der Blick war schmachtend und verhieß den Damen Gefügigkeit.«

Mein Großvater schnalzte ungeduldig mit den Fingern:

»Ach, Bübchen! Was ich dir beschreiben möchte und es wird mir nicht gelingen, das sind die Augen von Monsieur Zorme, vom alten Guilhon, vom Immobilienhändler Nicolas, vom Notar Génin, lauter Leute, die du nicht gekannt hast und die genau solche Augen mit sich herumgetragen haben, nebensächliche Augen! Augen, die beim Lachen niemals gelacht haben, beim Lächeln niemals gelächelt haben, Augen, die sich beim Anblick von Leid niemals verdüstert haben. Augen wie der Sextant eines Schiffes und das heißt: Nicht verstellbar. Egal, wie die Seele wogte, wie der Körper sich aufbäumte. Bei Sterbenden habe ich solche Augen geschlossen: Man hatte Mühe zu erkennen, ob sie wirklich bereits ins Jenseits blickten.

Diese ›Spiegel der Seele‹, wie es so schön heißt, gehörten bei Monsieur Constantin zu einem drahtigen, schlanken Körper, der geschmeidig oder straff war, je nachdem, was er damit gerade anfangen wollte, einem Körper, den er stets in vorteilhafte Kleidung hüllte, sommers wie winters in Nanking-Hosen und weiße Leinenhemden, vermutlich nur um zu beweisen, dass Klimaschwankungen ihm nichts anhaben konnten. Seine Glatze verbarg dieser Constantin unter echten Panama-Hüten, wovon er drei Exemplare besaß. Dank dieser drei Kleidungsstücke, welche exotische Ferne verhießen, hatte er, so jedenfalls seine Hoffnung, die gute Alix Truche verführt.«

Mein Großvater legte seine große Hand auf meine:

»Entschuldige, Bübchen! Meine Geschichte wird ein paar Vertraulichkeiten enthalten, die deinem Alter nicht so ganz angemessen sind. Da ich dir aber gerade die Dinge des Todes beizubringen versuche, scheint es mir ganz passend, wenn ich dir auch gleich von den Wonnen des Lebens eine Ahnung verschaffe. So was gibt es nämlich. Aber deiner Mutter erzählst du lieber nichts davon und deiner Großmutter schon gar nicht, Gott behüte!«, sagte er.

Über La Thomassine, Les Tours, Les Dragons und Pèlegrin waren wir bis zu jenen Höhen von Barême gelangt, von wo man das Lure-Gebirge und die Vaucluse sieht. Wir saßen im träumerischen Wind, der im löchrigen Schatten zwischen zwei Pinien knisterte, und betrachteten die nackten Kuppen, wo zwischen den Falten der Talmulden das verstreute Montfuron noch immer sein mittlerweile leidenschaftsloses Leben lebt.

»Und dabei . . .«, sagte mein Großvater, »hat dieser Landstrich seinen Teil an Leidenschaft abbekommen.«

Mit dem Spazierstock deutete er auf einen markanten Punkt am Hügelabhang, dort wo eine blühende Hecke wuchs.

»Dort drüben«, sagte er, »gibt es einen Fuhrweg, der einst Gemeindeweg war und der, bevor er in die Straße nach Manosque mündet, fast fünfhundert Meter weit einen ehemaligen Trüffelhain mit einst riesigen Bäumen durchquert. Heute sind die meisten gefällt, aber unter den verschont gebliebenen gibt es einen besonders dicken, der sogar den Militärs als Richtpunkt dient. Er steht ungefähr hundert Meter von der Quelle Font de Bourne, die übrigens noch immer nicht versiegt ist und wo man sich gerne hinsetzt und ausruht.

Man weiß nicht, wie alt sie ist, diese Eiche. Jahrhunderte alt, sagt man, weil man sich's einfach machen will. Aber wie viele Jahrhunderte, das weiß keiner. Ihr Stamm ragt mehr als acht Meter in die Höhe, ehe ihm der erste Hauptast entsprießt und sich waagrecht ausbreitet. Jahrhunderte alt, sagt man, und um sie so zu gestalten, wie sie ist, hat es in der Tat mehr als ein Jahrhundert gebraucht. Der Nordwestwind ist sie frontal angegangen, sobald sie groß genug war, um ihm Widerstand zu bieten; zwar hat er sie gerade wachsen lassen, dafür hat er sich aber um ihr Blattwerk gekümmert und hat es maßlos auseinander gezogen.

Normalerweise breitet sich das Geäst einer Eiche harmonisch um die Senkrechte des Stammes aus und die Natur lässt es nicht zu, dass die Hauptäste auf der einen Seite länger als auf der anderen sind. Dieser Baum aber, der unglücklicherweise genau in der Achse der Talmulde stand, bot dem Wind ein ideales Angriffsziel. Deshalb war sein Laub auf der einen Seite wie hochgestülpt und verkümmert, auf der anderen dafür schien es vor dem wilden Luftzug die Flucht ergreifen zu wollen und hatte sich waagrecht ausgedehnt und zwar bei den kräftigsten Ästen bis zu zehn Metern. Wenn man sich unter dem niedrigsten Ast aufhielt, wurde man von einer gewaltigen hölzernen Schlange überragt, die sich züngelnd wand bis zum äußersten Ende der über einem Abgrund schwebenden Zweige.

Um dieses Missverhältnis auszugleichen, hatte der Baum zur

anderen Seite hin Halt suchen müssen auf der Steinfläche, in der er verankert war, zwischen den verschiedenen Schichten des brüchigen Kalksteins. Es war ihm gelungen, zwei Wurzeln darin unterzubringen, die den Felsen gesprengt hatten. Man konnte den Verlauf dieser Wurzeln gut verfolgen: Da und dort traten sie aus dem Geröll des Abhangs hervor, gespannt wie gewaltige Muskeln und wie konvulsivisch zuckend unter dem Zwang der stummen Kraft, die sie hielt. Nachts im Mondschein glänzten sie, als wären sie feucht; wie ein schuppiges Reptil schienen sie auf eine unsichtbare Beute zuzukriechen, die es zu umzingeln galt.«

Mein Großvater schnaubte, um Atem zu schöpfen. Ich war zehn Jahre alt, in jenem Lebensabschnitt, in dem man eine Uhr lieber Stück für Stück auseinander nimmt, um zu sehen, was sie in ihrem Innern verbirgt, als dass man über das Geheimnis nachdenkt, das sie vor sich hinbetet. Mir genügte es völlig, zu wissen, dass es dort drüben, bei der Quelle Font de Bourne einen Baum gab, der einfach etwas größer war als alle andern. Und meine Großmutter nachahmend, die ihn oftmals unterbrach, wenn er beim Erzählen zu weit ausholte, wagte ich es, vorsichtig zu sagen:

»Also gut, da war ein Baum!«

Er sah mich schief an.

»Was soll das heißen: ›Also gut, da war ein Baum?‹ Wenn ich dir kurz und bündig sage: ›Da war ein Baum!‹, dann siehst du lediglich einen Baum. Wenn es mir aber gelingt, ihn dir zu beschreiben, dann siehst du eine lebendige Gestalt. Was siehst du lieber: einen Baum oder eine Gestalt?«

Ich antwortete beschämt:

»Natürlich eine Gestalt.«

Mein Großvater seufzte.

»Und er ist eine Gestalt, dieser Baum, sag ich dir, Bübchen! Du wirst sehen! In einer gewissen Nacht ... damit fängt's überhaupt an ... Nun ja, einer Nacht vor hundert Jahren oder zweihundert oder noch viel mehr, wer weiß? Einer Nacht vor Urzeiten, halt. Einer Nacht jedenfalls, die im Leben dieses Baumes eine Rolle gespielt hat. Von der Abenddämmerung bis in die Morgendämmerung hat er gekämpft gegen den Blitz. Am Ende hat ihn der Blitz erwischt, aber nicht zu heftig. Der Baum war für den Blitz schon zu dick, der hat es nicht geschafft, ihn zweizuteilen, wie er das sonst tut.

Am Morgen, als der erste Fuhrmann vorbeigekommen ist, da hat er so eine Art Schlangennest aus Rinde auf dem Weg gesehen, Rinde, die sich wie frisch gehobelte Späne kringelte und genauso roch. Was der Wald an dieser Ecke erlebt hat, muss ein höllisches Stück Tischlerarbeit gewesen sein. Der Fuhrmann erzählte, wie die Pferde gescheut hatten aus Angst vor diesen ungewöhnlichen Spiralen und dass er große Mühe hatte, sie mit Peitschenhieben und lauten Worten im Zaum zu halten. Alle, die an jenem Tag und in den folgenden Tagen, Monaten und Jahren vorbeikamen, erzählten, dass dieser Baum von oben bis unten an seinem acht Meter hohen Stamm wie von den Krallen eines riesigen Löwen aufgerissen worden war, und zwar rundherum, auf der gesamten Fläche. Lange, sehr lange noch blutete der Baum, er verlor seinen Saft wie ein Mensch sein Blut. Später berichteten mehrere Zeugen, dass man zeitweise nicht mehr an sein Überleben glaubte, dass er sogar einen Sommer lang ohne Laub dastand wie mitten im Winter, dass er nur noch ein paar lächerliche Büschel am Ende der Äste aufwies – Blätter, groß wie ein Kohlblatt, vermutlich um die Vielzahl der fehlenden Blätter auszugleichen, die ihn normalerweise atmen ließen.

Zum Glück hatte er alle Zeit der Welt, und in dieser langen Periode, in der er dahinsiechte, gingen zahlreiche Menschen unter seinen zerzausten Ästen vorüber, Menschen, die irgendwann zur Welt gekommen waren, ihre Zeit lebten und starben.

Endlich wurde er eines Tages wieder gesund. Diejenigen, die sich für ihn interessierten – sie waren zahlreicher, als man es glauben könnte –, berichteten, dass die Rinde in den vom Blitz hinterlassenen nackten Furchen ganz langsam wieder hochkroch und graue Schichten bildete, die wie Lava fest wurden. Gleichzeitig bildeten sich, parallel zueinander, dicke zylindrische Wülste, säulenähnliche Streben, um den Stamm in seinem Überlebenskampf zu unterstützen. Ich sage: *gleichzeitig*, mein Junge, aber in Wirklichkeit dauerte es drei Menschenalter, bis die neue Rinde den Stamm auf der ganzen Höhe deckte; und es war am Ende dieser langen Entwicklung, als es mit dem Ruf dieser Eiche losging. Bis zu diesem Zeitpunkt war davon nicht die Rede in den überlieferten Geschichten, die ich weit, sehr weit zurückverfolgen konnte.

Dieser Ruf bildete sich erst, als der Baum seine grüne, beziehungsweise im Herbst seine bunte Blätterpracht wiedererlangt hatte. Von diesem Zeitpunkt an wird er so beschrieben, wie er heute ist: riesig, der Boden unter ihm kahl, von seinem Schatten jeglicher Vegetation beraubt, im Herbst den Wildschweinen der Umgebung Unmengen Eicheln bietend.

Wer hat wohl die unheilvollen Eigenschaften dieser Eiche zuerst bemerkt und wann? Es heißt, dass gegen Ende des 18. Jahrhunderts ein Mann aus Manosque, als er nach reichlichem Weingenuss mit seinem Bruder vom Jahrmarkt in Céreste zurückkehrte, sich plötzlich vor dem Baum befand; er hatte heftig am Zaumzeug seines Pferdes gezerrt, weil er, so erzählte er später, den Baum hatte brennen sehen, von kurzen blauen Flammen umgeben.

Im gestreckten Galopp ritt er nach Manosque, wo er sich alle Mühe gab, die Brüder des heiligen Lorenz zu wecken. Denn damals gab es noch keine Feuerwehr, Bübchen, es war ein Mönchsorden, von denen es in Manosque so viele gab, der sich um das Löschen von Bränden kümmerte. Es dauerte lange, bis die Mönche ihm glaubten. Vor allem beginnt eine Feuersbrunst selten mit einer Eiche, hatte einer der Mönche gesagt, Eichen brennen ohne Rauch. Man glaubte ihm um so weniger, als er nach Schnaps stank, sobald er den Mund öffnete, und sein Bruder, um den es auch nicht besser bestellt war, schwor, dass er nichts anderes als einen friedlichen, im Nachtwind leise rauschenden Baum gesehen hatte.

Schließlich hatten sie dann doch den Löschwagen angespannt. Die vier Pferde hatten die Holzspritze bis zur Font de Bourne hochgezogen, vom Bruder, der nichts gesehen hatte, geführt, denn der andere war von der frischen Luft und der Vision des brennenden Baumes völlig erschlagen und zu nichts zu gebrauchen. Man hatte ihn im Schuppen der Poststation Sauvecane zurücklassen müssen, wo er auf den Briefsäcken liegend seinen Rausch ausschlief. Dennoch war er es – denn die Feuerwehrmönche verschwiegen das Abenteuer lieber –, der das, was ihm sein Bruder am nächsten Morgen berichtete, überlieferte.

›Ich‹, so hatte er ihm erzählt, ›ich habe ihnen gesagt: „So! Hier ist es! Das hier ist der dicke Baum, den mein Bruder angeblich hat brennen sehen. Aber ihr könnt genau wie ich feststellen, dass es ganz dunkel ist. Dass man kein Blatt vom anderen unterscheiden kann." Trotzdem, man könnte auf den Gedanken kommen, dass sie soviel getrunken hatten wie du, die Brüder des heiligen Lorenz, denn sie haben sofort ihre Leitern am Stamm aufgestellt und eine Kette gebildet, um den Baum mit Wasser aus ihren Eimern zu begießen; kurz und gut, sie haben alle Maßnahmen ergriffen, um gegen einen Brand anzukämpfen. Dabei war am ganzen Horizont nicht der leiseste Schimmer einer Flamme zu sehen, ich schwör es dir! Es war stockfinster! Ich frage mich, was in die gefahren war ...‹

Legenden entstehen durch das Zusammentreffen von Zufällen, aber irgendeinen Anfang brauchen sie. Und es heißt, dass dieser unglückselige junge Mann der erste in der Reihe war. Wann genau ist er gestorben? Angeblich kaum zwei Monate nachdem sein Bruder und die Mönche des heiligen Lorenz diese eingebildete Feuersbrunst gesehen hatten. Aber außer dem genauen Zeitpunkt – war es vor oder nach der Revolution? – weiß man alles über die Umstände dieses Todes. Er starb, als er in Sassenage, im späteren Département Isère, für einen Bürger von Grenoble, bei dem er Hausangestellter war, einen Korb Birnen pflückte. Eine Sprosse der Leiter zerbrach unter seinem Gewicht. Er starb erst nach Tagen. Er stieß schreckliche Schreie aus. Man kennt sogar seinen Namen: Er hieß Lambert.

Wohl oder übel müssen wir die Aktivität des Baumes von diesem Moment an datieren, denn entweder wurden die noch älteren Erinnerungen daran getilgt, oder unsere Vorfahren haben die Wunder mit ängstlicher Verschwiegenheit behandelt, jedenfalls weiß man aus der Zeit davor nichts anderes von ihm, als dass der Blitz ihn getroffen hat.

Danach jedoch gibt es unzählige Zeugenaussagen. Zum Beispiel wird der Fall jener Braut erzählt – er beeindruckte die Phantasie der Leute sehr –, die am Tag ihrer Hochzeit an ›kochendem Blut‹, wie man hierzulande sagt, starb, das heißt, an einem Herzschlag, und zu diesem Zeitpunkt war der Ruf des Baumes schon gefestigt.

Sie war mit zwanzig Jahren gestorben in dem festlich geschmückten Buggy, worin sie die Hochzeitsreise antrat. Geboren war sie in Villemus, zwei Hügel hinter Montfuron, und das waren zwei Dörfer, die ihre Geheimnisse teilten. Unglücklicherweise aber war der Bräutigam nicht von hier. Kein Mensch hatte ihm etwas von der Eiche erzählt. Das Thema wurde nur unter Einheimischen berührt, schließlich wollte man sich nicht der Lächerlichkeit preisgeben.

Der frisch gestriegelte Wallach trabte feierlich dahin, die Hufe mit schwarzer Wichse eingerieben. Gemächlich – wie es sich gehört für Leute, die sich unterwegs häufig küssen – waren sie bei der Eiche angekommen. Sie waren im Begriff, auf die Landstraße nach Céreste und Apt einzubiegen. Und plötzlich rief der frisch Vermählte:

›Oh! Liebling, schau! Schau! Der Baum brennt!‹

Für ihn war das lediglich ein Ausruf der Angst beim Anblick eines Brandes, der sich ausweiten könnte, denn er wusste ja nichts über den Baum, aber für sie war es ein Todesurteil, denn in ihren Augen schimmerte die Eiche einfach nur grün in der lauen Abendbrise. Sie offenbarte ihr nichts anderes als die Sanftheit der ruhigen Dinge ohne Arglist.

Denn darin lag das Wunder, Bübchen: Der Baum brannte immer nur in den Augen der Zeugen, nie für denjenigen, der sterben würde.

Er brannte übrigens nur wenige Minuten, lange genug, damit die Braut sich unter seinen Ästen noch einmal an den goldgelben Stoppelfeldern weiden konnte, die das Dörfchen Reillanne in den Himmel zu heben schienen.

Seit der Kindheit schlug das Herz dieses jungen Wesens unregelmäßig. Die plötzliche Kunde, der Baum brenne für sie, hatte ihr das Herz wie in einen Schraubstock eingeklemmt. Sie war in ihrem weißen Kleid zusammengesackt, begraben unter lauter blütensauberem Tuch und Tüll. Man hatte sie, so wie sie war, mit ihrem empfindlichen Kleid und dem Rosenschmuck in den Haaren beerdigt. Armes Mädchen!

Damals nahm sich ein Gendarm, der von der Sache gehört hatte, der Geschichte an; mit Wachsamkeit und Skepsis forschte er nach. Skepsis, mein Junge, das ist die wesentliche Eigenschaft eines Gendarmen, durch Skepsis wird er einem Wissenschaftler gleich.

In einem Aktenschrank der Gendarmeriekaserne in Manosque habe ich ein altes Schulheft gefunden, das voll ist mit seinen zusammengetragenen Indizien. Es war ihm gelungen festzustellen, dass bekannt war, dass die Braut ein schwaches Herz hatte, dass sie nicht besonders hübsch, dafür aber reich und mit einer üppigen Mitgift ausgestattet war und dass der Bräutigam, obwohl er es leugnete, die unheilvolle Macht des Baumes kannte. Die Zeugen, die dem Bräutigam davon erzählt hatten, konnte der Gendarm ausfindig machen. Außerdem stellte er fest, dass der Weg, der an der Eiche vorbeiführte, nicht der günstigte war, um vom Festsaal zur Landstraße nach Apt zu gelangen, da er einen Kilometer Umweg bedeutete. Und im Übrigen hatte er herausgefunden, dass besagter Bräutigam eine stürmische und dazu noch teure Liaison zur Schlossherrin von Bourgane unterhielt, welche zur Verschwendung und zu allerlei herrischen Launen neigte.

Der Gendarm hatte dieses Bündel Mutmaßungen über den Dienstweg bis zum Ermittlungsrichter weitergeleitet. Dieser hatte ausführlich die Achseln gezuckt und gesagt: ›Wie dem auch sei, ein Aberglaube kann keinesfalls als Tatwaffe gelten.‹

Der Satz hatte Präzedenzwirkung, was diesen Baum angeht. Was nicht rational ist, kann nicht als Beweis angeführt werden. Dass in hundert Jahren etwa dreißig Zeugen, vielleicht mehr, den Baum bei lebendigem Stamme hatten brennen sehen, vermochte die Skeptiker in keiner Weise umzustimmen. Sein Ruf wuchs umso so unaufhaltsamer. Zwischen Flammenorakel und dessen Erfüllung machten zahlreiche Personen, die ein Interesse im Spiel hatten, den Mund auf. Einige überschütteten ihre Freunde und Verwandten mit Vorwürfen, weil sie ihnen nicht geglaubt hatten:

›Siehst du, Constance, ich hatte dir ja gesagt, dass du dem Onkel Fortuné die Füße warm halten sollst. Und behaupte ja nicht, das sei nicht wahr! Keine sechs Wochen sind es her, dass ich dich gewarnt habe. Ich habe dir gesagt: „Gestern Abend, als ich aus Reillane zurückkam, wo ich das Pferd zum Schmied geführt habe, hab ich den Baum von Bourne brennen sehen. Und weißt du, mit wem ich im Wagen saß? Mit dem Onkel Fortuné! Er hatte mich gebeten, ihn mitzunehmen, weil er Geld auf die Sparkasse bringen wollte.″ Ja, ja, du kannst ruhig die Achseln zucken! Hab ich's dir gesagt oder nicht? Ich hab's dir gesagt! Ich hab sogar hinzugefügt: „Schließlich ist er doch dein Patenonkel. Und so lange schon bittet er dich, ein wenig nett zu ihm zu sein.″ Jawohl! Ach! Du brauchst mit jetzt nicht zu erwidern, ob ich denn wüsste, welche Nettigkeit er meinte. Denn stell dir vor: Ich weiß es. Was ich aber auch wusste, dem Orakel sei Dank, ist, dass es nicht lange dauern würde und schließlich ist einmal keinmal und nachher bist du noch lange keine Schlampe. Ja, ja! Lach nur! Jedenfalls geht uns auch hier wieder mal eine Erbschaft durch die Lappen! Und du bist schuld! Wenn es wenigstens die erste wäre!‹

Ja, mein Junge«, sagte mein Großvater, »auch diese Art von Unterhaltung gibt es zwischen Mann und Frau. Auch das musst du wissen. Als Gendarm habe ich da noch viel Schlimmeres gehört. Erinnere mich gelegentlich daran, dass ich dir davon erzähle.

Was den Baum betrifft, kannst du dir jetzt jedenfalls vorstellen, welch unschätzbare Dienste er leisten konnte, denn es ist nie nötig, die Stunde des eigenen Ablebens zu kennen, hingegen kann es manchmal sehr nützlich sein, die seines Nächsten zu kennen.

Nun, du hast nicht vergessen, dass diese Eiche seit Generationen den Truches gehört. Sie ist ihr Eigentum seit urewigen Zeiten. Und sie sind wie alle Eigentümer: Was ihnen gehört, wollen sie nicht teilen. Sie sind wie jene Nussbaumbesitzer, deren Eigentum so groß wird, dass die Äste am Ende über die Straße hinweg wachsen; wenn der Wind die Äste schüttelt, gehören die Nüsse den armen Leuten. Der Gemeindeweg führte an dieser Eiche vorbei, also konnte man nicht verbieten, dass Leute gerade diesen Weg wählten.

Die Truches beklagten umsonst die Ungerechtigkeit, bis zu dem Tag, an dem Brédannes, dieser Teufelskerl, vorbeikam. Er war ein Kräuterspezialist, der hie und da den Leuten große Dienste leistete. Manchen hatte er sogar das Leben gerettet. Sein besonderes Mittelchen verkaufte er auf Jahrmärkten, wobei er auf einem blau gestrichenen, mit goldenen Borten eingefassten Leichenwagen stand. Er mochte die Frauen und er mochte die Scherze. Als Kind habe ich ihn noch gekannt, er war damals achtzig Jahre alt und immer noch äußerst rüstig. Eines Tages hatte er sein makabres Gespann unter der Eiche von Bourne angehalten, als ein Truche mit seiner Herde zur Eichelmast auftauchte. Brédannes sagte:

›Es ist doch befremdlich, dass diese Eiche sich nicht einzig nach Ihrem Willen richtet, wenn sie brennt! Sie steht auf Ihrem Grund und Boden. Sie hat eine erschreckende Macht und alle Welt kann ungeniert davon profitieren. Das ist doch ungerecht, finden Sie nicht?‹

›Ja, sicher. Aber was soll man da tun? Sie sehen doch, dass der Gemeindeweg daran vorbeiführt!‹

Brédannes hatte lange und ausgiebig genickt.

›Sie sollten dafür sorgen, dass Sie sich gut mit dem Bürgermeister verstehen. Dieser Weg ... Dieser Weg ist unpraktisch. Dort drüben, in der kleinen Talmulde von Couquières führt er unter einer Brücke durch, die vielleicht zweitausend Jahre alt ist. Die haben die Römer gebaut. Mit dieser Brücke ist es nicht weit her. Drei Spatenhiebe und schon bricht alles zusammen.‹

›Och, dann bauen sie sie wieder neu.‹

›Nicht, wenn Sie der Bürgermeister sind! Nicht, wenn Sie großzügig Grund anbieten, um eine viel praktischere Umleitung zu bauen. Aber Vorsicht! Seien Sie nicht zu knauserig! Lassen Sie ein einziges Mal den Profit außer Acht, bieten Sie das Beste an, was Sie haben. Denn gewisse Leute werden gegen ihre eigenen Interessen stimmen, nur um Sie zu ärgern, wenn sie hinter der ganzen Sache den geringsten Geiz spüren!‹

Daraufhin stieg Brédannes auf seinen himmelblauen Leichenwagen und sie trafen sich nie wieder. Aber seine Worte wirkten wie Hefe im weichen Hirn des guten Truche. Eines Nachts, als ein ziemlich heftiger Wind wehte, ging er mit seinen Söhnen zu jener Brücke und verpasste dem Fundament ein paar Spatenhiebe, die kein Mensch hörte. Eine Brücke, deren Steine seit zweitausend Jahren von Schlingpflanzen und Gebüsch auseinander geschoben werden, wartet nur auf so eine Aktion. O nein, sie stürzte nicht ein. Sie drohte nur zusammenzubrechen, das ist alles. Auf der gepflasterten Fahrbahn tauchte ein Riss auf, der die beiden Hälften uneben machte, und jedes Mal, wenn man darüberfuhr, wurde man geschüttelt und man sagte sich: O je! Das ist der Riss in der Brücke! Eines schönen Tages wird sie sich richtig zweiteilen. Du wirst schon sehen: Genau in dem Augenblick fahren wir drüber!

Dem alten Dentelle, dessen Familie schon seit der Revolution die Bürgermeister von Montfuron stellte, raubte es den Schlaf. Immer wieder wurde er bei der Départementsbehörde vorstellig und immer wieder wurde er wegen chronischen Geldmangels abgewiesen.

›Mein lieber Freund! Es gibt Stellen, wo eine Reparatur dringender wäre. Zum Beispiel gibt es zwischen Argenton und Auran mindestens zehn Stellen, die man nur passiert, wenn man sich zuvor bekreuzigt hat. So weit seid ihr noch nicht in Montfuron. Wenn ihr nach Manosque wollt, braucht ihr nur an der Mühle vorbeizufahren!‹

›Das sind zwei Kilometer Umweg!‹

Aber der alte Dentelle predigte in der Wüste.

Der damalige Truche seinerseits hatte einige Bürgermeister und einige Kreisräte aufgesucht.

›Ich hab es ihm ja vorgeschlagen, dem Dentelle! Ich hab ihm vorgeschlagen, den jetzigen Weg gegen die gleiche Fläche von meinen Grundstücken bei La Signore zu tauschen. Dort braucht es keine Brücke. Dort spart man sich die Brücke. Und außerdem wird der Weg nach Manosque um einen Kilometer kürzer. Davon haben alle einen Vorteil. Nur ich nicht ... Aber was soll's? Wenn das Allgemeinwohl auf dem Spiel steht ...‹

Wenn er gesagt hätte: ›Hauptsache, ich kann helfen!‹, dann hätte Dentelle vermutlich keinen Hintergedanken erkannt. Aber dieses ›Allgemeinwohl‹, das ›auf dem Spiel stand‹, das roch doch sehr nach Absicht und Eigeninteresse. Der Vorschlag wurde mit knapper Mehrheit abgelehnt. Einige Arglose fragten sich in der Tat, warum dieses vorteilhafte Angebot ausgeschlagen wurde. Sie kapierten es vier Monate später. Es gab Gemeindewahlen. Truche bildete eine eigene Liste und Hauptpunkt seines Programms war die Umleitung. Er wurde gewählt mit einer Mehrheit von dreißig Stimmen bei zweihundertvierzig Wählern. Ein Triumph.

Die Behörde bewilligte, zwecks Verbindung der neuen Straße mit der alten, ohne Diskussion ungefähr die gleiche Summe wie die, die sie abgelehnt hatte, als die Brücke zu reparieren war. Dafür gab es keinen anderen Grund als die Unachtsamkeit – solche Versehen geschehen häufig.

Und wenn du nun glaubst, mein Junge, dass die Truches den Baum konfisziert hatten, um aus dessen Wohltaten auf irgendeine Weise Geld zu schlagen, dann täuschst du dich. So einfältig waren sie nicht. In Wirklichkeit, das nimm bitte zur Kenntnis, schämten sie sich dieses Baumes wegen. Er lastete auf ihrer Familie wie ein schlimmer Spitzname, den sie sich irgendwann einmal zugezogen hatten. Der Baum sollte in Vergessenheit geraten, je schneller, desto lieber, so wie man wünscht, und zwar aus dem gleichen Grund, dass eine Tochter in Vergessenheit gerät, die gesündigt hat und die Frucht der Sünde zu Hause anschleppt. Von diesem Baum sollte niemand mehr sprechen. Solange aber irgendwelche Fremde, vom Orakel angezogen, darum herumschlichen, würde er unvergesslich sein.

Anfangs begnügten sie sich damit, die lästigen Besucher mit grobem Geschrei zu vertreiben, später ließen sie sogar drohend die Peitsche kreisen. Allmählich ging das Gerücht um, die Luft sei brenzlig um die Eiche der Truches herum. Daraufhin wollten einige das Orakel gegen Geld erzwingen. Sie wurden schroff abgewiesen, ohne Erklärung und ohne Kommentar. Ohne es gelernt zu haben, wussten die Truches um die Vorzüge einer lakonischen Antwort, einer Antwort, die so glatt wie ein Kieselstein ist und keinerlei Unebenheit bietet, woran man noch irgendein Argument aufhängen könnte.

Ein Viehhändler aus Céreste wurde vorstellig, ein jovialer, lautstarker Mensch, der dem damaligen Truche unter dem Vorwand, sie hätten gemeinsam die Schulbank gedrückt, auf den Bauch klopfte. Als wolle er ein Kalb kaufen, wedelte er immer wieder mit seiner großen Geldtasche, die mit einer Kette an seiner Weste befestigt war und in der die Tausend-Franc-Scheine ungefaltet steckten, damit sie nicht so dick aussah.

Die ganze Zeit, während er seinen Wunsch vortrug, schüttelten die Truches den Kopf. Mit einem Kollegen aus Apt hatte er eine Wette abgeschlossen: Er behauptete, dass der Baum brenne, und der Kollege behauptete wiederum, dass das alles nur ein Witz sei. Er bat darum, gegen Barzahlung so lange wie nötig am Fuß des Baumes verharren zu dürfen.

Da er sich so breit machte und nicht wieder gehen wollte und die Unterhaltung ganz alleine bestritt, war der damalige Truche gemächlich aufgestanden, ohne dabei mit dem Kopfschütteln aufzuhören. Er hatte dem Viehhändler bedeutet, er möge ihm folgen; verdutzt hatte ihm dieser gehorcht. Truche hatte ihn zur Tür geleitet, hatte sie sperrangelweit geöffnet und ihm wortlos die Hand hingehalten.

Diese souveräne Art, nein zu sagen, hatte den stimmgewaltigen Céreste nicht entmutigt. Eines Nachts wurde das ganze Haus durch höllischen Lärm geweckt. Es war ein leichter Pferdewagen, der über den Dreschplatz vor dem Hof sprengte und in den berühmten ehemaligen Gemeindeweg einbog. Der Viehhändler hielt die Zügel und ließ als freier Mensch seine Peitsche über dem Pferd knallen. Jugendlich frisches Gelächter folgte dieser Kavalkade.

Aber es gibt anderen Schall und bei dem erlischt jedes Gelächter. In jener Nacht war nur ein Schuss zu hören gewesen. Er stob an den Ohren des Viehhändlers vorbei und vom Orakelbaum fiel ein Arm voll Blätter.

Der Buggy machte kehrt und fuhr auf den Truche zu, der geschossen hatte und dessen Waffe noch rauchte.

›Die Sache mit deinem Baum, das ist ein Witz! Du siehst doch, dass er nicht brennt!‹

Aber er brannte und zwar auf sonderbare Weise: Unter seinen Blättern fielen die Flammen tropfenweise wie Tränen und erloschen langsam, ehe sie den Boden erreichten. Truches Gesicht wurde auf makabre Weise von diesen Flammen angeleuchtet: Wie hätte er ohne dieses Licht in der dunklen Nacht auch zielen können? Neben dem Fuhrmann auf dem Wagen saß eine verschleierte Gestalt, bestimmt kein Mann, wie Truche richtig vermutete.

Viel später erfuhr man, dass es um viel mehr als um eine Wette ging. Hinter dem Buggy hatte ein verräterischer Moschusduft hergeweht. Etwa sechs Wochen nach seiner Begegnung mit dem Baum starb der Viehhändler an einem Schlaganfall. Seit langem schon waren in seinem Nacken Wülste sichtbar gewesen, violett wie Auberginen.

Die Herrin von Bourgane ließ das Dach ihres Schlosses erneuern.

Die Welt vergaß diese Ereignisse und erinnerte sich lediglich an den Schuss. Die Truches unternahmen nichts weiter, weder stellten sie warnende Schilder auf noch verhängten sie irgendwelche Verbote. Warum auch, man ließ es sich auch so gesagt sein. Aber der Wurm steckte in ihrer eigenen Frucht. In einer Weihnachtsnacht, nach der Rückkehr von der Mette, wollten es die beiden ältesten Truche-Söhne genau wissen und erfahren, wie lange sie noch zu warten hätten, bis es endlich mit der Erbschaft so weit war. Sie hatten allesamt ganz schön gepichelt, auch der Vater, den sie an einen Sägebock fesselten und unter den Baum trugen. Es dauerte nicht lange, bis er grauenvolle Schreie von sich gab und sie anflehte, sie möchten ihn befreien, er sei von den Flammen geblendet, sie würden bereits an ihm lecken, als sei er schon in der Hölle. Die ernüchterten Söhne beeilten sich ihn loszubinden und beschwichtigten ihn nach Kräften:

›Keine Angst, Papa, es ist nur dein Rausch! Der Baum brennt nicht! Wir bürgen dir dafür! Du lebst mindestens noch dreißig Jahre!‹

Als sie ihn aber befreit hatten und er wieder auf den Beinen stand, hielt er noch immer den Arm schützend vor seine Augen.

›Was faselt ihr da? Der hat noch nie so heftig gebrannt. Los, hauen wir ab!‹

Den Sägebock ließen sie unter dem Baum stehen. Während sie zum Hof zurückkehrten, beschimpften sie sich gegenseitig. Der Vater war hell empört:

›Soso! Ihr habt wissen wollen, wann ihr erbt, ihr Dreckskerle! Jetzt habt ihr die Antwort: Nie!‹

›Wie das: Nie!‹

›Nein, nie! Habt ihr das denn nicht kapiert? Der Baum hat gebrannt!‹

›Nein, er hat nicht gebrannt! Wir sind beide Zeugen: Wir haben ihn nicht brennen sehen!‹

Wie hätten sie das auch verstehen können? Der eine war einundzwanzig, der andere neunzehn. Wer denkt in diesem Alter schon an den Tod? Sie waren groß und stark. Sie steckten voller Pläne. Sie strebten nach der Erbschaft. Niemals dachten sie über diese Flammen nach, die sie nicht gesehen hatten. Und im Übrigen hatten sie auch gar keine Zeit dazu. Der Tag der Einberufung zum Militär kam. Einer von beiden zog die falsche Nummer. Er wurde nach Tongking oder Dahome geschickt, so genau weiß ich das nicht mehr. Jedenfalls kam er nie zurück, nicht einmal als Leiche. Und als der andere eines Tages ein Schwein schlachtete, rächte sich das Schwein. Der Jüngling war ganz vertieft in das Schärfen des Messers am Wetzstahl; der Wetzstahl entglitt ihm und blieb auf der Werkbank so unglücklich hängen, dass er seine Spitze in den Bauch des unaufmerksamen jungen Mannes bohrte. Vater Truche hielt es nicht für angebracht, etwas zu unternehmen. Drei Tage später lag der Junge auf dem Sterbebett, vom Tetanus wie ein Bogen gespannt. Weinend musste ihm der Vater die Gelenke brechen, damit man ihn überhaupt in den Sarg legen konnte. Nur der Allerjüngste, der sich nichts erhofft hatte, blieb am Leben. Er war nun der einzige Erbe eines Gutes, das nicht nur wegen seines Wohlstandes begehrt war, sondern auch wegen des Zauberbanns, der auf dem Baum lag und der ihm gewissermaßen Adel verlieh.

Als Alix Peyre den Enkel jenes Truche heiratete, war es die Legende des Baumes gewesen, die entscheidend war für ihre Wahl.

Sie erkannte darin ein Privileg, das ihr Prestige als Tochter einer Familie aus der Crau heben würde. Dabei war sie selbst nicht gerade arm und es hatte vier kräftige Männer gebraucht, um die Hochzeitstruhe mit ihrer Aussteuer vom Pferdekarren zu heben.

Wie schon gesagt, war Alix damals eines jener biegsamen jungen Mädchen, auf die man sich für die Zukunft besser nicht verlässt. Sie wog ganze siebenundvierzig Kilo auf der Waage der Windmühle, am Tag als der letzte Nachkomme der Truches – sie waren gerade erst verlobt – zwei Getreidesäcken, die bereits die Waagfläche beschwerten, diese entzückende Tara hinzufügte. Siebenundvierzig Kilo! Hervorragend! Im schlimmsten Fall würden es sechzig Kilo sein, wenn die junge Frau fünfzig wäre. Die Hochzeit fand statt, beiderseits ohne Hintergedanken, war man sich doch sicher, dass der jeweils andere die unausgesprochenen Klauseln des Vertrages einhalten würde.

›Führ mich unter die Eiche‹, sagte Alix, als sie den Buggy bestieg.

Sie waren von der Hochzeitsfeier geflohen und gingen auf Reisen. Schon keuchten sie vor Begierde. Aber in diesem Keuchen begegnen sich die Willenskräfte und tun sich kund. Derjenige, der nicht nachgibt, bleibt der Herr, ein Leben lang.

›Bist du wahnsinnig?‹, sagte Polycarpe. ›Erinnere dich an die von Villemus! Habe ich dir ihre Geschichte nicht erzählt?‹

›Doch. Aber bei mir ist keine Gefahr. Ich leide nicht an Herzschwäche.‹

›Mein armer Vater hat mir auf seinem Sterbebett den Schwur abgenommen, dass ich nie wieder unter diesen Baum gehen würde.‹

›Du hast die Wahl, mein lieber Polycarpe: Entweder du führst mich da hin, wo ich will, oder wir schlafen in getrennten Betten. So einfach ist das.‹

Er führte sie unter den Baum in jener Nacht und sie schliefen miteinander, während das Pferd geduldig wartete. Alix war hochbeglückt. Von diesem Baum hatte sie geträumt, wie andere von Schlössern oder Schmuckschatullen träumen. Sie heiratete eine ungeheure Gestalt, einen Mythos, eine Legende, und obwohl diese Reichtümer nicht greifbar waren, überragten sie an Prunk bei weitem all diejenigen, die ihre Jugendfreundinnen jemals erlangen würden.

Obwohl das Vermögen der Peyres solider war als das der Truches, setzte sie durch, dass ihre Ehe unter Gütergemeinschaft geschlossen wurde. Dadurch wurde sie Besitzerin des Baumes. Sie heiratete auch ihn. Ihrem Vater, der sie warnte und ihr das Abstruse an diesem System erklärte, antwortete sie:

›Habt Ihr auf Eurem Grund und Boden einen Baum, der den Tod ankündigt? Glaubt Ihr, dass alles, was wir unserseits auf die Waagschale legen können, dieses Wunder ausgleicht?‹

In der Tat, wenn man in seinem Erbe ein Orakel hat, braucht man sich nicht einzureden, dass man zu den gewöhnlichen Sterblichen gehört. Alix war stolz auf ihre Eiche und manchmal schlich sie nachts, aus lauter Liebe zu ihr, um den Stamm herum und streichelte zärtlich die Rinde.

Das erste Mal, als Polycarpe die leere, kalte Stelle im Ehebett berührte, glaubte er, Alix habe einen Liebhaber – doch nein, es war nur ein Baum. Er folgte ihr, aber von weitem nur, denn die Nähe des Baumes war ihm immer ein wenig unheimlich. Es reichte schließlich, dass er ohne Widerrede zugelassen hatte, dass die Hochzeitsnacht darunter begangen wurde.

Aber leider gibt es kaum einen Zauber, der nicht launisch wäre. Er gehorcht nicht der Logik, oder aber es handelt sich um eine andere Logik als die unsere. Dieser Zauber jedenfalls blieb lange wie ein Vulkan: Er rührte sich nicht. Lange Zeit verkündete er kein Orakel mehr.

Alix war enttäuscht. Fast hätte sie ihren Mann der Vorspiegelung falscher Tatsachen beschuldigt. Zwar führte sie immer wieder ihre schönen Freundinnen mit den Sonnenschirmen in den Schatten der Eiche, in der Hoffnung, einmal wenigstens möge er leuchten, aber umsonst. Endgültig überzeugt war sie, als sie ihre Milchschwester hinführte, die an Schwindsucht litt und schon durchsichtig wie ein Blatt im Herbst war und deren Atem nur noch der Hauch eines Pfeifens war. Sie starb übrigens sechs Monate später, aber der Baum blieb unerschütterlich: Niemals, trotz wiederholter Versuche, ließ er auch nur das geringste Leuchten in seinem wunderschönen Laub erkennen.

Es wird erzählt, dass Alix zu diesem Zeitpunkt anfing, dicker zu werden.

Anfangs sprach Polycarpe nicht darüber, grübelte nur verwundert vor sich hin. Es war noch keine zehn Jahre her, dass er sie auf die Getreidesäcke gesetzt hatte und sie nur siebenundvierzig Kilo wog. Nun sah die Sache ganz anders aus. Truche aber war einer von denen, die mit Dicken nichts anfangen können. Er begann, sich ihr zu entziehen. Alix jedoch hatte es sich in aller Nonchalance angewöhnt, jeden zweiten Tag ihren Orgasmus zu haben. Ihr Stolz leistete ein paar Wochen lang Widerstand. Eines Nachts sagte sie dann schließlich:

›Hast du keine Lust mehr?‹

Auf der anderen Bettseite dauerte das Schweigen zwei Minuten lang. Polycarpe fragte sich, ob er antworten oder lieber so tun sollte, als würde er schlafen. Mit den Auseinandersetzungen zwischen Eheleuten ist es wie mit den noch nicht erklärten Kriegen: Zuvor ist die Welt noch in Ordnung, danach ist die Hölle los. Aber der Dämon der Ehrlichkeit, der im Manne steckt, macht, dass dieser danach lechzt, die Lage unhaltbar zu machen. Er hätte schweigen können, der gute Polycarpe. Aber nein, er musste reden.

›Du bist dicker geworden‹, antwortete er.

Es dauerte noch einmal zwei Minuten, bis dieses nicht wieder rückgängig zu machende Wort die andere Betthälfte erreichte. Alix war sprachlos über die Anschuldigung, vor der Rohheit der Attacke fühlte sie sich nackt und wie bloßgelegt, so dass sie unwillkürlich ihre Fülle mit den Händen zudeckte. Unter diesen Bedingungen sind zwei Minuten zum Atemschöpfen recht wenig.

›Du hast mich betrogen!‹, sagte sie. ›Deshalb habe ich ein wenig zugenommen.‹

›Wie denn das? Ich soll dich betrogen haben? Was erzählst du denn da?‹

›Jawohl! Du hast mich betrogen! Du hast mir einen Baum versprochen, der den Tod ankündigt; zehn Jahre sind wir nun verheiratet und nichts ist geschehen! Dabei habe ich Leute hingeführt, deren Leben nur noch an einem Faden hing und nie hat er sich gemeldet! Nie war er etwas anderes als ein hundsgewöhnlicher Baum!‹

›Du bist verrückt! Als ob ich in der Lage wäre – ich! –, diesem Baum seinen Willen vorzuschreiben! Zum einen habe ich Angst davor! Und außerdem: Umso besser, wenn er zehn Jahre lang stillgehalten hat. Er hat genügend Unheil gestiftet!‹

›Dann lassen wir's halt bleiben! Reden wir nicht mehr davon und lass mich in Ruhe dick werden.‹

›Vielleicht ist er ja zu alt ...‹, sagte Polycarpe hoffnungsfroh.

›Wenn man mir das gesagt hätte ...‹, seufzte Alix. ›Das hätte ich nie geglaubt, dass ein Zauber absterben kann ...‹

›Im Grunde hast du mir also dieses Baumes wegen dein Jawort gegeben?‹

›Wenn du's genau wissen willst, ja!‹, antwortete sie. ›Bevor ich von deinem Baum erfuhr, dachte ich, ich würde mich hier zu Tode langweilen. Glaubst du vielleicht, Montfuron ist der passende Ort für mich? Bevor du kamst, hat ein Mandelhändler aus Bourg-Saint-Andéol um meine Hand angehalten, der dreitausend Doppelzentner im Jahr umsetzt!‹

›Heutzutage hätte er noch einen mehr!‹, knurrte Polycarpe zwischen Kopfkissen und Decke.

›Was sagst du?‹

›Nichts, ich seufze!‹

›Schon gut!‹, sagte Alix. ›Ich werde es mir merken.‹

Wie alle Frauen, die von ihrem Mann verlassen werden, machte sie eine lächerliche, jahrtausendealte Geste der Verteidigung: Trotz ihrer Fülle rückte sie so weit wie möglich zum Bettrand hin und zwischen ihnen beiden entstand die Leere der Verzweiflung.

Fortan wurde sie immer dicker. Sie wurde fett und es war wie aus Trotz, so als sollte sein Gewissen leiden. Als wollte sie des Bürgermeisters Sünden verkörpern, richtete sie ihre Körperfülle neben ihm ein. Die Amtskollegen der Umgebung machten sich offen darüber lustig.

›Hast du ihn gesehen, den Polycarpe? Was hat er damit angegeben, dass er eine Bohnenstange heiratet! Er hat es gar als Symbol für die Ehrlichkeit seiner Amtsführung dargestellt. Schau sie dir an, seine Bohnenstange! Das reinste Fass! Und dabei ist sie erst fünfunddreißig!‹

Zu dieser Zeit etwa tauchte Monsieur Constantin in der Gegend von Montfuron auf. Er war wie jedermann über Les Granons gekommen, er hielt die Zügel eines eleganten Gespanns und saß allein auf seinem Ledersitz, der Platz an seiner Seite war leer. Ursprünglich wollte er bis Manosque weiterfahren; in der kleinen Stadt wollte er sich vergraben, denn er konnte trotz mancher beruhigenden Nachricht nicht ganz sicher sein, ob seine Todfeinde auch wirklich alle tot waren. Als er jedoch die Passhöhe von Villemus erreichte und das einsam liegende Montfuron, das nach allen Seiten offen war, erblickte, wurde ihm klar, dass sich hier zwei Reiter bereits am Horizont erspähen würden und dass er auf dem flachen Land viel geschützter wäre als im schlecht beleuchteten Labyrinth der Gassen von Manosque. Montfuron, so schien ihm, war genau das Richtige für einen Mann wie ihn, der endlich ein behagliches Incognito erfahren wollte.

Er hatte mit Palmfasern gehandelt und damit ein Vermögen verdient, aber das Ganze war mit derartigen afrikanischen Wirrungen verbunden gewesen, dass ihm noch ganz heiß und feucht wurde, wenn er daran dachte, und dass er ein dringendes Bedürfnis verspürte, seine Spuren völlig zu verwischen und lieber als verschollen zu gelten.

Montfuron mit seiner von niedrigem Strauchwerk bestimmten Landschaft schien ihm absolut passend für ein neues Leben. Langsam führte er sein Gespann über die Rillen des Weges. Er fand sie angemessen weich für die Räder des Tilbury.

Er besaß Visitenkarten, was alle sofort zum Schweigen brachte, und im Schubfach des Tilbury lagerten Revolutions-Franken in Fünf-Kilo-Säcken.

Gleich bei der Ankunft sah er ein Haus mit wagenblauen Fensterläden, wo das Gras gleich vor der Schwellenstufe wuchs. Es war ihm wichtig, jede Großtuerei zu vermeiden. Dieses einfältige Haus – eine Tür, ein Fenster mit Laden auf jeder Seite, drei Fenster mit Läden im ersten Stock – erschien ihm als der Inbegriff der Anonymität.

Er wuchs buchstäblich hinein. Er ließ seinen Schnurrbart wachsen, der früher weiß wurde als seine Haare, und bald wirkte er auf sehr dezente Weise vorzeitig gealtert. Fortan wurde der Tilbury nicht mehr vom Fleck bewegt und das Pferd begann, im Stall Fett anzusetzen. Drei Jahre lang erlaubte sich Monsieur Constantin nur noch einen einzigen Spaziergang: Er ging bis zu den Dreschplätzen vor der Mühle und inspizierte den Horizont mit seinem Marinefernglas. Wenn er auf der Landstraße, sei es nun nach Manosque zu oder in Richtung Les Granons, Staub aufwirbeln sah, verursacht von einem Reiter ohne Wagen, dann wurde er starr vor Sorge, und manchmal verharrte er zwei Stunden lang an seinem Platz, bis die Reiter die Zufahrtswege nach Montfuron endgültig passiert hatten. Ein einziges Mal war der Schrecken groß, als nämlich zwei Männer entschlossen die wenig begangene Abkürzung nahmen, die sich von Montjustin herbeiwindet. Er eilte nach Hause, lud seine beiden Karabiner und legte sie flach auf den Küchentisch. Wonach er die Tür weit öffnete und den Vorhang aus Sackleinen, der gegen Fliegen schützte, vor die Schwelle niederfallen ließ.

Nichts ist hierzulande gefährlicher für unsere Feinde, mein Junge, als diese rätselhaften Vorhänge aus Sackleinen, die sich bei großer Hitze leise im Wind bewegen. Sie sind für den, der sich lauernd dahinter verbirgt, durchsichtige Schutzvorrichtungen. Für denjenigen aber, der in der prallen Sonne von außen kommt, sind es nur dicke Leinwände, die weder auf Gegenwart noch auf Abwesenheit schließen lassen.

In dreißig Jahren Karriere bei der Gendarmerie habe ich sieben oder acht solche Besucher aufgelesen, die mit einer Waffe in der Hand auf einen derartigen Vorhang zugingen und die entweder irrtümlicherweise oder mit voller Absicht erschossen wurden – immer waren sie von Schrot durchlöchert.

Zum Glück für Monsieur Constantin handelte es sich an jenem Tag um einen Fehlalarm. Es waren ein Abgeordneter und sein Sekretär, die sich ins Rathaus begaben, um beim Wahlkampf ein paar Stimmen zu ergattern.

Drei Jahre: Während diesen drei Jahren entdeckte Monsieur Constantin, wenn er mit seinem Fernglas den Horizont absuchte, nach und nach die immer üppiger werdenden Formen von Alix Truche, die um ihren Gutshof herum ihren Beschäftigungen nachging: Alix beim Ausstreuen von Körnern für die Hühner, Alix auf Zehenspitzen stehend und wie ein Mann die Axt schwingend, um auf dem Hackklotz ein Holzscheit zu zerkleinern.

Trotz seiner Besorgnis prägte sich dieses hundertmal gesehene Bild in der Phantasie von Monsieur Constantin ein, für später gewissermaßen, wie jene Eindrücke, die man erst einmal beiseite räumt, um sich nicht vom Wichtigsten ablenken zu lassen, nämlich von den Wegen der Welt, auf denen der Tod herbeieilen kann.

Drei Jahre . . . In drei Jahren (falls die von Constantin erdachte Falle sie verschont hätte) kann der afrikanische Wind durchaus zwei Leute frühzeitig ins Grab wehen, zwei Brüder, die gewohnheitsmäßig viel trinken und bei jeder Art von Wette bereit sind, ihr letztes Hemd aufs Spiel zu setzen, vor allem wenn sie es mit Leuten zu tun haben, die besser mogeln können als sie.

Immerhin, drei Jahre ... Unzählige Male setzte Monsieur Constantin zur Bewegung an, das Fernglas von der Wand zu nehmen – und führte sie nicht aus. Manchmal, an glühend heißen, einsamen Sonntagnachmittagen nahm er es dann doch von der Wand, aber nur um nachzusehen, ob Alix sich nicht zufällig um ihren Hof herum zu schaffen machte. Mit Entzücken betrachtete er, wie sie immer noch fetter wurde.

Er war in der Tat ein Mann, dessen erotische Veranlagung so geartet war, dass er lediglich Dicke mochte. Bald schon kümmerte er sich überhaupt nicht mehr um seine eingebildeten Feinde, seine fixe Idee verwandelte sich gründlich, sie wurde zu einem Traum von Fleisch zum Anfassen. Nun begann er, in Montfuron herumzuspazieren und da und dort den Hut zum Gruß zu lüften.

Die Einwohner, die ihm bis dato mit Argwohn begegnet waren, nahmen ihn allmählich in ihren Kreis auf. Später würde man ihn assimilieren, später ...

Es hatte diese ganze Zeit gedauert, bis die Bevölkerung von Montfuron, da sie ihn inzwischen freundlich und leger erlebte, das beängstigende Bild, das in der kollektiven Phantasie zustande gekommen und gepflegt worden war, aufgab. ›Vermutlich einer aus den Kolonien‹, sagten sie sich. Nicht zuletzt seine Tropenkleidung hatte ihnen geholfen, ihn zu klassifizieren und einzuordnen.

Wenn ein Mensch erst einmal im Schema des Misstrauens seinen Platz gefunden hat, kann er endlich in aller Ruhe und überall die Fassetten seiner Persönlichkeit hervorkehren.

Monsieur Constantin konnte es sich erlauben, den einen oder anderen Dienst zu erweisen. Zum Beispiel eine Dorfbewohnerin, die auf dem letzten Jahrmarkt irgendetwas zu kaufen vergessen hatte, mit seinem Tilbury nach Manosque zu fahren. Abends brachte er sie wieder nach Hause, im gemächlichen Tempo seines Wallachs, der unverdrossen den steilen Weg hochtrabte. Gefälligerweise setzte er sie vor ihrem Haus oder Hof ab und wartete, bis sie wohl behütet hinter der Tür verschwand, bevor er weiterfuhr.

›Nun, mein Lieber, du kannst es mir glauben: Er ist von einer Höflichkeit! Stell dir vor: Er hat mir zum Aussteigen sogar die Hand gereicht! Das würde dir nie einfallen, du altes Kamel!‹

Durch sein Schweigen bestätigte der Angesprochene, dass es ihm in der Tat niemals eingefallen wäre.

Man sah Monsieur Constantin den Perlenvorhang im grünen Café von Madame Chabert lüften, wo es nach Melone und nach Trüffeln roch. Dort tat er schließlich kund, dass er Florian hieß. Er hatte gemerkt, dass Constantin zu lang war. Sie nannten ihn alle Monsieur, zum Abkürzen, und das erleichterte die Überbrückung der Distanz nicht unbedingt. Mit Florian war alles in Ordnung! So ließ es sich ungehemmt plaudern.

Die vielen kleinen Mühen, die er sich gab, bewirkten, dass all diese Leute, die sonst scheu wie Maulesel waren, ihn in ihre Routine aufnahmen; seiner Weltgewandtheit und dem Geheimnis seiner Vergangenheit gegenüber zeigten sie sich ehrerbietig. Kurz und gut: Man grüßte ihn zuerst, beim Kartenspiel nannte man ihn Florian, aber die Hand gab man ihm nicht. Wenn er seine ausstreckte, lüftete man lieber den Hut, aus Respekt. Zum Glück trugen damals in Montfuron alle Hüte. Vor allem aber erzählte ihm niemand vom Baum.

Den Baum musste Monsieur Constantin allein und auf eigene Gefahr entdecken.

Um dir zu erklären, wie und warum er ihn entdeckte, mein Söhnchen, muss ich ein wenig ausholen und das Leben dieses Monsieur Constantin etwas weiter zurückverfolgen. Eines Tages hatte er in einem Land, wo es mit der Justiz nicht allzu weit her war, einem Hospiz gepanschtes Öl geliefert und es hatte fünf Tote gegeben. Er wurde festgenommen und musste ins Gefängnis. Es hatte drei Monate gedauert, bis die Gelder, die er in Frankreich frei gemacht hatte, an der richtigen Stelle ankamen, damit man ihn freilassen und den Fall ad acta legen konnte.

Drei Monate, das ist eine lange Zeit. Damit er sich seinen Bankiers gegenüber, in den Briefen, die man ihm zu schreiben erlaubte, auch überzeugend genug äußerte, wurden vor seiner Gefängnishütte immer wieder mit großem Getöse die beiden Säbel geschliffen, die zu Hinrichtungen dienten. Übrigens kamen sie in dieser Zeit auch mehrfach zur Anwendung, zwecks Enthauptung irgendwelcher kleiner Fische.

In seiner Eigenschaft als wertvoller Gefangener verfügte er über eine Latrine und ein von der Decke herabhängendes Buch, aus dem er die Seiten herausreißen durfte, um sie als Klopapier zu verwenden. Es waren die Werke von Horaz, einem lateinischen Dichter. Sie waren aus irgendeinem Schiffbruch gerettet worden und schaukelten an einer Schnur hin und her, wie ein Pendel der Versuchung. Eines Tages begann er aus Versehen zu lesen, was auf diesem vom Schicksal gesandten Papier stand. Er war ein Mann, der noch nie in seinem Leben ein Buch aufgeschlagen hatte. Kaum war er am Ende einer dieser langen Satzperioden angelangt, die Horaz so meisterhaft beherrscht, beschloss er, fortan darauf zu verzichten, sich mit diesem wertvollen Papier den Hintern abzuwischen. Den Rest seiner Affäre erlebte er mit dem Buch unterm Arm: Er wollte dafür sterben, sollte man versuchen, es ihm wegzunehmen. Man forderte nur ein zusätzliches Lösegeld.

Und da beschloss er auch, seine Karriere mit einem riskanten Coup abzuschließen, der sie würdig zusammenfasste und womit er zugleich jene rächenden Geister hinter sich ließ, die ihn noch drei Jahre lang und bis hin nach Montfuron zittern ließen.

Kaum hatte er das Dorf erblickt, erinnerte es ihn an Horaz, und als er von seinem Weg abbog, um in Montfuron Station fürs Leben zu machen, geschah es deshalb, weil er hinter den Falten der Hügel jene grünen Mulden erahnte, wo sich ein wunderbarer Frieden verbirgt.

Es stimmt, dass Montfuron schon immer ein Dorf war, das gleich neben den Wiesen beginnt. Es ist nicht gebaut, es ist hingestellt. Egal von welcher Seite man kommt, zwangsläufig sieht man, wenn man durch seine ansteigenden Gassen geht, zunächst den Himmel vor sich, und der Wind, der durch die Bäume streicht, hat schon immer zahllose widersprüchliche Namen getragen, je nachdem, wer ihn gerade benannte.

Alles andere bestand in der Zeit, von der ich dir erzähle, aus eifersüchtig bewachten, von hohen Klebsame-Hecken abgeschirmten Gärten, worin man sein Glück und sein Elend verbarg. Wenn man nicht gerade zwei Meter maß, war es unmöglich zu erfahren, was sich in diesen Festungsvierecken zutrug, worin sich Gärtner und Garten den Blicken des Nachbarn entzogen.

Eines Abends aber, als Monsieur Constantin ein wenig spät aus Manosque zurückkam und die Dreschplätze vor den Mühlen erreichte, blieb der Wallach plötzlich störrisch stehen, spitzte die Ohren und weigerte sich, einen Schritt zu tun. Constantin war im

Begriff, ihm warnend die Peitsche um die Nüstern sausen zu lassen, als er ein machtvoll vibrierendes Geräusch vernahm.

Es war ein tiefes Reißen, grollend dumpf wie ein im Anzug befindliches Gewitter, und dann verwandelte es sich in eine ganze Kaskade von sanften, harmonischen Trillern, die die Abendstimmung bis in die Tiefen des Sonnenuntergangs durchdrangen, die heiter-barock sich türmenden, pastellfarbenen Wolken untermalend.

Constantin blieb lange mit der erhobenen Peitsche stehen, der Wallach verharrte lange mit gespitzten Ohren: Beide lauschten diesem Liebesröhren, das sich wollüstig über die Wölbungen der Hügel wälzte und bebend im Laub der Bäume verfing.

Die abendliche Wehklage dauerte an, bis die ersten Sterne über dem Lure-Gebirge erschienen. Ganz Montfuron war um die häuslichen Suppentöpfe versammelt, das wohlige Gefühl genießend, mit der anbrechenden Nacht nichts zu tun haben zu müssen. Constantin war zu lebenserfahren, als dass er jemanden mit der banalen Frage gestört hätte, wer denn zu dieser vorgerückten Stunde ins Horn blase.

Dabei brannte er darauf, es zu erfahren. Er sah Licht im Café von Madame Chabert. Es war einer jener Oktoberabende, wo man hinter dem Perlenvorhang durchaus noch die Tür offen lassen kann, obwohl man sich dann plötzlich sagt:

›Oho! Der Abendtau kommt nieder. Bist du verrückt? Du kannst doch nicht die Tür offen lassen!‹

Und schon beeilt man sich, den Laden zuzuklappen, den man seit Mai nicht mehr angerührt hat. Constantin kam gerade noch rechtzeitig, um sich hinter der Wirtin – die der Meinung war, es käme an diesem Abend kein Kunde mehr – in die Türöffnung zu mogeln.

›Brauchen Sie Tabak?‹, fragte sie unfreundlich.

›Nein, nein. Ich habe Durst. Ich wollte nur noch einen Schluck trinken.‹

›Ich wollte gerade zumachen.‹

Eine Kneipenwirtin, die keinen Sou mehr verdienen will, ist schwer zu überzeugen. Constantin wartete mit allem Charme auf, zu dem er fähig war. Er sprach über den ach so schönen Abend. Am Ende ließ sie ihn über die Schwelle, die sie ihm mit ihrem dürren Gerippe verwehrt hatte.

Constantin muss wohl sehr von Neugierde geplagt gewesen

sein, um sich derart aufzudrängen, denn weder die gesäuselten Worte über die Abenddämmerung noch der mit ausladender Geste gelüftete Panama-Hut hatten Madame Chabert freundlicher stimmen können. Sie wusste sehr wohl, dass kein Mann, der alleine ihre Kneipe aufsuchte, ihr etwas von Liebe erzählen würde, so mager und knochendürr war sie; die tiefen Ringe unter den Augen verrieten einen abgrundtiefen, wenngleich nicht genau zu begründenden Kummer. Hässlich war sie nicht, nein. Sie war entmutigend. Und diese Wahrheit, die kein Kunde sie je hatte vergessen lassen, war noch betrüblicher, wenn es sich um einen so schönen Menschen wie diesen Florian handelte, der spät erst in der Gegend aufgetaucht war und die ganzen Geheimnisse Afrikas um sich hüllte. Also widerstand sie der Versuchung, ihm um den Hals zu fallen, indem sie am anderen Ende des Tresens unnötigerweise ein Glas abtrocknete.

Constantin schlürfte seinen Mandarin-Grenadine mit Sprudelwasser (das war das Teuerste, was er bestellen konnte) und dachte nach. Er hielt es nicht für strategisch sinnvoll, ihr die Frage geradeheraus zu stellen, schon gar nicht in der Form, in der sie ihn wirklich interessierte.

›Ich wundere mich, wie warm es noch ist an einem solchen Abend, Ende Oktober. Das erinnert mich an die Wälder der Ile-de-France, wenn man nach der Hetzjagd nach Hause kehrt . . .‹

›Hetzjagd!‹, grunzte die Wirtin.

›Wissen Sie, was das ist?‹

›Aber ja doch! Hier gab es das früher auch, was glauben Sie denn? Es gibt in der Umgebung noch genügend verarmte Grafen und Marquis, die das Bedürfnis hätten, derartige Massenmorde zu veranstalten! Hetzjagd!‹ Sie zuckte die Achseln. ›In den Schonungen des Luberon hat man gewiss schon seit vierzig Jahren keinen Hirsch mehr gesehen!‹

›Seltsam . . .‹, murmelte Constantin.

Dann schwieg er. Nachdenklich betrachtete er sein Glas. Manchmal führte er es zum Mund. Er sagte nichts mehr. Madame Chabert platzte heraus:

›Was soll denn da so seltsam sein?‹

›Vorhin habe ich geglaubt, ein Jagdhorn zu hören.‹

›Ja richtig. Aber das haben Sie nicht geglaubt! Ich habe es auch gehört.‹

Sie konnte nicht umhin, das dunkle Ende des Tresens zu verlassen, hinter dem sie ihr mageres Gestell verbarg. Sie machte ein paar Schritte ins Licht der Deckenlampe. Dort hatte sie den Schneid, Florian geradewegs in die Augen zu schauen.

›Das war der alte Tasse!‹, sagte sie.

Und tippte sich heftig und ausgiebig mit dem Zeigefinger an die Schläfe.

›Wer ist das, der alte Tasse?‹

›Ein Alter halt. Was soll ich Ihnen sagen? Manchmal packt es ihn abends, wenn man am wenigsten drauf gefasst ist. Das schlägt einem ziemlich aufs Gemüt. Ein Jagdhorn! Man fragt sich wirklich.‹

Und die ganze Zeit tippte sie sich mit dem mageren Zeigefinger gegen die Schläfe.

›Und wo wohnt er, dieser alte Tasse?‹

›Dort hinten, nach den Perpères links, auf dem Weg zu den Truches. Er ist halb verrückt. Wenn Sie das Haus sehen würden, das er sich gebaut hat! Aber Sie werden es nicht sehen, es ist mit einer Hecke umgeben. Und um dort reinzukommen . . . O weh!‹

›Oh, da können Sie sich aber auf mich verlassen‹, antwortete Florian, ›ich werde hingehen! Ich werde es sehen, das Haus.‹

In jener Nacht verzauberte das liebliche Röhren des Jagdhorns seinen Schlaf. Ihm war, als biete Montfuron mit dieser Musik den Gipfel des Wohllebens, und er war begierig, den Musiker kennen zu lernen, der um Gotteslohn das Jagdhorn blies.

Voller Tatendrang stand er auf. Seit seiner Ankunft hatte er Zeit genug gehabt, sich mit der Eigenart des Dorfes, jenen heckenumstandenen Arealen, in denen sich die Besitzer verschanzten, vertraut zu machen. Er wusste, dass er auf normalem Wege keine Chance hatte, einen Blick dahinter zu tun. Und nach dem, was ihm die Wirtin gesagt hatte, war der Besitzer nicht gerade umgänglich.

Zwar wurde der Wallach gewöhnlich eingespannt, doch er ließ sich auch reiten. Constantin, der sich seit langem schon des Reitens enthielt, sattelte das Tier. Hoch zu Ross mit seinem Panama-Hut und seinen Steghosen war er in einem Umkreis von drei Kilometern zu erkennen. Und ein Reiter gibt eine bessere Zielscheibe ab als ein Fußgänger. Aber er hatte seine Ängste vergessen. Er hätte alles drangegeben, um den abendlichen Hornbläser kennen zu lernen.

Um die Mittagszeit machte er sich auf den Weg. Jedermann sah den schlechterdings unverkennbaren Reiter, der sein Pferd mit der Überheblichkeit eines Aristokraten führte, den Dorfplatz überqueren.

Zusammen mit seinen Ängsten hatte er auch jene Alix mit den viel versprechenden Rundungen vergessen, die er in seinem Fernglas erblickt und die ihn so erregt hatte. Ausgerechnet an jenem Tag – der Constantins Leben so stark prägen sollte – begegneten sie sich zum ersten Mal.

Sie war unterwegs zur Post, um Geld einzuzahlen. Sie dachte an nichts Besonderes. Mittlerweile hatte sie den desillusionierten Gesichtsausdruck jener Frauen, denen keiner mehr den Hof macht. Demütig blickte sie hoch zu dem gut aussehenden Reiter, der sofort seinen Hut lüftete und ihn auch nicht wieder aufsetzte. Er war entzückt über so viel hell leuchtende Üppigkeit und die wasserklaren Augen, die im breiten Gesicht so groß wirkten. Er war auf der Stelle versucht, ihr ein gezieltes Kompliment zu machen, aber sein Geist war in anderer Richtung ebenso gefangen, wie er jetzt überrascht war; also begnügte er sich damit, zu fragen:

›Entschuldigen Sie, Madame, wissen Sie zufällig, wo Monsieur Tasse wohnt?‹

Sie drehte sich auf dem Absatz um, in anmutigem Schwung machte ihr voluminöser Körper kehrt und sie deutete mit ihrem kräftigen Arm in die Richtung, wo der Weg abbog.

›Dort drüben!‹, sagte sie. ›Gegenüber von der Ardantes-Kapelle. Sie werden die Spitze der Gloriette erkennen. Sie können es nicht übersehen.‹

Ihre Hand deutete eine Bewegung an, die das Gehen nachahmte; sie war waagrecht ausgestreckt, der Zeigefinger auf das Ziel gerichtet. Er sah, dass sie trotz fülligem Körper feine Finger hatte, und Constantin schwor sich, dass er diesen entschlossenen Finger, der zum eingezäunten Grundstück des alten Tasse wies, eines Tages an seine Lippen führen würde. Was sie betraf, so widerstand sie fünfzig Schritte lang dem Verlangen, sich umzudrehen. Als sie es tat, wusste sie, dass er bereits unter den Bäumen der Allee zur Kapelle hin verschwunden war.

Tatsächlich hatte das Pferd bereits das Grundstück erreicht, das Alix Constantin genannt hatte. Es war mit einer akkurat gestutzten, unerbittlich in ihrer Form gehaltenen Klebsame-Hecke umgeben. Der Wallach überragte diese Hecke um gut einen Kopf. Er war ohnehin neugierig auf alles, was es zu sehen gab, und beim Anblick, der sich hinter der Hecke bot, hielt er von sich aus und wippte mit dem Kopf. Constantin, der das Tier hatte gewähren lassen, konnte kaum anders, als ebenfalls über die Hecke hinwegzublicken.

Es bot sich ihm der denkbar schönste Anblick: Ein alter Mann saß auf einem Stuhl mit kaputtem Strohgeflecht und gab sich lustvoll der Oktobersonne hin. Um ihn herum waren großzügig alle Attribute versammelt, von denen Horaz behauptete, sie genügten für das Glück. Innerhalb der Einzäunung wuchs ein dichter grüner Rasen mit einigen üppigeren Grasbüscheln, es gab ein oder zwei Obstbäume von jeder gängigen Sorte, insbesondere zwei Apfelbäume voller roter Früchte, deren schwere Äste von vier Stützen angehoben wurden; ein paar wuchernde Blumenbeete brachten rote und gelbe Farbtupfer auf die grünen Grasbeulen und zwischen all diesem üppigen Gedeihen glitzerte ein doppelt handbreites Bächlein, das einer stillen Quelle am Fuße eines Haselstrauchs entsprang und die hundert Meter des Geländes durchfloß, um dicht bei der Hecke lautlos in einem engen Loch zu verschwinden.

Die wenigen Beete eines Gemüsegartens waren in Stufen angelegt bis zum Ufer ebendieses kleinen Bächleins und in den Beeten glitzerten die Glasglocken eines kleinen Junggesellen-Melonenfelds, wo vier oder fünf dralle Netzmelonen duftend zu Ende reiften.

›*Dies ist, worum ich stets die Götter bat*‹, rezitierte Monsieur Constantin leise vor sich hin in Erinnerung an die Horaz-Lektüren in seinem exotischen Gefängnis.

Ganz hinten in diesem Philosophen-Garten, auf der Terrasse, thronte der Greis unter dem eisernen Halbrund einer Laube und hinter ihm ahnte man eines jener Wunder an Individualarchitektur, die die Einheimischen bescheiden *bastidons* nennen, weil sie meist nur aus einem einzigen Raum bestehen. Tür und Fensterläden dieses Häuschens lugten grün gestrichen unter dem Walmdach hervor. In gebührender Entfernung stand ihm das Symbol der Bilderbucharistokratie schmückend zur Seite, nämlich eine Gloriette.

Diese Gloriette war zylindrisch und kaum umfangreicher als

ein Kirchenpfeiler; Licht bekam sie durch ein kleines Zwillingsfenster mit bunten Glasmustern. Ihr Dach war mit bunten emaillierten Rundziegeln gedeckt und von einer Wetterfahne in Form eines Hahns ganz oben auf einem spitzen Türmchen gekrönt. Das Ganze war zwar nicht höher als vier Meter, wirkte jedoch wie eine Kathedrale. Wenn der mit einigem Hochmut gesegnete alte Tasse dieses kleine Meisterwerk – das er, ebenso wie das Häuschen, mit eigenen Händen errichtet hatte – betrachtete, dann sah er darin die Kathedrale von Chartres.

Genau wie es Liebe auf den ersten Blick zu einem Menschen gibt, so gibt es sie auch zu einer bestimmten Landschaft. Schlagartig enthüllte sich Monsieur Constantin die Lebensweise des greisen Mannes, sowohl durch dessen Physis wie durch das selbst geschaffene Umfeld, und sie wurde ihm zur Offenbarung.

›*Dies ist, worum ich stets die Götter bat*‹, murmelte er immer wieder unhörbar. Die Vision hatte jene der üppigen Frau, die ihm kurz davor begegnet war und die ihn doch so stark beeindruckt hatte, bereits verwischt.

Der Fuchs-Wallach, dessen Kopf auf der schön geschnittenen Hecke lag, war wohl demselben Zauber erlegen, denn er wieherte dreimal in Richtung des Alten, als würde er ihm eine Frage zurufen.

Der alte Tasse blickte zu dem Pferdekopf hoch und sah den bartlosen, gut aussehenden Reiter, der ihn auf der Stelle grüßte. Dieser Gruß war das Meisterstück des Florian Constantin. Er beherrschte ein paar besondere Bewegungen mit seinem Panama-Hut und er setzte sie im Umgang mit den Mitmenschen ein, allerdings nie zweimal die Gleiche, wie es sich für Zaubertricks gehört. Die Leute waren hingerissen und sahen nur noch die Arabesken des Huts, nicht aber den urmenschlich anmutenden Höcker zwischen den Brauen seines Besitzer.

Die Ehrerbietung ist eine schreckliche Waffe. Es ist schwer, jemandem zu widerstehen, der einem mit gekonnt dosierter Liebedienerei seinen Respekt bekundet. Angesichts solcher Zeichen der Unterwerfung fühlte der verblüffte alte Mann, wie der spontan aufgestiegene Groll verflog. Er trug nur eine Mütze, aber nun lüftete auch er sie bereitwillig.

›Sie haben ein wunderschönes Anwesen!‹, rief ihm der Reiter zu.

Die Gloriette und das, worauf sie schließen ließ, hatten ihn gewarnt, dieses eingezäunte Grundstück und den kleinen Garten auf keinen Fall unterzubewerten. Der alte Mann verzog das Gesicht.

›Finden Sie?‹

›Ich wäre glücklich hier!‹, sagte Constantin.

Er hielt immer noch den Hut in der Hand und dabei dirigierte er seinen Wallach sanft in Richtung Tor, das ebenfalls grün gestrichen war. Er wollte sich und das Pferd ganz zeigen, damit der Alte ihn kritisch beäugen konnte, was seine argwöhnische Haltung zu fordern schien.

Tatsächlich erhob er sich, nachdem er den freundlichen Reiter zwei- oder dreimal von Kopf bis Fuß inspiziert und den Preis des Sattels geschätzt hatte, und kam nun auf dem Kiesweg auf ihn zu.

›Kommen Sie doch herein!‹, sagte er. ›Binden Sie Ihr Streitross am Ring des Torpfostens fest und kommen Sie etwas trinken. Ich habe Sie noch nie gesehen. Sind Sie schon lange hier in der Gegend?‹

›Seit einigen Wochen‹, log Constantin. ›Mein Name ist Florian Constantin.‹

›Aha! Bei so einem Namen sind Sie wohl nicht von hier. Ich heiße Bienaimé Tasse.‹

›Aha! Ihr Name zeugt von Herzlichkeit!‹

Tasse öffnete in großzügiger Geste einen der beiden Torflügel. Constantin war abgestiegen und so erschien er noch größer als auf dem Pferd. Nun standen sie einander gegenüber, die Hand des alten Tasse schlaff und schüchtern vorgehalten, die des andern ganz im Gegenteil weit ausgestreckt und ganz verführerisch vor lauter männlicher Ehrlichkeit.

Der Fremde hatte die Schwelle überschritten und dies war eine Tat, deren sich kein einziger Einwohner von Montfuron rühmen konnte. Der alte Tasse bewachte seine Grenzen so eifersüchtig wie ein Tuareg die Wüste. Allerdings hatte ihn auch noch niemand bei seiner Eitelkeit gepackt. Die Leute des Dorfes machten sich über seine Gloriette und über die Melonen unter der Glasglocke lustig. Zum ersten Mal war da jemand, der sein Anwesen wie ein Kunstwerk betrachtete. Er hatte alles, einschließlich der Hecke, eigenhändig aus einem undankbaren Grundstück herausgeholt, das er einst für dreitausend Franc erworben hatte.

›Wegen der Quelle!‹, hatte der Vorbesitzer betont, vermutlich um sich für den hohen Preis zu entschuldigen.

Er war hier angekommen mit einem Fuhrwerk, auf dem wahllos alle Überreste eines irdischen Schiffbruchs aufeinander gehäuft waren; zwar war er damals noch ein junger Mann gewesen, aber sein Gesicht und seine Seele waren bereits ganz schief durch irgendeinen Schicksalsschlag, den er irgendwo in der Welt erlitten hatte. Dass er das eine Auge immer halb geschlossen hielt, besagte nichts über seine Einfalt oder Arglist und keiner wusste, woher er stammte.

Der alte Tasse hatte eine ziemliche Ähnlichkeit mit einem Semikolon. Die außergewöhnliche Asymmetrie seiner Züge schien ihn für seine Leidenschaft zu prädestinieren: So konnte er sich perfekt der barocken Form des Jagdhorns anpassen, das wohl einst von einem Florentiner auf Anraten Machiavellis erfunden worden war. Die Stirn schien im Vergleich zum unteren Teil des Gesichts nach rechts versetzt, insbesondere im Verhältnis zum Komma des Kinns, das eindeutig nach links gerichtet war. Der Körper passte zum Gesicht, auch er war nicht ganz gerade und hielt sich auf der Außenseite der Füße aufrecht, was die Beine auf Kniehöhe zu einer weiten Klammer öffnete, als ob der gute Tasse sein Leben lang ein Pferd zwischen den Schenkeln gehalten hätte. Die ganze Person wog vermutlich nicht mehr als fünfzig Kilo.

Und nun trippelte er in Richtung Bastidon, dabei auf seine Bäume, seine Blumen, sein Bächlein deutend, er erklärte, wie viel Mühe es ihn gekostet hatte, welche Zweifel ihm zugesetzt hatten – kurz: Er sprach von seinem Garten wie von einem Gemälde, dessen Schöpfer er gewesen wäre. Die Apfelbäume mit den roten Früchten wölbten ihre Äste bis zum Boden, als deuteten sie einen unterwürfigen Gruß an. Die Glasglocken über den Melonen fingen die Strahlen der Abendsonne ein und jetzt, wo sie ganz in der Nähe waren, konnte Constantin das leise Rauschen des Bächleins hören.

Aber ach, mein Junge, noch nie hat die Schönheit auf Erden den Menschen vom Rechnen abgehalten, bis heute nicht, und so rechneten denn inmitten dieser friedlichen Idylle unsere beiden unglückseligen Männer unentwegt. Es fing damit an, dass Constantin versuchte, das Alter des guten Tasse zu schätzen: War er achtzig? Fünfundachtzig? Alt genug jedenfalls, um nicht mehr lange zu leben. Seine Handrücken waren von unzähligen braunen Flecken gesprenkelt, so dicht, dass sie ineinander übergingen. Einen dieser braunen Flecken hatte er sogar an der Schläfe, er war beängstigend und vermutlich erzählte er ihm allmorgendlich, wenn er sich vor seinem Spiegel rasierte, vom baldigen Ende. Aber das hatte noch lange nichts zu bedeuten. Constantin hatte Greise mit Triefaugen gekannt, die kaum noch einen Hauch von sich gaben und trotzdem weitere zehn Jahre lebten. Wie sollte man das voraussehen?

Dennoch schienen ihm in seiner Phantasie die Maßnahmen, die er zu ergreifen hatte, um sein Glück sicherzustellen, völlig klar. Er sagte sich: ›Ich muss ihm dieses Haus abkaufen, bevor er stirbt. Das Einfachste, das Vorteilhafteste wäre, scheint mir, wenn ich ihm eine Leibrente vorschlagen würde. Aber zuvor gehe ich zu Irma nach Manosque, damit sie mir die Karten legt und sagt, wie lange er noch leben wird, der alte Tasse.‹

Der alte Mann hingegen versuchte, Constantins Vermögen über den Daumen zu peilen: ›Mein lieber Mann! So ein Pferd im Stall, das kostet einen Batzen Geld! Und dieser Sattel! Bei Richebois in Manosque kostet so ein Ding gut und gern hundert Franc. Und die Stiefel dazu! Hast du seine Stiefel gesehen? Früher hätte man ihn allein dieser Stiefel wegen irgendwo im Wald abgemurkst. Ein fescher Kerl, dieser Mensch!‹

Der alte Tasse addierte die sichtbaren Zeichen, nach denen das Vermögen seines Gastes sich schätzen ließ, und schenkte ihm dabei wohlwollende Blicke arithmetischer Bewunderung. Nach abgeschlossener, positiv ausgefallener Untersuchung führte er ihn unvermittelt in das Häuschen, in dem es nur einen Raum gab und das noch kein Mensch, nicht einmal der Briefträger, je betreten hatte. Bienaimé Tasse war es stets und selbst bei schlimmstem Regenwetter gelungen, jedweden ungelegenen Besucher an der Schwelle seines Allerheiligsten aufzuhalten. Dabei barg es keinerlei Geheimnis und wenn es denn ein solches gab, so rührte es von der Schlichtheit des kaum möblierten Raumes her. Was einem zunächst ins Auge stach, und zwar deshalb, weil man beim Eintreten den Duft wahrnahm, war eine Obstschale voller Birnen. Sie stand auf dem runden, mit einem Wachstuch bedeckten und von vier geflochtenen Stühlen umgebenen Tisch und die Früchte reiften vor sich hin.

Danach fiel der Blick unmittelbar auf das Bett, das sich in die Ecke zu drücken schien. Obwohl es mit einem pluderigen Kopfkissen und einer gelben Zudecke ausgestattet war, sah dieses perfekt gemachte Bett aus, als stünde es in einer Kaserne. Es wirkte in einem Maße hart, als wollte es einem den Schlaf vertreiben, aber vermutlich hielt es auch die Träume in Schach, damit sie nicht das Bewusstsein überfluteten. Es befand sich rechts vom offenen Kamin und vermutlich sah man, wenn man darin lag, zunächst die Flammen, dann die glühenden Scheite und schließlich die Glut, die nur verblasst, weil der Tag anbricht, der sie allmählich leichenfahl werden lässt, bis sie endgültig stirbt.

›Wenn man derart selbstsicher die Einsamkeit abwehrt, dann kann man auf die Schönen der Nacht getrost verzichten‹, dachte Costantin. ›Dieser Mann weiß, wie man sich vor den Gedanken schützt.‹

Was den offenen Kamin betraf und obwohl er zu dieser Jahreszeit ohnehin nicht brannte, konnte man sich vorstellen, dass er zu einem einzigen Zweck entworfen worden war: Um dem Musikinstrument, das Constantin ursprünglich in diese Oase des Friedens gelockt hatte, als Halterung zu dienen. Das Jagdhorn hing in der Tat am Rauchfang des Kamins wie eine Jagdtrophäe. Es funkelte, vermutlich wurde es jeden Morgen mit Sand blank gerieben, und die Standuhr, die in steifer Habachtstellung an der Wand lehnte und geduldig tickte, spiegelte sich in dem messingnen Schalltrichter, mit ihrer strengen Haube und dem ebenfalls messingnen Pendel. Das restliche Mobiliar war nebensächlich und entsprach purer Zweckmäßigkeit.

Angesichts dieses einzigen Raumes, der doch so wohl ausgedacht war für das Träumen, sagte sich Constantin, dass ihm die vier Zimmer seines Hauses und sein mit rotem Samt tapezierter Salon fortan sehr gewöhnlich vorkommen würden. ›Ganz abgesehen davon, dass ich sie dauernd vorbeigehen sehen und ich weniger als dreihundert Meter von ihr entfernt wohnen würde.‹ Und so wurde Alix in sein Kalkül mit einbezogen, als bräuchte er eine zusätzliche Rechtfertigung. Er konnte sich sehr gut vorstellen, wie diese begehrte Frau an einem Winterabend vor diesem Kamin liegen würde, auf Tierfellen, die er da ausgelegt hätte.

Der alte Tasse war auf der Hut. Er verlor sich in Spekulationen. (Das war der Ausdruck, den er später verwendete, als er mir die

Geschichte erzählte.) Obwohl er auf sein Anwesen stolz war, konnte er doch nicht glauben, dass ein Mann es begehrte, der reich genug war, um sich bei Richebois für gut und gerne hundert Franc einen Sattel zu leisten.

Aber er genoss es, dass seine Neugier geweckt worden war, denn im Grunde begann er sich zu langweilen inmitten all dieser schönen Dinge, die laut Horaz – von dem er noch nie etwas gehört hatte – dem Glück Vorschub leisten. Diskret taxierte er mit seinem halb geschlossenen Auge Constantin, und dieser schöne, vor Leben strotzende Mann, der da plötzlich in sein Dasein eingedrungen war, schien, was subtile Ränke und hintergründige Machenschaften anbelangte, es durchaus mit ihm aufnehmen zu können. Deshalb war er ziemlich aufgeregt, als er seinem Gast aus einer halb leeren Flasche, die seit zwei Jahren in einem feuchten Schrank stand, ein Tröpfchen von seinem trüb und trüber werdenden Quittenschnaps servierte.

Stoisch schnalzte Constantin beim Genuss des verdunsteten Gebräus mit der Zunge.

›Ich wette, dass dieses Getränk aus Ihren eigenen Früchten hergestellt wurde!‹

›Und mit meinem eigenen Weinbrand. Die Weinstöcke dieser Laube bringen mir jedes Jahr hundert Kilogramm Trauben. Damit mache ich sechzig Liter Wein und fünf Liter Weinbrand, Monsieur, im Destillierkolben von Henri Magnan.‹

Gemütlich plaudernd saßen sie unter der Laube in der Sonne. Vom altersschwachen Strohgeflecht ihrer Sessel rieselte es heftig.

Eine Stunde verbrachten sie so und sprachen begeistert von dem kleinen Anwesen und den Annehmlichkeiten von Montfuron. Als sie sich trennten, nicht ohne sich gegenseitig baldiges Wiedersehen zu versprechen, waren sie die besten Freunde der Welt, aber sie kannten sich auch nicht besser als zuvor, denn die hervorstechendste Eigenschaft der Sonderlinge ist, dass sie mit Worten geizen, wenn es um ihre Vergangenheit geht. Der alte Tasse hütete sich, Florian seine Liebe zum Jagdhorn zu erklären und Florian unterließ es, ihm von Horaz zu erzählen.

Sie trafen sich wieder, ihre Phantasie blühte auf bei jeder Begegnung, aber beide waren sie stets darauf bedacht, ihr Geheimnis zu hüten: Beide warteten sie mit ganzen Bergen von Belanglosigkeiten auf, um zu verhindern, dass beim Erzählen irgendeine Unebenheit enthüllt werden könnte, an der ein Gesprächspartner ansetzen und so Gewalt über den anderen hätte erlangen können. Bald schon waren sie unzertrennlich und man sah sie gemeinsam spazieren gehen.

Unterdessen war Alix in höchstem Aufruhr, wenn sie Constantin erblickte, der bei jeder Begegnung ausgiebig den Hut lüftete. ›Was bildest du dir denn ein, du dickes Ding?‹, sagte sie sich. ›Seine Blicke? Vermutlich schaut er alle Frauen so an. Ja, gut, weder für die Chabert noch für die Bonnabel zieht er den Hut auf diese Weise – Gott behüte! –, nicht einmal für die kleine Fayet, die so schöne blaue Augen hat. Nur, was hat das schon zu bedeuten?‹ Aber sie war ganz entzückt.

Sie gestand ihre Leidenschaft als Erste, und nicht zu Florian sprach sie darüber, sondern mit Polycarpe, ihrem Mann, eines Abends, beim Geschirrspülen. Der Zeitpunkt war den Frauen früher der liebste, um ein Gespräch einzuleiten. Zu dieser Stunde, wenn das gute Abendessen vertilgt war, und angesichts der aktiven Unterwürfigkeit ihrer Gattinnen hatten die Männer am ehesten den Eindruck, Herr im Hause zu sein – was sie ganz im Gegenteil viel verwundbarer machte.

›Du solltest‹, sagte sie sanft, ›Monsieur Constantin in deine Mannschaft aufnehmen. Ganz sicher gewinnst du mit ihm ein paar Stimmen.‹

›Er ist nicht von hier‹, erwiderte Polycarpe.

Er mochte keine schlanken, blassen Männer mit Klavierspieler-Händen, die ein Pferd zwischen ihren angespannten Schenkeln in Habachtstellung halten konnten.

›Ich mag sie auch nicht‹, sagte die Alix. ›Aber der da hat es geschafft, akzeptiert zu werden. Er ist beliebt. Und schau mal: Er geht beim alten Tasse ein und aus, wo nicht einmal du es geschafft hast, einen Fuß in die Tür zu kriegen.‹

›Er empfängt mich immerhin am Tor‹, brummte Polycarpe.

›Ja siehst du! Und im Übrigen denke ich, wenn du diesen Constantin in deine Liste aufnimmst, dann kannst du ihn viel besser beaufsichtigen. Zumal du mit deiner Idee –‹

›Das war nicht meine Idee, sondern deine!‹

›Schon gut . . . mit unserer Idee, den Wiederaufbau der römischen Brücke ins Programm aufzunehmen . . .‹

›Eine abstruse Idee!‹

›Weißt du denn ein anderes Mittel, um wieder in den Besitz der Grundstücke zu kommen, die dein saublöder Urgroßvater der Gemeinde für ein Butterbrot verkauft hat?‹

›Das war wegen des Baumes‹, jammerte der arme Polycarpe.

›Erzähl mir nichts! Das war ein schöner Betrug! Wenn ich daran denke, dass wir meine Mitgift gegen ein Orakel eingetauscht haben, das es gar nicht gibt!‹

Wie eine beleidigte Löwin ging sie im Raum auf und ab, vor allem aber war sie darauf bedacht, Polycarpe zum Nachgeben zu bringen, damit Monsieur Constantin erfuhr, dass sie ihn liebte.

›Du wirst schon sehen, wie leicht das ist! Sie zu zwingen, über den alten Weg zu fahren, wo sie doch seit fünfzig Jahren nichts vom neuen wissen wollen! Du wirst die Dampfwalze drüber schicken müssen, wegen der drei oder vier Nachbarn, die ein Auto besitzen.‹

›Wir haben ja auch eins!‹

›Das ist nicht das Gleiche. Wir brauchen es. Jetzt komm ja nicht mit deinem Marquis de Dion! Glaubst du vielleicht, der braucht eins? Zumal er seins sicher nicht sehr teuer bezahlt hat. Sein Bruder stellt die Dinger her!‹

›Der wird sich wieder gegen mich aufstellen lassen, der Kerl‹, ächzte Polycarpe. ›Und der, der hat vielleicht Freunde, die kannst du nicht zählen!‹

›Nicht so viel wie Monsieur Constantin. Frag doch die Chabert. Der ist beliebt. Neulich hat er allen Gästen eine Runde bezahlt. Einfach so. Zum Spaß. So was vergisst man nicht.‹

›Der hat aber kein Auto‹, brummelte Polycarpe.

›Wozu denn auch? Ein Pferd ist ihm lieber. Das stinkt nicht so. Kannst du ihn dir vorstellen mit Händen voller Wagenschmiere? Das ist ein Mann von früher. Ein Musketier, könnte man meinen!‹

In ihre Worte legte sie alle Liebe der Frauen für den Schnurrbart.

Er gab nach. Eines Abends, es war schon finstere Nacht, klopfte er diskret an Monsieur Constantins Tür. Er war verdrießlich und streckte eine lasche Hand aus. Zunächst sprach er über das schwierige Leben als Landwirt und über den Regen, der nicht kommen wollte. Zweimal hätte er fast den Türknopf gedreht und sich getrollt. Nur die Vision einer Alix, die den Tanz der gekränkten Löwin vor ihm aufführen und ihn schwindlig machen würde, hielt ihn davon ab, sich zu verabschieden. Dann sprach er vom

Wasser, das angeschlossen, von der Elektrifizierung, die in drei Jahren beginnen und von der römischen Brücke, die wieder aufgebaut werden würde.

›Die Mannschaft‹, sagte er, ›die sich mit all diesen schönen Aufgaben hervortun wird, wird durch die Dankbarkeit der Bevölkerung für ihre Mühen reichlich belohnt werden.‹

›Das will ich meinen!‹, sagte Constantin.

Freude labte seine Seele. Ein Einzug in den Gemeinderat würde seinen Plänen dienlich sein, genauso wie es nützlich war, dass das Anwesen des alten Tasse so nahe bei den Truches lag. Es müsste schon mit dem Teufel zugehen, wenn er nicht irgendwann einmal einen triftigen Grund finden würde, den Bürgermeister zu besuchen, und wenn sich dann vor Ort nicht die Gelegenheit böte, die Bürgermeisterin unter vier Augen zu sprechen. Aber er hatte das unentschlossene Hin und Her und die schlaffe Hand auf dem Türgriff sehr wohl bemerkt. So dass Polycarpe es mit einem Mann zu tun hatte, der sich ablehnend gab.

›Der andere Mistkerl, dieser Marquis de Dion, steckt da wahrscheinlich dahinter!‹, dachte er. Eine Stunde lang musste er Monologe führen, ohne dass von Seiten Constantins irgendeine Ermunterung kam. Das Kinn auf die Hand gestützt saß er da, zweifelnd wie ein engstirniger Nörgler, der nicht weiß, ob er Pik oder Karo spielen soll, und wie ein perfekter Kartenspieler sah er mitleidlos zu, wie Polycarpe allmählich in sich zusammenfiel. Eine Stunde! Selbst ein Politiker hält das nicht durch, wenn er nicht vom Land kommt. Aber die Vorstellung, dass Constantin bereits vom Marquis belagert wurde, zwang Polycarpe, sich selbst zu übertreffen. Schließlich glaubte er, seinen Gegner besiegt zu haben, der ihn höflich zur Tür geleitete, nachdem er ihm endlich seine Mitarbeit zugesichert hatte.

›Wissen Sie, Monsieur Constantin‹, sagte er honigsüß, ›ich selbst wäre nie auf die Idee gekommen, Sie aufzusuchen. Ich weiß zu genau, wie sehr Sie auf Ihre Ruhe Wert legen. Aber es war Alix, meine Frau, die an Sie gedacht hat. Und ich, wissen Sie, wenn sie sich etwas in den Kopf gesetzt hat . . . Ich bin ihrem Rat immer gefolgt. Nun ja, Sie oder ein anderer . . .‹

Constantin riss sich zusammen, um diesen arglosen Bürgermeister nicht in seine Arme zu schließen. Sie also war auf die Idee gekommen! Also hatte sie ihn bemerkt! Also gab sie ihm ein Zeichen! Als er nun über die herrliche Nacht sprach, die sich über Montfuron gelegt hatte und die so schön war, dass man die Milchstraße sah, wurde er regelrecht elegisch. Er tanzte fast vor Freude, als er in der Ferne auf den dunklen Schatten des Lure-Gebirges deutete, der sich unter dem Großen Wagen dahinwand. Das Glück weitete ihm die Brust. Am liebsten wäre er davongeflogen, wenn man ihm nur einen kleinen Schubs gegeben hätte. Polycarpe betrachtete ihn argwöhnisch. ›Der platzt ja schier vor Freude‹, dachte er sich. ›Entweder er hat nicht alle Tassen im Schrank, oder er hofft, demnächst meinen Platz einzunehmen. Da hat er sich aber geschnitten!‹ Wie hätte er auch ahnen können, er, der nur die Dünnen mochte, dass Alix Liebe erweckte?

Als Constantin den guten Tasse wieder sah, nachdem Truche gegen die reaktionäre Koalition um den Marquis de Dior zum vierten Mal wieder gewählt worden war, hatte er das Gefühl, dass der Alte ihm etwas gram war. Es war das erste Mal im November, dass ein kleines Feuer im Kamin angezündet werden musste. Eines Morgens war ein Kälteschub vom Tal hochgekommen, der die Dahlien im Garten niedergelegt hatte. Die Misteldrosseln hatten sich lautstark über die Apfelbäume hergemacht und die letzten Amseln verjagt; in welligem Flug hatten diese sich dreihundert Meter tiefer verzogen, in die Gärten von Manosque. Monsieur Tasse wärmte sich die Hände an den Flammen: Das Feuer war am Ende des vergangenen Winters vorbereitet worden; wenn man fünfundachtzig Jahre alt ist, trifft man derlei Maßnahmen mit einem Seufzer, denn man weiß nicht, ob man es noch eigenhändig wieder anzünden wird. Er war in melancholischer Stimmung und erhob sich nicht für seinen Gast. Constantin, der ihn seit einiger Zeit wegen Wahlfreudenfesten nicht gesehen hatte, fand, dass er deutlich gealtert war.

›Es wäre Zeit‹, sagte er sich. Bei seinem letzten Besuch hatte er auf dem Diplom, das eingerahmt an der Wand hing wie ein Gemälde, das Datum erspäht, an dem der Schüler Tasse Bienaimé seinen Volkschulabschluss gemacht hatte. Das hieß, dass er zur nächsten Weinlese fünfundachtzig wurde. Aber am Gesichtsausdruck des greisen Mannes erkannte er, dass es vielleicht noch nicht ganz opportun war, das Thema anzuschneiden, das ihm so sehr am Herzen lag.

›Ach! Wie schade!‹, sagte Tasse mit merkwürdig säuerlicher Stimme. ›Sie sind offenbar von der politischen Tarantel gestochen worden!‹

›Ich hätte dem Bürgermeister vorschlagen sollen, ihn auf seiner Liste aufzunehmen‹, dachte Constantin. ›Da hast du's! Vor den Bescheidenen nimmt man sich nie genügend in Acht.«

In der Tat: Nicht nur, dass der alte Tasse nicht aufgestanden war, er reichte ihm nicht einmal die Hand. Constantin lief es kalt den Rücken herunter. Das eisige Bächlein, das er soeben gesehen hatte, und der kahle Garten, durch den er gerade geschritten war, ergriffen ihn in der Seele mit all ihrer Nacktheit, mehr noch als sie es vordem in der herbstlichen Üppigkeit getan hatten. Und hinter den karierten Gardinen raunte der Kamin, den er nun zum ersten Mal brennen sah, von einem Glück, das heimlich und rätselhaft genug war, um ihn für den Rest seiner Tage gefangen zu nehmen. Und nun war all das von den Launen eines empfindlichen, in seinem Stolz verletzten Greises abhängig. Der Gesichtsausdruck des alten Tasse und seine süß-sauren Worte rückten das bukolische Idyll, von dem Constantin träumte, jäh wieder außer Reichweite. Wahrlich, das Schicksal machte sich einen Spaß daraus, ihn hinzuhalten. Die gute Alix, die, wie er glaubte, seine ganze Phantasie besetzt hielt, schien plötzlich zweitrangig, so groß war die Panik bei der Vorstellung, das umzäunte Anwesen könnte ihm durch die Lappen gehen.

Rasch entschied er sich, unter den vielen Geheimnissen gerade dieses dem Alten zum Fraße vorzuwerfen. Vielleicht genügte es, das Gewitter abzuwenden.

›Ach!‹, seufzte er. ›Wenn Sie mir erlauben würden, mich zu setzen, dann würde ich Ihnen meine Qualen im Detail erzählen. Glauben Sie ja nicht, das sei alles eitel Freude gewesen.‹

Der alte Tasse drehte sich ihm zu. Er hatte jene geröteten Wangen, die man so oft bei jenen sieht, die den Beleidigten nur spielen.

›Mich hat der Polycarpe auch gebeten, in seiner Mannschaft mitzuarbeiten, wohlgemerkt‹, sagte er zu seinem Besucher, ›aber ich, ich habe es geschafft, nein zu sagen!‹

›Geschieht dir ganz recht!‹, dachte Constantin. ›Das hast du davon, dass du den Bescheidenen traust! Dieser Mensch ist so gierig, in den Gemeinderat zu kommen, dass er sich einbildet, er hätte ein Angebot ausgeschlagen.‹

›Ach!‹, jammerte er. ›Wenn Sie bis über beide Ohren verliebt gewesen wären, dann hätten Sie auch ja gesagt!‹

Er nutzte die sichtbare Verblüffung des alten Mannes, der ihn verständnislos anblickte, um sich in den Sessel fallen zu lassen und dankbar die Hände ans Feuer zu halten. Seit der Zeit seiner Kindheit bei seiner Großmutter war dies das erste Mal in seinem Leben, dass er vor einem Holzfeuer sitzend die Hände zu den Flammen hin ausstrecken konnte.

Eine Viertelstunde lang sprach er mit von der Angst gesteigerter Leidenschaft von Alix. Der alte Tasse, der von der Liebe nur noch eine kümmerlich abstrakte Vorstellung hatte, war erstaunt, dass eine Person wie Alix einen solchen Aufruhr der Gefühle hervorrufen konnte. Während Constantin sie mit allen Reizen schmückte, sah er sie in der Wirklichkeit des Alltags, sah die watschelnd-üppige Gestalt, wie sie sich überheblich und selbstzufrieden zur Schau stellte. Als Constantin jedoch außer Atem innehielt, war er nah dran, seine Meinung zu ändern, so feurig hatte sein Besucher gesprochen.

›Na dann, um so besser!‹, sagte er. ›Ich befürchtete, dass unsere Freundschaft unter Ihren neuen Verpflichtungen zu leiden hätte. Ich verabscheue die Politik!‹ Eine herrische Geste der flachen Hand besiegelte diese Verlautbarung. ›Aber ... Nun ja ... da es sich um Liebe handelt! Wenn Sie sich in diese Kloake hineinbegeben haben, um sich dem Objekt Ihrer Leidenschaft zu nähern ... Ich bin Ihnen jedenfalls dankbar, dass Sie mir das anvertraut haben. Sie können versichert sein, dass ich Ihr Geheimnis hüten werde, als wäre es mein eigenes.‹

In diesem Augenblick ertappte Constantin den alten Tasse, wie er heimlich auf das Jagdhorn spähte, das am Rauchfang des Kamins hing. Der Blick war voller Sorge, als ob das Instrument auf ihn herunterfallen könnte. Und plötzlich – das eine Auge wie immer halb geschlossen, das andere listig blitzend – wandte er sich zu Constantin, mit der charmanten Spontaneität der alten Leute:

›Im Grunde hat dieser Polycarpe also Hörner auf?‹

›Noch nicht‹, antwortete Constantin bescheiden.

Er errötete wie ein Jüngling. Die krude Formulierung missfiel ihm, denn seines Erachtens machte sie nicht nur das Opfer lächerlich, sondern all diejenigen, die an der Sache beteiligt waren. Er hasste den alten Tasse dafür, dass er sie ausgesprochen hatte. Dieser war jedoch bereits in seine melancholische Stimmung zurückgefallen. In den Flammen des Kamins betrachtete er ein Schauspiel, von dem Constantin annahm, dass es sich weit entfernt im Raum und vor allem in der Zeit zugetragen hatte.

›Ach, die Liebe!‹, seufzte der alte Tasse. ›Die Liebe!‹

Er nickte immer wieder mit dem Kopf und sprach das Wort noch drei- oder viermal aus, als wolle er gleich einen weisen Vortrag darüber halten. ›Jetzt erzählt er dir gleich seine Geschichte!‹, dachte Constantin hoffnungsfroh.

Aber er täuschte sich. Der alte Mann war in sich selbst versunken, und seinem Gast schien es, dass er weinte. Er hielt den Augenblick für wenig angebracht, um über eine Leibrente zu reden.

Der Winter war hart. Es dauerte lange, in diesem Jahr, bis der Frühling kam. Es gab vom Nordwind verursachte Schneeverwehungen, die die Bauernhöfe, die Straßen und die Wege zwischen den Hügeln unzugänglich machten. Die Mühle stand still, trotz des vielen Windes in jenem Winter, aber ihre Flügel waren vereist. Constantins Liebesabenteuer stagnierte. Alix und er konnten sich lediglich mit den Augen verschlingen, wenn sie sich trafen. Beide brodelten sie bei kleinem Feuer in den Töpfen der Hölle, weder konnten sie miteinander sprechen, noch konnten sie sich anfassen.

Der alte Tasse überwinterte am Kamin. Jeden Tag verzeichnete er in einem Kalender, wie das Wetter war. Im Garten lag eine dünne Schicht Schnee, die den Sperlingen das Leben erschwerte. Jeden Morgen kam Constantin und füllte bei seinem alten Freund die Vogelhäuschen. Hinter der Scheibe betrachteten die beiden Männer dann, dicht nebeneinander stehend, den Kampf um das Futter.

›Wie die Menschen!‹, kläffte der alte Tasse. ›Vor allem die Grünlinge! Schauen Sie sich das an! Es geht ihnen gar nicht drum, selbst zu fressen, sie wollen vor allem die andern daran hindern.‹

Beide nickten sie und fühlten sich sehr vernünftig, zufrieden wussten sie sich weit über dem Getümmel, das sie unentwegt tadelten. Allmählich lernte Constantin seinen Genossen kennen; staunend studierte er seinen Charakter, denn er entdeckte sonderbare Ähnlichkeiten mit sich selbst.

›Einen Grund mehr‹, dachte er, ›nicht über die Leibrente zu sprechen. Würdest du das goutieren, dass man dir den Tod wünscht, weil man für dein Eigentum bezahlt zwecks der Zeit danach? Wärst du gerne das Lotterielos für jemanden? Nein, gewiss nicht. Also! Aber das Problem ist eben, dass du achtundvierzig bist und Tasse fünfundachtzig. Aber mit fünfundachtzig weiß man doch nie, dass man schon so alt ist. In Hörweite der anderen redet man ganz gelassen darüber, als wüsste man es, aber das stimmt nicht. Andere können fünfundachtzig sein, aber man selbst doch nicht! Also halt lieber die Klappe. Das muss man von langer Hand vorbereiten. Du wärst schön angeschmiert, wenn er nein sagen würde.‹

›Irgendwann muss er doch auspacken‹, dachte der alte Tasse. Vielleicht konnte man den Weg ebnen. Er flüsterte:

›Na? Was macht die Liebe?‹

Constantin zog eine Grimasse.

›Ach!‹, seufzte Tasse. ›Sie wohnen zu weit weg. Und sie ist zu beschäftigt. Sie bilden sich doch nicht ein, dass sie zu Ihnen kommt? Ganz Montfuron stünde an den Fenstern. Tja, wenn Sie zum Beispiel bei mir wohnen würden, dann wäre das alles ganz leicht. Abgesehen von der Kapelle ist da niemand zwischen hier und dort. Im Winter herrscht da Nachmittage lang Nebel. Nur dreihundert Meter. Sie könnte Sie besuchen zwischen Geschirrspülen und Abendessen. Der beste Zeitpunkt. Können Sie sich das vorstellen, Florian?‹

Er konnte es sich vorstellen. Er kniff die Lippen zusammen. Er schüttelte den Kopf. Er legte eine beruhigende Hand auf die des Alten und tätschelte sie. So weit war es gekommen, dass er nun den anderen über die Sorge hinwegtröstete, die er sich um diese sündhafte Liebe zu machen schien. Man zieht sich nicht mit fünfundvierzig Jahren aus den Geschäften zurück, nachdem man ein Vermögen gemacht hat, ohne dass gewisse Charaktereigenschaften dies ermöglicht haben. Und diese Eigenschaften bleiben in jeder Lebenslage greifbar, zum Glück.

›Er versucht dich dazu zu bringen, dass du Farbe bekennst, um dann nein zu sagen!‹, dachte Constantin. ›Du hast einen gigantischen Fehler gemacht. Das wird er dir nie verzeihen, dass du im Gemeinderat bist!‹

Und Tasse sagte sich: ›Schade! Es hätte mir eine große Freude gemacht, ihm nein zu sagen!‹

Über solchen Spielchen verging die Zeit. Das Frühjahr brach urplötzlich aus mit drei Tagen ununterbrochenem Regen, die das

Thermometer um zehn Grad hinauftrieben, und eines Morgens zeigte sich am Horizont das Lure-Gebirge schwarz und nass wie ein Putzlappen und am selben Tag fing es an zu grünen. Das junge Gras spross bis an die Schwellen der Häuser.

Der alte Tasse griff wieder zu seinem Stock, munter und fidel wie eh und je.

›Na, Constantin, wie wär's, wenn wir unsere Spaziergänge wieder aufnähmen?‹

›Mit Freuden!‹, antwortete Constantin.

›Diesmal pfeif ich drauf! Es ist ein wenig weit, aber was sein muss, muss sein. Ich will Sie zur Font de Bourne führen. Schließlich sollten Sie diese berühmte Brücke doch mal sehen, für deren Wiederaufbau Sie gestimmt haben.‹

Also brachen sie am frühen Morgen auf. Zum Mittagessen gab es Drosselpastete und einen guten Wein auf dem Brunnenrand der Font de Bourne. Der alte Tasse machte sein Mittagsschläfchen auf einem Bett aus Heidekraut. Er erwachte gegen drei Uhr.

›Jetzt aber los! Auf geht's!‹, sagte er. ›Ich werde Ihnen eine Sehenswürdigkeit zeigen. O nein, erwarten Sie nichts Grandioses! Es ist nur ein Baum. Aber ein schöner Baum. Eine mindestens dreihundert Jahre alte Eiche. Die ist kaum fünf Minuten von hier entfernt. Danach machen wir uns auf den Heimweg.‹

Er ging munter voraus und ließ seinen unnötigen Spazierstock gegen die Steine klimpern.

›Hier, schauen Sie‹, sagte er. ›Gehen wir näher ran. Ist er nicht schön? Und immer noch jung. So viele Leute sind gestorben, seit er zu leben begonnen hat. Hunderte von Millionen! Milliarden vielleicht! Denken Sie doch: In dreihundert Jahren! Und er verliert jeden Herbst seine Eicheln, ein wenig später seine Blätter – und im Frühling, schwups! Schon geht's von vorne los! Ach, ich wäre gerne eine Eiche gewesen. Wenn ich eine Eiche gewesen wäre ... Aber was machen Sie denn, Constantin? Sie halten aber Distanz! Ich rede also für den Herrgott, oder wie?‹

Nichts tat er, Constantin. Von weitem hatte er zunächst einen Baum zu sehen geglaubt, der die sonderbare Gestalt eines riesigen Hirschkopfs hatte und der auf einem einzigen, gewaltigen, schildkrötenfarbenen Bein stand. Er streckte seine unzähligen, im Laub getarnten Geweihsprossen nach vorn. Im Augenblick, als er, um dem alten Tasse eine Freude zu machen, einen Ausruf der Bewunderung tun wollte (wobei er alles andere als dieses Gefühl empfand), vernahm er schräg über seinem Kopf ein Knistern, als ob Tausende von Vögeln an der Rinde des Stamms picken würden. Er hielt inne, ließ den alten Tasse alleine weitergehen, unter dem Laubgewölbe große Reden schwingen und mit seinem Stock, den er nur zum Schmuck bei sich trug, Arabesken in der Luft vollführen.

Constantin hingegen stand versteinert wie die Frau des Lot. Vor seinen Augen brannte der Baum. Er brannte mit kleinen trockenen Flämmchen, die behände auf jedem Blatt, jedem Zweig, jedem Ast herumzüngelten. Die flüchtigen Blitze zerstörten das Laub nicht, sie zehrten es nicht auf. Sie liefen darüber, so schien es, ohne sie zu berühren. Der ganze Baum war zu einem blau leuchtenden Strauß geworden, lodernd wie ein Kamin im Winter.

›Na und?‹, rief der alte Tasse. ›Was machen Sie denn da hinten, verdammt noch mal?‹

Sein strichpunktförmiges Gesicht und sein listiges, halb geschlossenes Auge passten wunderbar zu dieser irrealen Stimmung. Noch nie war ein Greis heiterer gewesen. Von weitem beobachtete er den lang gewachsenen Constantin, dessen Arme herunterhingen wie die einer Vogelscheuche, die sich im Wind bewegt. Sein Panama-Hut wölbte sich, als ob er davonfliegen wollte. Seine gut geschnittenen Kleider umflatterten ihn, als ob er plötzlich abgemagert wäre. Er stand da wie festgenagelt zwischen den Radspuren des Weges, in der unbequemen Haltung, in der das große Staunen ihn hatte erstarren lassen, stumm und grün im Gesicht.

›Ich bin Opfer einer Halluzination‹, sagte er sich, denn feststehende Ausdrücke sind das Besänftigendste, was der Mensch erfunden hat, um sich gegen die Absonderlichkeiten der Welt zu schützen.

Monsieur Tasse, der ihn nicht ohne Vorsatz hierher geführt hatte, wohl wissend, worum es hier ging, Monsieur Tasse bewunderte ihn hemmungslos. Fast hätte er seine Mütze vor ihm gelüftet.

›Der Kerl hat Format!‹, dachte er. ›Oder hat der Baum etwa nicht gebrannt?‹

Er wurde sehr unruhig. Von weitem betrachtete er Constantin eindringlich. ›Aber nein, er hat gebrannt!‹, sagte er sich. ›Er brennt noch immer! Für mich! Ein Hoch auf den Allmächtigen! Schau ihn dir an, deinen Constantin! Das ist ein Kerl vom allergrößten Kaliber! Aber trotzdem: Man könnte meinen, da steht Lots Frau, genau in dem Augenblick, in dem sie sich umgedreht hat!‹

In einer Zeit, in der das geringste Wort den Tod bedeuten konnte, hatte Constantin gelernt, seine Zunge im Zaum zu halten, auf die Gefahr hin, sich darauf zu beißen. Vor diesem verblüffenden Schauspiel, auf das er so schlecht vorbereitet war, gelang es ihm zu schweigen, aber nicht ohne Mühe. Zumal er völlig unfähig war, sich selbst zu erklären, warum er sich zurückhielt und seiner Verwunderung nicht Ausdruck verlieh und nicht mit dem Finger auf das Wunder zeigte.

›Nun?‹, rief der alte Tasse schonungslos. ›Sie stehen da wie versteinert! Haben Sie etwa den Teufel gesehen?‹

Langsam wandte Constantin seine staunenden Augen von der Eiche ab. Er sah das Gesicht des alten Tasse und dachte bei sich, wie sonderbar dieses doch war. Ihm wurde bewusst, dass das rechte Auge des Greises zwar völlig offen und klar und von tiefem Blau war, dass er sich aber nicht erinnern konnte, die Farbe des linken jemals erblickt zu haben.

›Da ist ein Geheimnis!‹, dachte er sich. Und dem alten Tasse antwortete er:

›Ich bewundere Sie!‹

›Nicht mich sollen Sie bewundern, sondern den Baum! Haben Sie ihn auch richtig betrachtet?‹

›Ausgiebig!‹, hauchte Constantin.

Auf seinen Lidern spürte er den heißen Hauch der unzähligen blauen Schlangen, die noch immer in der Sonne knisterten. Plötzlich aber baute sich, vom Lure-Gebirge kommend, eine jener riesigen schwarzen Wolken auf, von denen man glaubt, dass sie niemals einen einzigen Tropfen Regen von sich geben werden, weil sie von Norden kommen. Manchmal täuscht man sich aber, sie bleiben oberhalb der Durance-Ufer hängen und brechen auseinander und dann gießt es wie aus Kübeln.

Der alte Tasse war ein großer Kenner des Himmels.

›Schnell!‹, sagte er. ›Suchen wir Schutz!‹

Zwischen Reilhanne und Saint-Michel fing das Gewitter schon an zu grollen.

›Wo denn?‹, fragte Constantin.

›Hier, unter dem Baum! Wo denn sonst?‹

Und er zog ihn am Ärmel zum Stamm der Eiche. Für Constantin leuchtete das üppige Blättergewölbe wie ein kerzengeschmücktes Kirchenschiff.

›Ich habe immer gehört, dass es gefährlich sei, bei Gewitter unter einem Baum Schutz zu suchen.‹

›Nicht unter diesem hier!‹, rief der Alte.

Ein Wolkenbruch durchmischt mit Hagel ging über der Gegend um Montfuron nieder und durchnässte den Baum und die beiden darunter kauernden Männer, den gebrechlichen Greis und den feschen Kolonialoffizier, von dessen Panama-Hut ganze Sturzbäche über die weiße Leinenjacke flossen.

›Das ist wirklich ein toller Hecht!‹, dachte der alte Tasse immer wieder.

Auf Constantins Gesicht zuckte kein Muskel. Weder das Gewitter noch die gewaltige Verwunderung darüber, dass er nun unter einem Gewölbe aus Licht saß, das kein bisschen vom Regen beeinträchtigt wurde, konnten ihm seine Selbstbeherrschung rauben. In Wahrheit glaubte er, das Opfer einer Halluzination zu sein und er wollte auf gar keinen Fall, dass es jemand bemerkte. In Afrika hatte ihn einst der Wahnsinn gepackt, als die Sonne gewandert war, während er seinen Mittagsschlaf zu lange ausdehnte und sich immer noch im Schatten wähnte. Als er aufwachte, hatten die Boys ihn zu fünft daran hindern müssen, im Krokodilteich schwimmen zu gehen. Falls ihn jetzt diese sonderbare Krankheit wieder erwischt hätte, würde ganz Montfuron Angst bekommen. Er würde nicht mehr wohl gelitten sein (die Irren bleiben es selten lange), man würde ihn angaffen, jedermann würde ihn auch weiterhin ehrerbietig grüßen, aber ohne anzuhalten und die kleinen Mädchen würden davonlaufen, wenn sie ihn auftauchen sähen. Wenn Alix erfahren würde, dass ihn schon einmal der Wahnsinn gepackt hatte, konnte er seine Liebesgeschichte begraben. Dies waren die Gründe, weshalb Monsieur Constantin im Schutz des Baumes, der mittlerweile für ihn rosarot wie ein bengalisches Feuer glomm, ein ungerührtes Gesicht wahrte.

Das Gewitter tobte eine Stunde lang, entfernte sich, sammelte neue Kräfte am Nordhang des Mont-Ventoux, ehe es sich erneut über den Hügeln um Montfuron entlud. Sie sahen das Lure-Gebirge in der Ferne, unter dem aufgerissenen Himmel. Der Gipfel glitzerte vom Neuschnee. Der Frühling hierzulande geizt nicht mit solchen unerwarteten Umschwüngen.

›Los, hauen wir ab!‹, sagte der alte Tasse. ›Kommen Sie schnell, es wird kalt. Kehren wir in unsere Behausungen zurück.‹

Er ergriff die Flucht wie ein vom Tode Verfolgter. ›Wie ein Hase‹, dachte Constantin. Er staunte, dass dieser Mann in den Achtzigern so davontraben konnte, ohne auf die holprigen Wege zu achten, wo der sintflutartige Regen die Kiesel herausgewaschen hatte, mit kämpferisch gezücktem Stock, als würde er seinerseits jemanden verfolgen, und nicht wie ein Greis, der zum Gehen einen Stock braucht. Sie erreichten gerade noch das regennasse Grundstück, ehe ein neues Unwetter über Montfuron niederging.

›Mir ist kalt‹, sagte der alte Tasse.

›Wenn er krepiert, steh ich ganz schön dumm da!‹, dachte Constantin. Er beobachtete den zitternden Alten, wie er den Zylinder der Petroleumlampe abnahm, um Licht zu machen, denn die Wolken verfinsterten den Abendhimmel und es wurde schon dunkel.

›Mir ist auch kalt‹, flüsterte Constantin, ›im Rücken.‹

Sie brauten sich einen dunkelroten Glühwein, den der Alte in Frühstückstassen servierte und der sie in der Seele aufwärmte. Tasse beäugte sein Gegenüber durch den Dampf über den Schalen hindurch, worin der Wein kaum abkühlen wollte. ›Sein Auge ist noch immer ganz stumpf‹, dachte er. ›Der sitzt noch immer unter seinem Baum!‹

Als es endgültig Nacht war und er ihn am Tor unter den bestirnten Himmel entließ, musste er ihm beinah den Weg weisen, auf dem er wie ein Schlafwandler von dannen torkelte. ›Morgen‹, dachte er, ›morgen wird er anfangen nachzudenken. Hoffen wir, dass ihn seine Gedanken auf den richtigen Weg bringen!‹

Am nächsten Morgen hatte Constantin noch immer den riesigen, blendend hellen Kandelaber des Baumes vor Augen. Er sprang aus dem Bett. ›Ich muss endlich Bescheid wissen‹, dachte er. ›Zum Teufel mit der Schicklichkeit!‹ Am frühen Nachmittag setzte er seinen besten Hut auf und sattelte seinen Wallach. Gediegene Eleganz war geboten für den Gang, den er sich vorgenommen hatte, vor allem durfte er nicht aussehen wie ein Übergeschnappter aus den Kolonien. Er verzichtete sogar auf das Gläschen Rum, das er normalerweise zur Stärkung zu sich nahm.

Der alte Tasse lauerte hinter dem Fenster und sah, wie sich Constantins Oberkörper ohne Blick in den Garten an der Hecke vorbeibewegte. ›Oho‹, dachte er, ›er hat Sorgen, der Bursche!‹

Der leicht beklommene Constantin ritt schnurstracks bis zum Hof der Truches. Aus Verlegenheit ließ er die Hufe seines Pferdes laut über die Pflastersteine des Innenhofes klappern. Er hatte seine Rede unterwegs eingeübt: ›Truche‹, würde er dem Bürgermeister sagen, ›Sie sind ein vernünftiger, erfahrener Mann, und außerdem haben Sie einen Amtseid abgelegt, sagen Sie mir die Wahrheit: Bin ich verrückt, oder existiert das, was ich gesehen habe, wirklich?‹

Er war auf alles gefasst, nur nicht darauf, dass ihm Alix die Tür öffnen würde. Sie rührten sich nicht vom Fleck, er auf seinem Pferd, sie auf der Schwelle zur Küche, einen Teller in der Hand, den sie gerade noch abgetrocknet hatte und über dem ihre Bewegung innehielt. Er war sprachlos vor Verblüffung, lüftete aber dennoch im Reflex den Hut.

So verging zwischen den beiden, die sich geradewegs in die Augen blickten, genügend Zeit, dass die Standuhr in der Tiefe des Hauses drei schlug, was sie nach zwei Minuten wiederholte.

›Endlich ist er gekommen!‹, dachte sie. Es war das erste Mal, seitdem er im Gemeinderat war, dass sie ihn aus so großer Nähe sah.

›Kommen Sie herein!‹, sagte sie. ›Sie machen mir Angst. Sie sind leichenblass!‹

›So bin ich seit gestern. Ist Ihr Mann da?‹

›Nein!‹, antwortete sie bestimmt. ›Wollten Sie *ihn* sprechen?‹

Er hatte den Wallach am Ring des Steigsteins festgemacht. Wie ein Schlafwandler ging er hinter ihr her, mit weichen Knien; alle Eleganz war beim Teufel. Dass Alix allein war, überrumpelte ihn umso mehr, als die fixe Idee, die ihn seit dem Vorabend gepackt hielt, die Wonnen aus seinem Gedächtnis gelöscht hatte, die er sich von ihr versprach. Er war in der Verfassung eines Knaben, dem zum ersten Mal die Jungfrau Maria erschienen ist, das heißt, dass er himmelweit entfernt war von erotischen Anfechtungen.

Sie war ihrerseits nicht gerade darauf vorbereitet, dass man ihr von Liebe sprach. Ihre Arbeitskleidung verbarg sie unter einer Kleiderschürze, die man drei Jahre lang an sich herumschleppt, ehe man bemerkt, dass man sich dafür schämen sollte. Sie, die so stolz war auf ihre Füße, die trotz des respektablen Gewichts, das sie zu tragen hatten, klein geblieben waren, sie hatte sie in breit getretene Hauslatschen gesteckt, die nicht gerade dazu angetan waren, die feinen Knöchel zur Geltung zu bringen. Hinzu kam, dass sie auf den Schultern einen unschönen kurzen Umhang trug, der ihr den Busen über Gebühr anhob.

Dennoch öffnete sie ihm die Tür ihres ländlichen Wohnzimmers. Es stellte eine Mischung aus Abstellkammer und Heimatmuseum dar und schuld daran waren die schweren Möbel, die sie mit in die Ehe gebracht hatte. Er stellte fest, dass hier der gleiche Geruch nach Walnusswein wie beim alten Tasse herrschte, nur etwas kräftiger.

›Er hat einen Schrecken bekommen‹, dachte sie. ›Und er sucht Zuflucht bei dir.‹

›Setzen Sie sich‹, sagte sie.

Sie blieb vor ihm stehen, nachdem er sich aufs Sofa hatte fallen lassen. Ihr war klar, dass ihr Gewicht, wenn sie den Platz neben ihm einnehmen würde, ihn ihr entgegenkippen würde, was lächerlich und außerdem unziemlich wäre.

›Mit Polycarpe wollten Sie sprechen?‹

›Ja, ich wollte mit ihm sprechen.‹

›Er ist zum Walzen gefahren zu unseren Feldern in Les Embarrades. Er wird erst am Abend zurückkommen.‹ Im Halbdunkel errötete sie. Es kam ihr vor, als hätte sie das absichtlich gesagt. ›Aber wenn es sich um die Angelegenheiten der Gemeinde handelt, kann ich Ihnen vielleicht auch weiterhelfen. Er hält mich über alles auf dem Laufenden‹, fügte sie sehr schnell hinzu.

›Nein, es handelt sich nicht um die Angelegenheiten der Gemeinde.‹

Constantin richtete sich auf und ging zum Fenster, das auf den Weg hinausschaute, den sie am Vorabend gegangen waren, den Weg, der zum Baum führte. Er wandte ihr den Rücken zu, während er sprach.

›Es handelt sich um eine persönliche Angelegenheit. Als ich kam, haben Sie gesagt, ich sei bleich. Haben Sie den Eindruck, dass ich normal bei Sinnen bin?‹

›Ja natürlich! Warum? Mein Gott, was ist mit Ihnen los? Warten Sie, ich gebe Ihnen etwas Scharfes zu trinken!‹

Sie stürzte zum Büfett und kam zurück mit einer Flasche und zwei Gläschen.

›Hier!‹, sagte sie. ›Sie sind wirklich sehr blass. Trinken Sie das!‹ Sie hielt ihm eines der Gläschen hin.

›Ich sage Ihnen nicht, was es ist, Sie werden es schon von selbst merken.‹

In Wirklichkeit hatte sie den Wermutlikör ebenso für sich selbst wie für ihn eingegossen. Sie war sicher, er würde merken, dass sie in seiner Gegenwart zitterte, und sie wollte nicht darauf angesprochen werden. Sie trank das Gläschen in einem Zug aus, schneller als er und ohne mit ihm anzustoßen. Die Wirkung war, wie wenn ihr ein Feuerdegen den Hals durchbohrt hätte. Tränen stiegen ihr in die Augen. ›Ich benehme mich nicht anständig!‹, sagte sie sich.

›Stammen Sie von hier?‹, fragte Constantin.

›Nein. Aber ich bin hier seit meiner Hochzeit. Seit sechzehn Jahren!‹

Eine Art kindliche Freude ließ sie ihre schmutzige Schürze und ihre Hausschuhe vergessen.

›Ach‹, sagte Constantin, ›wenn ich gewusst hätte, dass ich Sie störe, hätte ich auch die Chabert fragen können.‹

›Die Chabert? Oh, das ist eine böse Zunge!‹, antwortete Alix wie aus der Pistole geschossen. ›Nein, wenn Sie etwas auf dem Herzen haben, sollten Sie es besser mir anvertrauen.‹

Nun hätte auch er vor Freude überwältigt sein müssen, als er diese Worte vernahm, die wie ein Geständnis klangen, aber das Schauspiel, dem er am Vortag beigewohnt hatte, erfüllte ihn noch immer mit einer nahezu religiösen Verwunderung, die ihn seiner gewohnten Reflexe beraubte. Dass ihm Alix gegenüberstand, nahm er gerade noch wahr, aber dass sie Hausschuhe und einen Umhang trug, hätte er gar nicht sagen können.

›Reden Sie. Polycarpe hat Ihnen sicher gesagt, dass ich immer guten Rat weiß.‹

Langsam kehrte er zum Sofa zurück und setzte sich wieder, das leere Glas in der Hand.

›Ich möchte nicht, dass darüber gesprochen wird. Man wird mich für einen Verrückten halten und ich frage mich, ob ich nicht tatsächlich . . .‹

Daraufhin setzte sie sich ans andere Ende des Sofas, unendlich vorsichtig, um das Gleichgewicht nicht zu beeinträchtigen.

›Wenn es ein Geheimnis gibt, dann verlassen Sie sich auf mich. Niemand wird es besser hüten als ich‹, sagte sie.

›Ach, ein Geheimnis ... ich weiß nicht. Vielleicht eher eine Illusion. Nun ja: Gestern bin ich in Richtung römischer Brücke spazieren gegangen, Sie wissen schon, die Brücke, die repariert werden soll. Und da ist mir etwas sehr Merkwürdiges passiert ... Na ja, etwas Sonderbares. Sie wissen doch, dass es an der Stelle einen großen Baum gibt, eine sehr große Eiche‹, sagte er. Mit den Armen wollte er den Umfang des Stammes andeuten. ›Viel größer als das. Ich glaube, in Wirklichkeit bräuchte es drei Mann, um den Baum zu umfassen.‹

›Ich weiß‹, sagte Alix. ›Der steht bei uns.‹

›Bei Ihnen?‹

›Ja, er gehört uns. Der Baum, die Quelle und die Trüffeleichen in der Umgebung. Das gehört alles uns.‹

Constantin nickte bedächtig und sagte:

›Ich allerdings, stellen Sie sich vor, ich frage mich, ob dieser Baum wirklich jemandem gehört. Mir ist jedenfalls gestern, als ich daran vorbei bin, etwas passiert, wo ich mich frage ... Deshalb wollte ich mit Polycarpe sprechen. Er ist der Bürgermeister. Er ist ein vernünftiger, erfahrener Mann. Er häte mir gesagt ...‹

Schon des Längeren war es Alix mulmig geworden, je weiter Constantin in seiner Erzählung vorankam. Als er jedoch derart zögerte, hielt sie es nicht mehr aus. Sie packte ihn heftig am Arm und sagte:

›Sie wollen mir doch nicht sagen, dass Sie den Baum haben brennen sehen?‹

›Doch!‹, rief Constantin. ›Aber wie kommt das? Wussten Sie darüber Bescheid?‹

Sie klatschte in die Hände.

›Er hat den Baum brennen sehen! Sie haben den Baum brennen sehen, Sie!‹

Ihre Augen glänzten in ihrem feisten Gesicht. Sie hatte regelrecht aufgeschrien. Sie hielt sich mit aller Kraft zurück, um ihn nicht wie einen Zwetschgenbaum zu schütteln.

›Ja, ich habe ihn brennen sehen!‹, wiederholte Constantin. ›Zunächst mit blauen Flammen. Und dann kam das Gewitter und da ist er ganz rosa geworden. Wie ein bengalisches Feuer‹, fügte er leise hinzu.

›Ein bengalisches Feuer!‹, stöhnte Alix. ›Und ich hab das nie sehen können! Und mir hat mein Vater eine Mitgift bezahlt, nur damit ich das erleben kann! Die Möbel, die Sie hier sehen! Die Aussteuer! Die Louisdor! Alles! Diese Truches, das sind arme Leute im Vergleich zu uns. Aber sie hatten diesen Baum! Und mich hat mein Vater heiß und innig geliebt und er wusste, dass ich ein feinfühliges Herz habe. Er wusste, dass ich keine Lust haben würde, einen Mann von uns daheim mit einem großen Vermögen zu heiraten. Und da hat er mir diesen Mann ausfindig gemacht: Diesen Polycarpe, der in seinem Vermögen einen Baum hat, der den Tod ankündigt. Und dann war gar nichts. Ich bin betrogen worden. Sechzehn Jahre bin ich nun verheiratet, und nie, kein einziges Mal habe ich und auch sonst niemand den Baum brennen sehen. Niemals! Und nun tut er das für Sie! Für Sie, der Sie ein Fremder sind!‹

Sie begehrte ihn nicht einmal mehr. Sie hatte keinerlei Verlangen mehr danach, dass er sie in die Arme nahm. Sie sah ihn mit ihren großen flammenden Augen an, wie man einen Feind, einen Dieb ansieht.

Noch immer hatte sie ihren Umhang und ihre Hausschuhe an, aber letztlich hatte sie sich vor ihm entblößt und er sah, wie sie vor Zorn brodelte, wie sie die Farbe dieses Baumes annahm, den sie nie anders als gewöhnlich gesehen hatte. In dem voluminösen Körper sah er eine jener romantischen Seelen lodern, von denen man träumt, ohne ihnen je zu begegnen. Er begehrte sie. Er liebte sie. Aber aus ihrem Redefluss hatte er vier Worte herausgehört, die ihn zu Eis erstarren ließen.

›Der den Tod ankündigt?‹, fragte er.

›Ja, aber nicht Ihren eigenen! Derjenige, der den Baum brennen sieht, stirbt nicht. Das behauptet jedenfalls Polycarpe. Sie waren nicht allein?‹

›Nein, ich war mit dem alten Tasse zusammen.‹

Alix machte eine wegwerfende Geste.

›Ach der! Der ist alt genug, um einen Toten abzugeben.‹

›Sie wollen doch nicht behaupten, dass er sterben wird?‹

›Doch! Innerhalb von drei Monaten. Alle Erzählungen stimmen überein. Derjenige, zu dessen Schicksal der Baum brennt, überlebt die Jahreszeit nicht. Na ja . . . das wird zumindest behauptet . . .‹

Constantin pfiff ausgiebig durch die Zähne. Ein ganzer Strauß von glücklichen Folgen blühte in seiner Phantasie auf. Er erhob sich.

›Was werden Sie tun?‹, fragte Alix beunruhigt. ›Polycarpe glaubt, dass sein Baum nie mehr brennen wird. In der Zeit, als er regelmäßig brannte, hat es in der Familie eine Reihe von Unglücksfällen gegeben. Also wäre es besser . . .‹

›Sie wollen, dass es ein Geheimnis bleibt?‹

›Ja‹, hauchte Alix. ›Ein Geheimnis zwischen uns beiden.‹

Sie sahen sich an. Das war alles. Sie standen einen Meter voneinander entfernt, aber sie wagten es nicht, sich zu berühren. Sie hatten das Gefühl, ganz Montfuron sehe ihnen zu, und außerdem hatte sie das Geheimnis, das sie einander soeben preisgegeben hatten, vollkommen verwirrt . . . Im Grunde waren sie beide schlichte Naturen und für den Tag hatten sie Aufregungen genug erlebt. Da wollten sie nicht auch noch die Liebe obendrauf.

Sie begleitete ihn zurück zum Torbogen des Hofes und dabei bewunderte sie seinen hohen Wuchs und seine Geschmeidigkeit. Als er sich umdrehte, um sich von ihr zu verabschieden, schlug sie die Augen nieder wie eine Frau, die in ihren Berechnungen ertappt wird.

›Sie sagen also kein Sterbenswörtchen von alledem, worüber wir gesprochen haben, niemandem?‹, fragte sie. ›Sie schwören es mir?‹

›Ehrenwort!‹, antwortete er. ›Drücke ich mich klar genug aus? Aber wer weiß? Vielleicht könnten wir manchmal zusammen darüber sprechen, wir beide?‹

Er band sein Pferd los und wagte es nicht, sich umzudrehen, um in Alix' Augen die Antwort zu lesen. Er wollte es nicht wissen. Die Ungewissheit des Wartens war zu lustvoll.

In diesem Augenblick hörten sie von der Mühle herüber ein abgrundtrauriges Röhren. Über dem abendstillen Montfuron war es wie ein Reißen von Seide, es verursachte ihnen einen Schmerz in der Magengrube und es kam ihnen vor, als dringe es bis ins Innere des rätselhaften Lure-Gebirges, das sich in der frühen Dämmerung rosa färbte wie ein Mensch, der ein zartes Geständnis vernimmt, und das doch das grüne Geheimnis seiner Eichen bewahrte.

›Das ist der alte Tasse, der das Horn bläst!‹, rief Alix leise.

›Wissen Sie, warum er das tut?‹

›Nein. Aber ich weiß ganz sicher, dass er es nicht mehr lange tun wird. Wenn Sie den Baum haben brennen sehen und er war dabei ... Zwei, drei Monate, mehr nicht. Der Baum verkündet nur plötzliche Tode ... Schade‹, sagte sie, ›wenn er spielt, spüre ich etwas, was mir das Herz ergreift.‹

Mit diesen Worten nahmen sie Abschied. Sie wagte es kaum, als er davongesprengt war und sie nicht mehr sehen konnte, ihm schüchtern nachzuwinken.

Er ritt nach Hause, um das Pferd zu pflegen und ihm die Futterkrippe zu füllen. Das war immer der beste Augenblick. Es war der Moment, wo er alle Entscheidungen traf. Er bürstete den Wallach und redete zu ihm, als ob er ihn nach seiner Meinung fragen würde. Normalerweise wirkte das leise Wiehern des Pferdes wie guter Rat.

Als er sich wieder auf den Weg machte, diesmal zu Fuß, war es stockdunkel. Ein paar wenige Lichter wiesen auf das Dorf, wo schon Nachtruhe herrschte. Dank der hellen Steine war der Verlauf des Weges durch die Felder erkennbar. Als Constantin das Anwesen des alten Tasse erreichte, stach ihm sofort der Geruch einer nicht ordentlich brennenden Petroleumlampe in die Nase. Aus dem Fenster, vor dem kein Laden zugeklappt worden war, drang der Lichtschein bis zum Tor und enthüllte Constantin die dürren Umrisse eines monströsen Gebildes auf vier Rädern. Aus seiner Richtung kam das klitschende Geräusch eines Öltropfens, der monoton auf einen Stein des Weges herabfiel.

Im Innern des Häuschens waren zwei gestikulierende Gestalten sichtbar. Ein Gentleman hätte sich auf Zehenspitzen zurückgezogen, aber Constantin war jemand, der seine Position in der Welt der Fähigkeit verdankte, derartige Skrupel schleunigst zu unterdrücken. Im Übrigen war er noch voll des Grolls beim Gedanken daran, dass ihm bei der Chabert nie jemand etwas von dem Baum erzählt hatte, trotz der vielen Runden, die er ausgegeben hatte. Nun gut, wenn er schon als Fremder von so vielen Geheimnissen ausgeschlossen blieb, dann war eben auch jedes Mittel billig, sie zu lüften. Und so zögerte er nicht, das Tor leise zu öffnen und sich unter das Fenstersims zu kauern.

Heftig erregte Stimmen waren vernehmbar, ganz offensichtlich handelte es sich um kein freundschaftliches Gespräch.

›Du warst nie etwas anderes als ein Stallbursche‹, rief da jemand. ›Nie hätte ich dich zum Jägermeister erheben sollen!‹

›Du warst nie etwas anderes als ein Mörder!‹, fauchte der alte

Tasse zurück. ›Wie oft habe ich zusehen müssen, wie du es zugelassen hast, dass der Wolf deinen Hunden den Hals durchbeißt, ehe du ihn erlegt hast! Dieses Schauspiel hat dir gefallen! Jawohl, den Hals durchbeißt! Allen, bis auf den letzten!‹

›Lüge! Nur zweien! Und du weißt sehr wohl, dass es aus Wut gegen dich war!‹

Im Schutz der Dunkelheit riskierte Constantin ein Auge ins Hausinnere. Er sah, wie der alte Tasse voller Zorn den Küchentisch packte, womöglich in der Absicht, ihn umzuwerfen. Die kleine Gestalt erinnerte an einen Kampfhahn. Sein Widersacher war ein gleichaltriger Greis, nur dass er wohlbeleibt und hochrot im Gesicht war; auch er kochte vor Zorn und hatte den Küchentisch gepackt. Jetzt waren beide stumm und maßen sich mit Blicken. Plötzlich brach der Beleibte wie ein Hampelmann auf einem Stuhl zusammen, sein Gesicht war schmerzverzerrt. Er schrie nicht mehr; seine Stimme gelangte kaum bis zu den Ohren des Lauschers, der hinter den verschlossenen Fenstern lauerte. Sie klang flehend.

›Hör auf damit! Jedes Mal, wenn du bläst, sehe ich sie vor mir!‹

›Wenn ich nicht mehr blase‹, brummelte Tasse, ›dann machst du es dir in der Haut eines Mörders gemütlich! Dann gewöhnst du dich daran! Dann findest du es sogar reizvoll!‹

›Du weißt es doch. *Du* weißt es doch, dass es nur ein Unfall war!‹

›Ich weiß, dass ich noch immer weine.‹

›Weine anders! Weine stumm!‹

Der Beleibte erhob sich. Constantin sah, wie er ein paar Scheine aus seiner Geldtasche zog, die er fächerförmig auf dem Tisch ausbreitete. Dann wandte er sich um und ging zur Tür. Constantin hatte gerade noch Zeit, hinter der Gloriette zu verschwinden.

Er sah den Besucher das Haus verlassen und an dem beleuchteten Fenster vorbeigehen. Er hinkte. Auch er ging aus irgendeinem vorgetäuschten Grund am Stock, denn auch er ließ ihn wie einen Degen durch die Luft schwirren. Constantin wartete im Dunkeln, bis er mühsam mit der Kurbel sein stinkendes Gefährt angeworfen hatte. Im ganzen Garten, dessen Stille vom donnernden Motor zerrissen wurde, stank es nach Petroleum. Constantin schwankte, ob er zur Tür gehen und klopfen sollte, wie jemand, der zufällig vorbeikommt. Er verzichtete darauf. Für heute hatte er schon genügend Überraschungen erlebt. Einen erneuten Blick durchs Fenster konnte er sich jedoch nicht verkneifen, er wollte sehen, wie der alte Tasse sich verhielt.

Die Geldscheine, die der andere auf den Tisch geworfen hatte, waren verschwunden. Tasse war über den Tisch gebeugt, den ganzen Oberkörper nach vorne geneigt, den Kopf zwischen den Händen; er schluchzte, dass seine schmalen Schultern bebten. Constantin zog sich auf Zehenspitzen zurück.

Aber gleich am anderen Morgen – denn die Zeit eilte, dachte er – ging er zu dem verführerischen Grundstück; es war noch stockfinster. Beim Wort ›Leibrente‹, das er so bald wie möglich aussprach, zuckte Tasse zusammen, als fühle er sich in seinem Anstand verletzt.

›Stellen Sie sich vor, ich habe einen Neffen!‹, sagte er. ›Und ich mochte meine Schwester sehr. So dass dieser Neffe . . .‹

Er log. Diesen Neffen hatte er seit zwei Jahren nicht mehr. Er war nach einer absurden Wette, die er mit sich selbst abgeschlossen und verloren hatte, an Verzweiflung gestorben. Dieser Neffe war ehrgeizig gewesen. Er hatte Geld gebraucht, um eine jener Neuheiten aufzuziehen, die die modernen jungen Leuten so sehr reizten: Einen jener Werkzeugschuppen, wo man Benzinfahrzeuge pflegte. Er hatte sich mit Recht gesagt: ›Der Onkel ist neunundsiebzig. Wenn die Dinge normal verlaufen, hat er noch ein, zwei Jahre zu leben. Er hat nichts außer seinem kleinen Anwesen. Für einen Kenner ist das durchaus so viel wert wie eine Werkstatt. Ich kaufe es ihm auf Leibrente ab und schon ist die Sache geritzt. Geritzt? Na ja. Die ein, zwei Jahre könnten natürlich auch drei oder vier dauern. Und dann? Womit bezahlst du ihm dann seine Rente? Du hast gerade genug, um sechs, acht Monate zu bestreiten, wenn du den Gürtel sehr eng schnallst. Aber danach? Wichtig wäre, die Gewissheit zu haben. Aber Moment mal! Meine Mutter, die von da oben stammte, erzählte mir immer von einem Baum, der den Tod voraussagt! Was riskiere ich, wenn ich den Onkel beim Spaziergang dorthin führe? Dann weiß ich es wenigstens klipp und klar.‹

Und er hatte ihn hingeführt. Der alte Tasse war ein Mann von aufgeklärtem Verstand. Er glaubte nicht an diesen ganzen Mumpitz. Hingegen glaubte er ganz fest daran, dass der Mensch mit einer gesunden Moral und einer vernünftigen Ernährung hundert

Jahre leben konnte. Bei ihm hielt ein Zuckerhut von einem Kilo vier Monate lang, wenn er ihn an einer Schnur an der Decke aufhängte. Er leckte nur ein einziges Mal daran, morgens, wenn er seinen Malzkaffee trank. Er aß niemals Wild. Dafür jeden Abend eine gute Gemüsesuppe und wenn es festlich zuging, gab er anstelle von Fleisch einen Markknochen hinein.

›Bei einer solchen Diät‹, dachte er, ›kann man durchaus erwägen, sein Haus auf Leibrente zu verkaufen.‹ Er ließ sich gefügig unter den Baum führen, dessen besondere Gaben er nicht zu kennen vorgab. Zur nicht geringen Verblüffung des Neffen gab dieser prompt sein Orakel von sich und der junge Mann führte seinen Onkel stehenden Fußes zum Notar.

›Daran werden Sie nicht sterben, Onkel!‹

›Gewiss nicht!‹, antwortete der alte Tasse. ›Und es freut dich ja so sehr, mir eine Rente zu bezahlen.‹

Und nun wartete der Neffe. Drei Monate, vier Monate ... Und dann wurden es zwei Jahre, drei Jahre ... Er geriet in äußerste Bedrängnis. Hatte nichts mehr zu beißen. Die Rente, die ihn in den Ruin führte, musste er weiterzahlen, sonst hätte er alles verloren. Er bekam Skorbut, weil er nur noch Ölsardinen aus der Dose aß. Er starb im Elend im Hospital, zuvor aber hatte er seinen Onkel zu sich bestellt und ihm eine Beichte abgelegt.

›Es geschieht mir recht, Onkel! Als ich Sie unter den Baum geführt habe, war ich von einem bösen Gedanken getrieben! Ich dachte, Sie würden dann nur noch ein paar Monate leben!‹

›Man darf nie an das glauben, was man sieht!‹, hatte der alte Tasse geantwortet und ihm die Augen geschlossen. ›Es hat immer viel zu viel Ähnlichkeit mit dem, was man sich erhofft.‹

Mit dem Wenigen, was dieser Neffe zurückgelassen hatte und was er nun zur Abdeckung einer letzten Rentenzahlung verkaufte, hatte er jenes Jagdhorn erstanden, das auf Hochglanz poliert über dem Kamin thronte.

›Alles in allem ist dieser Baum nicht völlig unnütz‹, hatte er sich gedacht.

Das dachte er auch heute Abend, während er Constantin beobachtete, der vor Ungeduld mit den Füßen scharrte und den er jetzt gebührend zappeln ließ.

›Ihr Neffe!‹, rief Constantin voller Verachtung.‹ Und was wird er mit Ihrem Anwesen machen, Ihr Neffe? Er wird es einem Marseiller ohne Geschmack verkaufen, der Ihr Bastidon samt Gloriette abreißen lässt und an deren Stelle eine Villa aus rotem Ziegelstein im anglo-normannischen Stil bauen wird!‹

›Ich weiß schon!‹, stimmte Tasse zu. ›Ich weiß schon!‹

Er schien ganz der ängstliche und vergrämte Greis, der leicht zu manipulieren ist.

›Ich dagegen‹, fuhr Constantin leidenschaftlich fort, ›ich kaufe es Ihnen ab, wie man ein Kunstwerk kauft. Ich verspreche es Ihnen: Es wird alles beim Alten bleiben. Ich werde keinen einzigen Gegenstand verrücken! Ich werde keinen hinzufügen! Ich werde in Ihren Fußstapfen leben! Ich werde mich auf die Terrasse in die Sonne setzen wie Sie und auf demselben Sessel. Ich werde Ihre Mütze aufsetzen. Von weitem werden die Leute aus Montfuron, wenn sie vorbeikommen, glauben, Sie seien nie gestorben!‹

›Vorsicht! Als Leibrente wird er dir gleich einen Apfel und ein Ei anbieten!‹, dachte der alte Tasse beunruhigt.

›Sie können aber nicht Jagdhorn spielen‹, sagte er traurig.

›Ich werde es lernen!‹, versicherte Constantin.

Er zeigte sich schließlich von regelrecht wahnwitziger Großzügigkeit. Er bot eine Abschlagszahlung, die den Notar aufmerken ließ, und die Rente war entsprechend.

›Wo er doch nur noch drei Monate zu leben hat, will ich ihn nicht betrügen‹ – so sein Gedanke.

Die Vision des rosafarbenen Baumes, der wie ein Feuerwerk gen Himmel strahlte, begeisterte ihn hemmungslos. Er hatte völlig vergessen, dass es ihm einen heiligen Schrecken eingejagt hatte und es ihm kalt den Rücken hinuntergelaufen war, als er diese Laune der Natur erblickt hatte. Er sah Alix' schöne, traurige Augen vor sich, wie sie immer wieder den Kopf geschüttelt und gesagt hatte: ›Der macht es nicht mehr lange!‹

Aber was bedeutet das *lange*? Constantin, der mit der gleichen Seelenruhe zu warten begonnen hatte wie der Neffe, besaß ein Jahr später einen Sack Louisdor weniger. Allerdings trat für ihn die Liebe an die Stelle der Geduld. Mehrfach hatten Alix und er sich irgendwo tief im Wald getroffen – Alix befürchtete, in flagranti ertappt zu werden –, und sie hatten sich hastig und unbequem geliebt; noch waren sie jedoch weit davon entfernt, alle ihre Träume verwirklichen zu können. Aber sie fügten sich ins Warten und in die Hoffnung, dass sie eines Tages gemeinsam erwachen würden, einander in den Armen liegend, nachdem sie alle Wonnen der Liebeslust gekostet hätten, die sich so viele Liebespaare oft vergeblich versprechen.

Aber keine Liebe ist in der Lage, eine finanzielle Wunde zu heilen und kein Traum hält dieser stand. Nachdem er einen ganzen Sack Louisdor über dem Strichpunktgesicht des guten Tasse sich hatte auflösen sehen, führte Constantin seine traurige Gestalt allein in der Gegend des Orakel-Baumes spazieren und dabei blickte er ziemlich merkwürdig drein. Eines Tages – er wartete nun seit achtzehn Monaten vergeblich – fasste er Mut und pinkelte gegen den Stamm. Er hatte das Gefühl, dass der Baum höhnisch grinste.

Das Schlimmste war, dass er immer weiter gute Miene zum bösen Spiel machen musste, er tat ganz unbesorgt wie jemand, der es nicht eilig hat, er heuchelte freundliche Fürsorge, wenn der Alte im Winter manchmal hustete.

›Ach, mein armer Florian! Ich lass dich ganz schön warten!‹, sagte der Alte zwischen zwei Hustenanfällen.

›Er belauert dich‹, dachte er, ›wie ein Einsiedlerkrebs, der auf den Tod der Schnecke wartet, deren Gehäuse er beziehen will.‹

›Ach was, überhaupt nicht!‹, protestierte Florian. ›Wo denken Sie hin? Sie sind Teil des Kunstwerks. Und wenn ich die Leibrente bereue, dann nur, weil ich der Meinung bin, dass das Gemälde keinen Sinn mehr hat, wenn Sie nicht mehr da sind, um es zu beleben.‹

Mag nach achtzehn Monaten Wartezeit ein gewisser Stoizismus noch leicht fallen, nach drei Jahren wird er zur Heldenhaftigkeit. Zumal Tasse in der Zwischenzeit seine geschäftige Langlebigkeit noch einmal deutlich unter Beweis stellte.

Am Sonntag ging Constantin gerne auf den Kirchplatz, wenn die Messe zu Ende war, der Alix immer beiwohnte. Er genoss es, vor seinem innern Auge das Bild dieser frommen Frau im nachtblauen Kleid, die in ihren immer noch schmalen Händen das Gebetbuch ihrer ersten Kommunion hielt, dem der zerzausten Bacchantin gegenüberzustellen, die im Ginster vor Lust gestöhnt hatte. Er wusste, dass sie in beiden Fällen aufrichtig war und um so weniger konnte er sich satt sehen an dieser Rückverwandlung zur braven Christin. Wo er sie doch derart in die Wollust gestürzt hatte, dass die Flammen der Hölle ihr gewiss schon den Hintern hochzüngelten.

Eines schönen Sonntags, als er gerade so über das Plateau der Mühle, deren Flügel brummten, in Richtung Kirche stürmte, den Panama-Hut in der Hand, die Jacke im Winde flatternd, sah er aus der Ferne eine wohl geordnete Truppe heranmarschieren, die in allen Rot- und Goldtönen funkelte.

In Zweierreihe und im Gleichschritt nahten sechs herausgeputzte Männer, an ihrer Spitze der alte Tasse mit Pfirsichblütenbacken, ein zärtliches Lächeln auf den Lippen.

Alle trugen sie die Livree, die an die Hetzjagden von früher erinnerte: herbstlaubfarbene Hosen, auf Hochglanz polierte Stiefel und darüber den langen roten Frack aus englischem Tuch mit den hochgeklappten Schößen, die am schwarzen Satin des Futters festgeknöpft waren. Alle sechs trugen die gleiche schwarze Jagdkappe und um den Hals gehängt ein funkelndes Jagdhorn, das sie mit weiß behandschuhten Händen festhielten.

Damit für die Leute aus Montfuron der Überraschungseffekt vollkommen wäre, hatte der alte Tasse diese kleine Truppe Woche für Woche fernab vom Dorf eingeübt, auf den Höhen von Sainte-Marguerite, zwischen dem Moulin de la Dame und Régusse (einer Gegend, die man auch Land der Liebe nannte!), kurz, in einer gottvergessenen Gegend, mein Junge, wo man ohne eine Menschenseele zu erregen ins Horn stoßen konnte.

Die sechs alten Männer waren entzückt über die unverhoffte Aufgabe, zumal Tasse ihnen eine kleine Subvention zu ihrem alltäglichen Schnupftabakkonsum gewährte. Heimlich war er nach Manosque gefahren und hatte die Uniformen bei Gustave Redortier bestellt, dem letzten Schneider, der noch fähig war, abgerundete Rockschöße zu fertigen (was für das schwierige Gleichgewicht dieser Fräcke so entscheidend war, dass die Schneider von früher genau an dieser Stelle ihr Markenzeichen einstickten).

An diesem schönen Sonntagmorgen im Herbst war die Mannschaft aus dem Tasse'schen Anwesen ausgerückt, angeführt vom Alten, der wie die anderen seine schmächtige Brust wölbte unter den Kordeln und Litzen; allesamt bliesen sie in Instrumente, deren Patina in der Sonne mit der gleichen Vehemenz aufglänzte wie die Töne, die sie ihnen entlockten. Die alten Herren hatten durchaus noch Puste, so als wären ihre Bronchien noch nie strapaziert worden.

Die gesamte Abschlagssumme der Leibrente war bei dieser musikalischen Verschwendung draufgegangen.

Als Constantin dieses arrogante Septett aufmarschieren sah, das aus voller Brust das Jagdsignal herausposaunte, trat an die Stelle der Nostalgie, die das Jagdhorn zunächst in ihm geweckt hatte, finsterer Groll. Es schien Florian, als grinse der alte Tasse hinter seinem Horn, das so groß war wie er selbst und ihn um einen Kopf überragte, genauso höhnisch, wie der angepinkelte Baum es getan hatte.

Die erste Begegnung mit diesem Orchester hinderte Constantin daran, das gewohnte Schauspiel zu genießen, wenn die gewaltige und zugleich leichtfüßige Alix sich unter die Menge der Damen mit weißem Kragen und gehäkelten Handschuhen mischte.

Der Hörnerklang weitete den entzückten Kirchgängern die Brust, selig lächelten sie ob des festlich untermalten Auszugs aus dem Gotteshaus. Der Pfarrer ließ die Glocke des *Ite missa est* im Rhythmus der Instrumente schwingen und dieses Miteinander von Bronze und Blech erfüllte die Morgenluft mit unvergesslichem Jubel. Ich war dabei, mein Junge, ich habe es gehört. Und wenn du wüsstest, wie unangenehm es mir heute ist, dieses wohlanständige Schweigen, nachdem die Messe zu Ende ist!

›Ich bin es‹, dachte Constantin verbittert, ›der ihnen dieses erlesene Vergnügen spendiert.‹

Das Wunder wiederholte sich regelmäßig jede Woche. Der alte Tasse hatte die rosigen Wangen eines Jünglings. Constantin war über seinen eigenen Schatten gesprungen, um ihm ein Kompliment zu seiner Blaskapelle zu machen, und Tasse hatte ihm freundlich hingerieben, wessen Freigebigkeit er sie verdankte.

›Ihnen habe ich zu verdanken, dass ich mir diesen Jugendtraum verwirklichen konnte! Ihrer unglaublichen Großzügigkeit! Denn im Grunde brauche ich es ja nicht, dieses Geld, wissen Sie. Was soll ich schon damit anfangen, ich, ein wunschloser Greis? Sie hätten viel mehr davon, der Sie noch so jung sind. Aber sei's drum: Ich biete den Leuten von Montfuron Unterhaltung. Ich stimme sie fröhlich am Sonntagmorgen! Und ist das nicht das Wichtigste, auf diese bescheidene Weise zum Glück der Menschen beizutragen?‹

Daraufhin ließ er sich aus über die überflüssige Zeit – ja doch:

überflüssig! –, die er unverdientermaßen bei den Lebenden verbrachte. Und Constantin nahm zwischen den halb geschlossenen Lidern des Alten jenes spöttische Leuchten wahr, das ihm wie die Schadenfreude des Teufels vorkam.

Er hätte Grund genug gehabt, ihn umzubringen. Er dachte daran, als das vierte Jahr vergeblichen Wartens anbrach. Aber einen Leibrentenempfänger bringt man nicht um, es sei denn, man will unbedingt sich selbst mit der Guillotine umbringen.

Dabei gab es noch einen anderen Mann, der den alten Tasse gerne zwischen seinen Kopfkissen erstickt hätte. Dieser Mann war der Marquis de Dion. Von der Kapelle von Montjustin aus, wo er seine private Messe lesen ließ, hörte er dieses vom Echo zehnfach verstärkte Röhren, das ihn schon so tief aufwühlte, wenn es nur von einem einzigen Bläser ausging. Er stieg auf der Stelle in sein Vierradvehikel und raste, Staubwolken aufwirbelnd, nach Montfuron.

Wie ein Wahnsinniger trat er vor dem Haus des alten Tasse auf die Bremse. Das blecherne Insekt rauchte aus allen Lötstellen. Die Glubschaugen der Scheinwerfer verliehen ihm den Blick einer Heuschrecke. Der Marquis war zwar zum Automobilfahrer geworden, aber er hatte noch immer die O-Beine des alten Reiters, und auch am Steuer hatte er die Peitsche dabei, mit der er einst sein Pferd gekitzelt hatte. Nun hielt er sie krampfhaft in der Hand, als wolle er das Gesicht des alten Tasse damit traktieren. Den zerbeulten Hut hatte er sich tief in die Stirn gedrückt und der Schnurrbart bebte vor Zorn. Sein Feind hatte gerade erst das Jagdhorn an den Haken über dem Kamin gehängt.

›Was soll denn diese Verkleidung?‹, schrie der Marquis. ›Du respektierst also nicht einmal mehr den Tag des Herrn?‹

›Hast du ihn vielleicht respektiert? Erinnerst du dich überhaupt, dass es an einem Sonntag war? Und dass ich diese Uniform trug?‹

Der Marquis hob seine Peitsche.

›Recht so!‹, rief der alte Tasse und öffnete theatralisch die Schöße seines Fracks. ›Führe ausnahmsweise mal deine Geste zu Ende! Peitsche mich! Du wirst den Eindruck haben, dass du dich selbst peitschst!‹

Der Marquis ließ sich kraftlos auf einen Stuhl sinken. Er wurde von seinen eigenen Gespenstern überwältigt.

›Ach!‹, jammerte er. ›Ich erinnere mich nur zu sehr.‹

Der alte Tasse sah befriedigt zu, wie sein Gegner zusammenbrach. Wann immer sie sich begegneten, das Wörtergeklirr ihres vor sechzig Jahren begonnenen Duells wollte nicht enden und es setzte jedes Mal da wieder ein, wo sie ermattet aufgehört hatten.

›Diese zarte Seele hatte ein Spatzenhirn‹, sagte der alte Tasse ruhig. ›Sie liebte uns beide! Wie oft hat sie es mir gestanden! Du, du warst ihre treue Stütze . . .‹

›„Charakterfest"‹, nannte sie mich . . .‹, flüsterte der Marquis.

›Ja und ich war ihr heimlicher Garten.‹

Voller Ehrfurcht bürstete der alte Tasse die Livree, die er nun ausgezogen hatte. Dann öffnete er einen quietschenden Schrank und entnahm ihm einen Kleiderbügel, um das Gewand aufzuhängen. Er kehrte zum Tisch zurück, wo er sich des Hundert-Franc-Scheins bemächtigte, den der Marquis gleich bei seiner Ankunft automatisch hingelegt hatte.

›Und was dein Geld betrifft, schau dir an, was ich damit mache!‹

Von der Geste hatte er schon so lange geträumt. Er hatte den Besuch seines Prügelknabens vorausgesehen und trotz der milden Temperaturen ein Feuer im Kamin angezündet. Er hielt die Hand über die Flammen und ließ den Geldschein los.

›Dazu also dient meine schöne Rente!‹, dachte Constantin betrübt. Auch jetzt wieder kauerte er unter dem Sims und diesmal war das Fenster offen. Er konnte sich gerade noch rechtzeitig davonmachen, denn die beiden Feinde stürmten aus dem Bastidon, beide gleichermaßen außer sich. Fluchend verfolgte der alte Tasse den Marquis bis zu seinem Blechgefährt.

›Ich brauche dein Geld nicht mehr!‹, schrie er. ›Von nun an werde ich für Gotteslohn blasen! Hörst du? Für Gotteslohn. Und dich werde ich bis in die Hölle verfolgen!‹

›Mit meiner Rente!‹, krächzte der verbitterte Constantin. ›So ist es leicht, den ewigen Jüngling zu spielen!‹

Eine Gewissheit überkam ihn. Sie war herangereift, während er die Leidenschaft verfolgte, mit der sich diese beiden Männer hassten. Ihre Rachsucht war ihr Jungbrunnen, sie schützte sie vor dem Tod. Womöglich würden Hass und Liebe ihren unmerklichen Verfall ins Unendliche verlängern.

›Die bringen mich noch beide unter die Erde!‹, sagte sich Constantin und er war entsetzt. Dieser gutmütige Mensch, der nichts so sehr liebte wie den Genuss, begann, trotz Liebesglücks, den Leuten in Montfuron die faltige Stirn eines Denkers darzubieten.

›Die Angelegenheiten der Gemeinde machen ihm Sorgen‹, sagten sie untereinander.

Im Laufe der Monate hatten die einen oder anderen sehr wohl mitbekommen, dass der hoch gewachsene Ginster die Freiluft-Liebschaft zwischen Constantin und der Bürgermeisterin verbarg. Die Sache war ihnen so selbstverständlich vorgekommen, dass sie noch nicht einmal das Bedürfnis hatten, darüber zu reden. Und da Constantin bei der Wirtin nach wie vor sehr großzügig war, gab es keinen Grund, sich weitere Fragen zu stellen.

Immer häufiger jedoch schlich Constantin in der Nähe des unheilvollen Baumes herum, um ihn heimlich zu beschimpfen. Die Wut, die er in Gegenwart des alten Tasse nicht zum Ausdruck bringen konnte, richtete er voll und ganz gegen den unschuldigen Baum, der ihn zu verhöhnen schien. Einmal ertappte er sich sogar dabei, dass er dem Stamm ein, zwei Fußtritte verpasste. Danach hinkte er eine Woche lang.

Eines Tages konnte er sich gerade noch im Dickicht verstecken. Es war ein dunstiger, feuchter Abend, an dem alle Schlehenhecken von Montfuron Regen weinten. Auch der Baum tropfte leise vor sich hin. In der ungewissen Dämmerung schlich jemand um ihn herum, der eine schwarze Pelerine trug, ähnlich wie die Briefträger. Wenn die Gestalt nicht so dick gewesen wäre, hätte Constantin Alix niemals erkannt. Sie hatte ihren Regenumhang geöffnet und rieb sinnlich ihren Bauch gegen den rauen Stamm. Ihm schien sogar – aber er war zu weit weg und aus Liebe glaubt man manchmal abstruse Dinge –, dass sie kleine Lustschreie ausstieß, wie wenn sie beide im Schutz des Ginsters lagen. Noch nie hatte sie ihm gestanden, dass sie dem wundersamen Baum auf diese Weise huldigte.

Er gab sich nicht zu erkennen, empfand jedoch ein seltsames Gefühl der Eifersucht, als ob es zwischen Alix und der Eiche ein leidenschaftliches Verhältnis gegeben hätte und er selbst zum Hahnrei gestempelt wäre. Die Szene lieferte ihm einen Grund mehr, dieses unerschütterliche Wesen zu hassen, das nur von den Gefühlen lebte, die die Menschen da, wo es wurzelte, gegeneinander hegten.

In seiner Jugend hatte Constantin gehört, dass ein Baum stirbt, wenn man in seinen Stamm verrostete Nägel einschlägt. Er besorgte sich ein Dutzend dicke Zimmermannsnägel und ließ sie in Salzwasser liegen. Als sie so richtig rostig waren, ging er eines Nachts zum Baum, in der Tasche einen schweren Hammer. Zufrieden wog er die Nägel in der Hand, dann spuckte er in die Hände, ehe er mit der Arbeit anfing. Alles ging gut, solange der Stahl die dicke Rinde durchdrang wie einen Champagner-Korken. Als aber die Spitze auf das Holz traf, bäumte sich der Hammer in Constantins Hand auf. Der Nagel ließ ein Klingen hören und wurde krumm, als ob er auf Eisen gestoßen wäre. Hartnäckig versuchte Constantin es an einer anderen Stelle, rund um den Stamm. Überall offenbarte sich ihm diese Seele aus Erz, die vermutlich aus den Leiden erwachsen war, die der Baum nach dem Blitzschlag erduldet hatte. Vermutlich war er rundherum mit versteinertem Holz bewehrt, ähnlich wie jene Balken in Schafställen, die ein halbes Jahrtausend alt sind und die man mit einem glühenden Eisen angehen muss, wenn man einen Haken für seinen Mantel befestigen will.

Constantin kehrte mit schmerzendem Arm nach Hause, aber bestärkt im Gedanken, dass die Eiche ein lebendiges Wesen sei, das ihn verhöhnte, seitdem es vor seinen Augen vergeblich geleuchtet hatte. Und die spöttische Arroganz des alten Tasse, der immer jugendlicher wirkte, seitdem er nach Lust und Laune ins Horn blies, bestärkte ihn in seinem sinnlosen Hass.

Seine Gedanken drehten sich nur noch um grünes oder herbstgoldenes Laub, oder aber er träumte vom Baum im April, wenn die Eichen endlich ihr ganzes Laub verloren haben und am Ende eines jeden Zweigleins wie feine Spitze die Knospen sprießen, ehe die Sonne sie mächtig anzieht, um sie zu Blättern zu entrollen. Eines Nachts erwachte Constantin schweißgebadet. Im Traum hatte er gesehen, wie Alix auf dem endlich waagrecht auf der Erde liegenden Stamm ritt und wie dieser unter dem neckischen Gekose der Riesenfrau zu einer monströsen Erektion aufblühte.

Der Baum hatte ihm die Seele vergiftet und das verzieh er ihm nicht. Die Zeit, die er gebraucht hatte, um über seine afrikanische Geschichte Gras wachsen zu lassen, um wieder in die Haut des Biedermanns zu schlüpfen, sie war umsonst vergangen. Erneut befand er sich in einem Zustand der Unredlichkeit, ja der Schuld, da er nun schon wieder einem Menschen, dem alten Tasse, der viel zu lange lebte, den Tod wünschen musste. So dass er, falls der Alte tatsächlich vor ihm sterben sollte, unfähig wäre, leichten Herzens all die idyllischen Umstände zu genießen, die laut Horaz dem Glück so förderlich sind.

Der Irrwitz in seinen extravaganten Überlegungen entfaltete schließlich seine eigene Logik und er begann sich vorzumachen, dass, wenn es ihm gelänge, den Baum umzubringen, Monsieur Tasse sicherlich bald sterben würde, weil er so seines bösartigen Beistands beraubt wäre. Wie dies jedoch bewerkstelligen? Der Baum gehörte ihm nicht. Er gehört Polycarpe Truche und, was erschwerend hinzukam, seiner eigenen Geliebten, die ihn zärtlich zu lieben schien.

Das Schicksal kam ihm zu Hilfe, zumindest glaubte er es. Die Dinge nahmen ihren Lauf in einer jener Nächte, wie es hierzulande so viele gibt, wo man glaubt, weder die Tage noch die Jahreszeiten würden lebend davonkommen. Eine jener Nächte, mein Junge, wo nur noch die Gendarmen und ihr Jagdwild auf den Wegen anzutreffen sind: Arme Teufel, Hausierer, die auf den Bauernhöfen geschmuggelte Streichhölzer verkaufen; eine jener Nächte, wo man sich in den wenig sicheren Häusern wie Noah in der Arche fühlt und sich fragt: Wird die Welt wieder zurückkehren?, eine jener Nächte, wo in den Ställen die Pferde schnauben ohne zu wiehern und wo man spürt, dass sie am liebsten am Bett der Menschen Wache halten würden, wenn man ihnen nur die Türen öffnete; eine jener Nächte, mein Junge, und das habe ich mit eigenen Augen gesehen, wo bei dem Müller die ganze Familie mobilisiert wird bis hin zu dem kleinen Sechsjährigen, um die Flügel der Windmühle von ihren Segeln zu befreien, wie man bei einem Schiff die Segel refft, um zu verhindern, dass der Sturm die ganze Mühle mitnimmt. Du kannst dir also vorstellen, was für eine Nacht . . . Ich beschreibe dir das so genau, weil es all dessen bedarf, damit ein Bauernpaar nachts um zwei erwacht.

Am Vorabend hatte der Schlaf Alix und Polycarpe überwältigt, so ungefähr, wie sie eines Tages vom Tod überwältigt würden, das heißt, folgendermaßen: Das Gesicht zur Decke gewendet, die Füße eng beieinander, die Hände wie zum Gebet über der Brust gekreuzt, weit, sehr weit voneinander entfernt in ihrem geräumigen Bett.

Sie erwachten ganz plötzlich und schnellten hoch, die Zehen

unter der Bettdecke angstverkrampft. Noch waren sie geblendet vom Blitz, der sie aus dem Nichts gerissen hatte und von dem sie – im Nachhinein, versteht sich – geglaubt hatten, er hätte das Haus in der Mitte gespalten. Ein grauenvoller Geruch nach gegorenem Ruß erfüllte das Zimmer und vertrieb den Duft des getrockneten Lavendels, der durch die Schranktüren sickerte.

Seitdem seine Frau so dick geworden war, lag der magere Polycarpe neben ihr wie im Zustand der Levitation. Auch wenn er sich redlich bemühte, sich so weit entfernt wie möglich an der Holzlatte des Bettes festzuhalten, ihr Gewicht verursachte eine Kuhle, die die Sprungfedern zusammendrückte, und diese kompakte Masse hob die andere Seite des Bettes und damit den Ehemann über die hingestreckte Gefährtin empor.

›Schläfst du?‹, fragte Polycarpe.

›Wie, glaubst du, soll ich bei diesem Höllenlärm schlafen können?‹, brummte Alix.

Seitdem er ihr vorgeworfen hatte, dass sie dick geworden war, raunzten sie einander nur noch an.

›Weil, wenn du nicht schläfst, dann will ich dir etwas sagen: Ich habe große Lust, den Trüffelhain von La Bourne zu verkaufen. Erstens ist er alt und nicht mehr ergiebig, und zweitens stecken da drin mindestens fünf oder sechs Wagenladungen bestes, hartes Holz. Holz für Dachstühle angeblich sogar. Und da wir das Automobil ersetzen müssen . . .‹

Zunächst erhielt er keine Antwort. Auf der anderen Bettseite herrschte Schweigen. Nur die Natur draußen war außer Rand und Band, jaulendes Klagen zerfetzte die Dunkelheit.

›Bald sind wieder Wahlen, verstehst du‹, plädierte Polycarpe. ›Da brauche ich Geld für so manchen Umtrunk. Und damit muss man schon früh anfangen. Dieser verdammte Dreckskerl von Marquis hat nämlich schon angefangen! Und damit es sich nicht herumspricht, dass wir verkaufen *müssen*, habe ich die Parzelle dem alten Savouillan aus Ongles angeboten. Der ist die Diskretion in Person. Er wird seine Holzfäller nicht gleich schicken. Er hat mir versprochen, bis nach den Wahlen zu warten.‹

Er log wie gedruckt. Er brauchte kein Geld und es stimmte nicht, dass der alte Trüffelhain plötzlich unergiebig geworden war. In guten Jahren wurden da noch immer hundert oder hundertfünfzig Kilo geerntet, insbesondere auch – und im Widerspruch zur allgemein vertretenen Meinung, dass man nur unter jungen Bäumen ernte – unter diesem gottverdammten brennenden Baum.

Nichts stimmte in seinem Redeschwall, aber es war ihm etwas passiert, was er nie und nimmer, um keinen Preis seiner Alix hätte verraten wollen – es hätte sie gar zu sehr gefreut! Während er aber nun etwas ganz anderes erzählte, erlebte er in seinem Kopf ebenjenes Geschehnis noch einmal und führte einen langen inneren Monolog.

›Verstehst du‹, hätte er sagen wollen, ›wenn einem ein derartiges Abenteuer passiert, hat man keine Lust, sich damit zu brüsten. Es war vor noch nicht einmal acht Tagen. Ich war mit dem Pfarrer zusammen. Wir haben über die Reparatur des Kirchendachs gesprochen. Wir sind zusammen auf dem alten Weg zur römischen Brücke dahingeschlendert, der ja bekanntlich unter dem berühmten Baum vorbeiführt, dessentwegen du dich beklagt hast, du seist betrogen worden, weil er nicht mehr gebrannt hat, seit du mit mir verheiratet bist. Jetzt kannst du dich freuen! Er brennt nämlich noch. Wir waren gerade daran vorbeigegangen, der Pfarrer und ich. Und plötzlich hab ich ihn nicht mehr gesehen, den Pfarrer. Ich hatte alleine weiter argumentiert und ihn zwanzig Schritt hinter mir gelassen. Wie ich mich umgedreht habe, hab ich ihn gesehen, wie er wie festgenagelt stehen geblieben war und nicht mehr aufhören wollte, das Kreuz zu schlagen. Er sah übrigens nicht mich an, diesen Baum sah er an, als ob er sein Leben lang noch keinen Baum gesehen hätte. Oh, da war mir sofort alles klar! Diese Geschichte vom Mann, der mit einem anderen unter dem Baum vorbeigeht und der plötzlich allein ist, weil der andere wie versteinert stehen geblieben ist, diese Geschichte hatte mir meine Mutter vielleicht zwanzigmal erzählt.

Es ist nicht leicht, wenn man mit fünfundvierzig Jahren urplötzlich erfährt, dass man innerhalb von sechs Monaten sterben wird. Auch wenn ich nicht daran geglaubt habe, ich weiß ganz sicher, dass der Baum sich noch nie geirrt hat. Dies hat uns, ich meine unsere Familie, die Erfahrung gelehrt. Ich hatte natürlich nichts gesehen, also hoffte ich, dass der Pfarrer nicht stehen geblieben war, weil er den Baum hatte brennen sehen, sondern aus einem ganz anderen Grund. Aber ich hoffte umsonst! Drei Tage vielleicht nach dem Ereignis packt mich der Pfarrer am Sonntag nach der Messe am Arm und sagt: „Polycarpe, jetzt werde ich mit dir reden wie am Tag deiner Taufe. Du musst an die Rettung deiner Seele denken." – „Jetzt schon, glauben Sie?" Er nickt zustimmend. „Wir wissen nicht den Tag und nicht die Stunde, aber was dich betrifft, weiß ich es!" – „Sie wollen mir doch nicht sagen, dass Sie den Baum haben brennen sehen an dem Tag, als wir zusammen spazieren gegangen sind?" Er nickt noch einmal und sagt: „Natürlich glaube ich nicht daran und ich denke genau wie du, dass das Teufelsgeschichten sind. Aber wenn es eine Chance gäbe, dass uns die Vorsehung warnt? Dass sie uns erlaubt – was nicht häufig passiert! –, vor dem großen Aufbruch unsere Gewissensfragen zu regeln? Kannst du dir vorstellen, dass du vor dem Herrn erscheinst mit einem Gewissen, das so schmutzig ist wie ein alter Kamm? Und nach zwanzig Jahren Bürgermeisterdasein würde es mich wundern, wenn dein Gewissen so rein wäre!" All das sagt er mir ganz plötzlich und unvorbereitet und daraufhin schleppt er mich in den Beichtstuhl, wie man ein Tier ins Schlachthaus schleppt.

Natürlich erzähle ich ihm alles – was soll man auch tun, wenn man nur noch sechs Monate zu leben hat? Und plötzlich kommt mir eine glänzende Idee und die sage ich dem Pfarrer: „Und wie wär's, Herr Pfarrer, wenn ich ihn fällen würde, diesen verdammten Baum, glauben Sie nicht, dass das zu meinen Gunsten angerechnet würde?" Er hat weder ja noch nein gesagt, aber aus seinem Schweigen habe ich eine echte Ermunterung herausgehört. Also ...‹

Also hatte er diese stillschweigende Abmachung getroffen, dass mit Hilfe der Gebete des Pfarrers und wenn der Baum erst einmal gefällt wäre, sich der Zorn Gottes von diesem Fleckchen Erde abwenden würde und dass er selbst, Polycarpe, wundersamerweise davonkommen würde. Schließlich wäre das nicht das erste Mal, dass Gott sich mit einem Ersatz begnügen würde. Und so hatte er die Parzelle für ein Butterbrot dem alten Savouillan angeboten, denn aus unerklärlichen Gründen – die aber vermutlich auch mit Aberglauben zu tun hatten – wollte er den Baum nicht eigenhändig opfern.

Es war nun schon über eine Woche vergangen, und immer wieder schob er den Zeitpunkt hinaus, da er mit Alix darüber sprechen wollte, denn er wusste genau, wie sehr sie an diesem Baum hing. Es hatte einer Gelegenheit wie dieser Nacht bedurft, wo sie beide vom Lärm des Gewitters aufgewacht waren.

›Was hältst du davon?‹, fragte er besorgt, als er feststellte, dass das Schweigen seiner Gattin anhielt.

›Was ich davon halte?‹, antwortete Alix ruhig. ›Dass du, um irgendetwas zu verkaufen, meine Einwilligung brauchst.‹

›Ja und?‹

›Darauf kannst du lange warten!‹

Und mit Schwung wälzte sie sich auf die andere Seite und wandte Polycarpe den Rücken zu. Er konnte sich gerade noch an der Kopfrolle festhalten, um nicht über seine Gattin zu purzeln. Nach den Worten, die sie gerade ausgesprochen hatte, war der Zeitpunkt gewiss nicht günstig, um sich an sie zu kuscheln.

Sie waren lange genug verheiratet, dass er sie kannte. Sie war zwar fetter geworden, aber ihr Charakter war noch immer genauso schroff. Alix war eine Frau, die nie diskutierte. Sie sagte ja oder nein und damit basta. Man musste sich damit abfinden.

Normalerweise hätte er es mit geduldigem Zureden versucht, aber er blickte dem Tod ins Auge und war überzeugt, dass nun ein Wettrennen zwischen dem Baum und ihm eingesetzt habe. Wenn Panik im Spiel ist, mein Junge, dann erlischt der gesunde Menschenverstand. Bereits in dieser Nacht begann Polycarpe mit dem Gedanken zu spielen, dass Alix nicht mehr von dieser Welt sei. Auf der anderen Bettseite war Alix ihrerseits damit beschäftigt, Polycarpe zu beseitigen. Ihren Baum! Er wollte ihren Baum fällen! Das Einzige auf der Welt womöglich, woran sie wirklich hing. ›Ich werde ihn umbringen, bevor er den Baum umbringt‹, versprach sie sich.

Die Nacht brachte ihnen keinen Rat. Das gegenseitige Belauern jedoch begann auf der Stelle, Polycarpe war dabei in einem gewissen Vorteil, weil er glaubte, die Zeit eile, während Alix meinte, alle Zeit der Welt vor sich zu haben. Diese Unwissenheit kostete sie fast ihr Leben. Sie hatte sich gesagt: ›Warten wir, bis es Herbst wird. Dann gehe ich Pilze sammeln und verwechsle die Sorten. Er mag sie fast angebrannt und ich fast roh, so dass allseits bekannt ist, dass ich sie getrennt zubereite.‹ Polycarpe hingegen hatte bereits Maßahmen getroffen für die Heuernte.

Eines Tages, als sie beide ganz von der eiligen Arbeit in Anspruch genommen waren, bekam die arglose Alix einen Stoß in den Rücken, während sie gerade am simslosen Fenster des Heubodens stand. Sie waren dabei, das Heu einzubringen. Sechs Meter tiefer stand der voll beladene Heuwagen mit zwei aufgerichteten eisernen Heugabeln. Zum Glück fiel Alix zwischen die beiden Gabeln, obwohl sie kunstvoll so aufgestellt waren, dass sie sich darauf aufspießen musste. Ihre Körpermasse verschwand im Heu, wo sie fast erstickt wäre. Sie hörte, wie Polycarpe laut das Wort Unfall rief. Er kam heruntergelaufen und schob das Heu beiseite, damit sie atmen konnte.

›Du hast mir aber eine schöne Angst eingejagt!‹, sagte er.

Sie verlor kein Wort über den Puff in den Rücken.

Wenig später tauchte der alte Savouillan auf, um seine Offerte zurückzuziehen. Der bauernschlaue Mensch tat ungemein freundlich; er rieb sich die kurzen Hände, während er mit seinem runden Bauch fest auf dem Stuhl saß. Er kam, um die verlogenen Gründe vorzutragen, warum er das Geschäft rückgängig machen musste.

›Man findet niemanden mehr‹, sagte er, ›um so dicke Bäume zu fällen. Man müsste Holzfäller aus dem Piemont kommen lassen, aber Gott behüte! Solche streitsüchtigen Leute holt man lieber nicht nach Monfuron!‹

In Wirklichkeit war ein nicht genannt sein wollender Mensch extra von Montfuron nach Ongles gereits, um ihm die Legende der Eiche zuzutragen, die man ihm bis dato unanständigerweise verschwiegen hatte. Wenn er sich an einen derartigen Zauber heranwagte, würde er möglicherweise bei dem ganzen Handel zu kurz kommen, hatte der Unbekannte hinzugefügt.

Polycarpe waren die Gründe für diesen Rückzieher sofort klar und er ahnte, dass der Sendbote in Alix' Auftrag gekommen war. Von nun an war die Idee, sie eilends zu beseitigen, allgegenwärtig.

Aber die Sache war nicht einfach. Weißt du, Bübchen, dieser Truche kannte die hehre Kunst des Mordens nur als dumpfe Erblast. Er hatte sich nie darin geübt. Vielleicht hatten seine Urgroßeltern sie einst gebraucht, in jenen gottverlassenen Bauernhöfen am Ende der Welt, wo so ein Mord manchmal dreißig Jahre lang ausgebrütet wurde, ehe er dann wirklich geschah, und wo er umso seltener war, als er nie so aussah, als wäre er einer. Für eine so brenzlige Situation, die eine schnelle Lösung erforderte, war Polycarpe vielleicht etwas unvorbereitet.

Dann traf in Montfuron ein Brief ein, der Philibert, den Briefträger, buchstäblich blendete. Als Absender stand da jene prestigereiche Formel, die in luftiger Schreibschrift aufgedruckt war: *Präsidialamt der Republik.* Philibert brachte den Umschlag dem Adressaten, dem *Herrn Bürgermeister von Montfuron (Département Basses-Alpes)*; er hielt ihn respektvoll weit von sich gestreckt, zwischen zwei spitzen Fingern, um ihn nicht zu beschmutzen.

Es handelte sich um die Einladung zu einem bedeutsamen republikanischen Tag: Die Regierung lud die vierzehntausend Bürgermeister Frankreichs zu einem Bankett auf den Rasenflächen des Parks von Versailles ein.

Von dem Zeitpunkt an, als die Einladung die Runde machte, gab es in Frankreich vierzehntausend Männer, die sich als Sonnenkönige sahen: majestätisch, um einen Kopf gewachsen, egal wie groß sie waren. Polycarpe ließ sich bei Redortier einen anthrazitgrauen Anzug schneidern und brachte vom Hutmacher Stéphane eine Honoratioren-Kopfbedeckung, die von weitem den Mann von Bedeutung ankündigte. Er verweigerte jedoch die Handschuhe, die ihm der Hemdenmacher Victorin andrehen wollte. Als er nach Paris abreiste, hatte er die üble Weissagung des Baums fast vergessen. Um sich davon zu überzeugen, dass die Abreise tatsächlich stattfand, begleitete ihn Constantin bis zum Bahnhof von Manosque, wo sich bereits dreißig Bürgermeister der Umgebung eingefunden hatten. Der Marquis de Dion, der von weitem den vom Pferdegespann aufgewirbelten Staub sah, knabberte an seinem Schnurrbart vor Verdruss. Als ob nicht er ein weit besseres Bild abgegeben hätte auf dem Rasen von Versailles als dieser Lackaffe!

Am selben Abend eilte Alix schnurstracks zu ihrem Liebhaber. Es war noch eine wunderschöne, sternenklare Nacht, allerdings begann es schon zu frieren. Noch nie hatten die beiden gemeinsam das zärtliche Idyll der Finsternis erlebt, stets hatten sie sich mit flüchtigen Begegnungen im Ginster begnügen müssen. Constantins Bett war kaum breiter als das Bett des alten Tasse. Aber sie vollbrachten Wunder darin. Sie fanden unendlich Gefallen aneinander, wie man es hierzulande züchtig ausdrückt. Als sie ein wenig Atem schöpfen mussten, begannen sie zu reden. Sie redete.

Der Zwischenfall auf dem Heuboden mitsamt dem Sturz hatte sie völlig verblüfft. Naiv wie sie war, glaubte sie sich allein dazu fähig, Mordgedanken zu nähren. Noch nie, in all den Wochen, nachdem es passiert war, hatte sie irgendjemandem ein Sterbenswörtchen darüber sagen können. Aber Constantin vertraute sie sich an, rückhaltlos.

›Ich spüre, dass er weiter überlegt, wie er mich umbringen könnte. Tausend Gedanken gehen ihm durch den Kopf, die einen blitzartig, die anderen etwas berechnender. Er schleicht um mich herum wie eine Katze um den Fisch in der Pfanne: Er fragt sich, wie man mich auslöschen kann, ohne sich selbst zu verbrennen.‹

Genau diese Art von Traumgedanken hegte Monsieur Constantin seinem Leibrentenempfänger gegenüber. Um so weit zu kommen, musste Polycarpe triftige Gründe haben, über die Alix jedoch nicht zu sprechen gewillt schien.

Er fasste sie bei den Händen.

›Aber warum sollte er Sie denn umbringen wollen? Hat er irgendetwas entdeckt, was uns betrifft?‹

›O nein, Gott behüte!‹

›Was ist es denn dann?‹

›Es hat mit dem Baum zu tun. Sie wissen schon: Diesem Baum, von dem ich Ihnen erzählt habe. Diesem Baum, den Sie haben brennen sehen und ich nie. Diesem Baum, den ich so sehr liebe. Sie wissen doch?‹

›Ja, natürlich erinnere ich mich! Aber was will er ihm denn antun, diesem Baum?‹

›Er will ihn fällen.‹

Er spürte, wie sie in seinen Armen erschauerte: Ein langer Schauer, wie von einem verletzten Tier, das auf den Todesstoß des Jägers wartet. Diesen Schauer hätte er als Warnung nehmen sollen, aber nicht nur die Liebe macht blind, der Hass ebenso.

›Er will ihn fällen!‹ Dieser Satz, der so genau seinen eigenen Wünschen entsprach, ließ einen Freudenschwall in ihm aufsteigen, der auf seinem Gesicht erkennbar gewesen wäre, wenn im Alkoven nicht tiefe Nacht geherrscht hätte.

Sie umklammerte seine Handgelenke.

›Ja‹, antwortete sie. ›Er will die Parzelle einem Viehhändler verkaufen. Er braucht Geld für seine Politik. Und es ist ihm nichts Besseres eingefallen: Er will meinen Baum verkaufen, damit Holz daraus gemacht wird. Aber nur über meine Leiche! Er weiß es, und deshalb will er mich ermorden.‹

Sie klammerte sich wie eine Verzweifelte an ihren Liebhaber und er tätschelte ihr sanft den gewaltigen Hintern, um sie zu trösten, aber in seinem Kopf drängten sich allerlei Gedanken, einer vergnügter als der andere.

In den drei Nächten, die Polycarpe noch in Paris verbrachte, nahm Constantin zwischen den langen Momenten, in denen es eine Sünde gewesen wäre zu sprechen, Alix eine vollständige Beichte über ihr Leben ab. Es war das Leben einer jener armen Frauen, die nur einen einzigen Mann gekannt haben und die aus diesem Grund dazu gezwungen sind, sich selbst Geschichten zu erzählen, da ihnen sonst niemand welche erzählt.

Sie sprach vom Baum wie von einem Liebhaber, den sie vor ihm gehabt hätte. Sie gestand ihm sogar, dass sie manchmal nachts ihren Leib an der Rinde gerieben hatte.

›Jetzt glauben Sie sicher, ich bin wahnsinnig, nicht wahr?‹

›Ach was! Überhaupt nicht, Gott behüte. Sie haben eine romantische Seele, das ist alles.‹

Sie erzählte ihm, dass dieser Orakel-Baum das einzig Außerordentliche in ihrem Leben gewesen sei und dass es durchaus etwas bedeute, etwas Außerordentliches zu erleben. Kurzum, man kann sagen, dass es Constantin nicht an leidenschaftlichen Warnungen mangelte und dass er eigentlich hätte wissen müssen, was er tat, als er nach der dritten Nacht Alix' Hände in die seinen nahm und sagte:

›Ich sehe nur ein einziges Mittel, Alix, um den Zorn Polycarpes abzuwenden: Dass Sie sich einverstanden erklären, die Parzelle zu verkaufen!‹

›Niemals!‹, rief sie. ›Wie können Sie es wagen?‹

Sie entzog ihm ihre Hände, die er ganz sanft wieder ergriff:

›Und dass ich der Käufer bin!‹, fuhr er fort. ›Vertrauen Sie mir?‹

Sie senkte den Blick und spielte ein wenig das Kätzchen mit ihrem Liebhaber.

›So werden wir das machen. Danach werden Sie nie mehr Angst haben und wir werden beide glücklich sein.‹

Er holte den von Paris begeisterten Bürgermeister vom Bahnhof ab und der rückte auf dem Wagensitz prompt ein wenig ab von diesem Montfuronesen, der, auch wenn er ein Zugewanderter war, ein wenig nach Ziege roch, wie alle Leute von hier. Die Ausmaße von Montfuron samt seiner Einwohnerschaft schienen dem guten Polycarpe nach Paris – wo er im Geiste noch immer weilte – geradezu lächerlich. In der Zeit, die er dort verbracht hatte und wo er von Empfang zu Empfang gewandert war, wo er sogar einmal das Tanzbein geschwungen hatte, war in ihm der Ehrgeiz gekeimt, es noch weiter zu bringen, zum Conseiller Général des Départements etwa. Er hatte mit der Partei Kontakt aufgenommen, zu deren Stützen der Marquis zu gehören behauptete. Er kam zurück mit dem Kopf voller Ränke, die er in der betörenden Nähe von schlanken, parfümierten und huldvoll lächelnden Frauen geschmiedet hatte.

Seine Teilnahme an den Festivitäten war jedoch durch eine anhaltende Magenverstimmung gestört worden, die ihn daran gehindert hatte, die köstlichen Speisen voll und ganz zu genießen; zurückgeblieben war ihm der Geschmack von faulen Eiern im Mund. Kaum setzte er den Fuß auf den Bahnsteig, verdüsterte ihm die Erinnerung an den Baum und an Alix erneut das Leben.

Constantin beschloss, die Dinge nicht auf die lange Bank zu schieben und sobald der Wagen anfuhr, machte er ihm sein Geständnis.

›Monsieur Truche, ich will Ihnen etwas beichten.‹ Und er erzählte ihm vom bösen Streich, den der Baum ihm gespielt hatte. Je mehr er von dem riesigen Betrug, dem er zum Opfer gefallen war, aufdeckte, desto mehr schwoll Polycarpe das Herz vor Freude.

›Vier Jahre, sagen Sie? Vier Jahre sind also vergangen, seit Sie in Gegenwart des alten Tasse den Baum haben brennen sehen?‹

›Vier Jahre und vier Monate! Ehrenwort!‹

›So was!‹, rief der Bürgermeister.

Er hatte seinem Weggefährten die Hand auf den Schenkel gelegt und ihn fest gedrückt. Dann zog er sie jäh zurück und biss sich auf die Lippen. Er konnte ihm doch nicht sagen:

›Dann bin ich also einem Schwindel aufgesessen! Dann war es also falsch, dem Pfarrer meine Geschichte zu erzählen! Dann ist es ja gar nicht wahr, dass ich innerhalb von sechs Monaten sterben werde! Dann werde ich also doch Conseiller Général!‹

Er konnte es vor Freude nicht mehr aushalten.

›Ich möchte, dass Sie mir die Parzelle, auf der dieser Baum steht, verkaufen!‹, sagte Constantin leidenschaftlich. ›Er ist an meinem baldigen Ruin schuld! Ich werde ihn zu Brennholz machen! Ich werde erfahren, was er in seinem Stamm birgt! Ich werde ihn Scheit für Scheit in meinem Kamin verbrennen!‹

Er hatte vergessen, dass er keinen Kamin hatte und dass ihm der Kamin vom alten Tasse noch lange nicht gehörte.

›Ach!‹, rief Polycarpe. ›Es war ein Fehler, an solche Spinnereien zu glauben! Hören Sie mal! Ein gebildeter Mensch wie Sie! Hätten Sie mich doch gefragt!‹

Der gesunde Menschenverstand war wieder da, jetzt, da er keine Angst mehr hatte.

›Vergessen Sie nicht‹, sagte Constantin beleidigt, ›dass ich ihn habe brennen sehen! Mit eigenen Augen!‹

›Verkaufen, Ihnen die Parzelle verkaufen . . . das ist leicht gesagt! Zuvor muss ich mit meiner Frau darüber reden.‹

›Nein, nein, ja nicht! Sie machen mich lächerlich!‹

›Ich werde ihr natürlich nichts von Ihrer Geschichte erzählen. Auch ich will nicht lächerlich dastehen!‹

›Man kann nie wissen! Ein Geständnis auf dem Kopfkissen, so was ist schnell passiert.‹

›Seien Sie ganz beruhigt: Zwischen uns gibt es kein Kopfkissen mehr. Sie ist zu dick!‹, sprach Polycarpe verachtungsvoll.

Diese Schmähung der geliebten Körperfülle empfand Constantin wie eine kalte Dusche. Der Mensch ruht nie hundertprozentig fest auf seinen Fundamenten. Und manchmal genügt ein unvermuteter Hieb, um ihn wie ein Wetterfähnchen sich wenden zu sehen. Blitzartig fragte er sich, ob er nicht mal bei der Chabert nachsehen und herausfinden sollte, ob nicht auch ein magerer Körper die Quelle von allerlei Wollust sein könnte. Aber seine Vorliebe gewann sehr schnell wieder die Oberhand.

›Ich werde Ihnen einen guten Preis dafür geben‹, sagte er. Und aufs Geratewohl fügte er hinzu: ›Und falls Sie Conseiller Général werden wollen, werde ich meinen Einfluss für Sie geltend machen . . .‹

Er hatte keinen, aber er hatte sich mit genügend Geheimnis ummantelt, um glauben zu lassen, dass er durchaus einen langen Arm hatte.

›Wir werden sehen‹, erwiderte Polycarpe.

Da die Orakelsprüche des Baums Humbug waren, gab es keinen Grund mehr zur Eile. Aber Polycarpe empfand so etwas wie eine physische Unruhe, die ihn daran hinderte, sich voll und ganz seiner Erleichterung hinzugeben. Der Nachgeschmack nach faulen Eiern hielt an. Er hatte den unangenehmen Eindruck, in seiner Bauchhöhle Abflussrohre zu beherbergen. Das übliche Frühstück mit Leberwurst und Landwein konnte er nicht mehr so richtig genießen. Bald begnügte er sich mit schwarzem Kaffee ohne Zucker. Das Gespenst des vor den Augen des Pfarrers brennenden Baumes kehrte zurück.

›Weißt du, Alix, was die Parzelle betrifft . . .‹

›Ich habe dir schon gesagt: Nein!‹

›Ich weiß. Aber diesmal habe ich ein ernsthaftes Angebot von Monsieur Constantin bekommen und er wird deinem Baum nichts antun. Was ihn interessiert, das ist der Trüffelhain, hat er mir gesagt, weil er ein Trüffelliebhaber ist und weil es für ihn und seine Freunde noch lange genügend Trüffel geben wird.‹

Alix schwieg eine vernünftige Zeit lang und sagte dann:

›Wir werden sehen.‹

Sie hatte nicht nein gesagt! Aber er musste sie nötigen, denn die Zeit drängte, dachte er. Es gab keinen Grund, dass er, Polycarpe, nur weil der alte Tasse noch immer am Leben war, es noch lange machen würde. Die Orakel, so dachte er, gehorchen dem allgemeinen Gesetz, sie sind nicht unfehlbar. Am Abend nach der Gemeinderatssitzung sagte er zu Constantin:

›Ich glaube, wir kommen ins Geschäft mit der Parzelle. Alix hat nicht nein gesagt.‹

Constantin schlich um den Baum herum. Er prüfte, ob er alleine war mit ihm und sagte dann:

›Warte nur, du Hurenbaum! Du kannst deinen letzten Herbst genießen. Es würde mich nicht Wunder nehmen, wenn du im nächsten Winter in meinem Feuer verbrennst! Und diesmal richtig!«

Er begoss ihn mit einem Strahl Beschwörungsurin, dazu umrundete er einmal den Stamm mit offenem Hosenschlitz.

Kurz danach fanden Wahlen statt und Polycarpe verlor sie. Vielleicht sah er zu diesem Zeitpunkt schon zu ungesund aus. Die Einwohner von Montfuron, die ihn forsch und fesch gekannt hatten, registrierten argwöhnisch, wie er allmählich zusammensackte. Was sollte man mit einem kranken Bürgermeister anfangen?

In Wahrheit hatte der Marquis de Dion die drei wichtigsten

Wähler Polycarpes gekauft. Familien mit acht Kindern, mit bis zu fünf Wahlberechtigten und mit Großvätern, die das alleinige Sagen hatten. Lange danach sah man noch diese Großväter, wie sie stolz spazieren fuhren in jenen mit Benzin angetriebenen Grashüpfern, die der Bruder des Marquis dutzendweise herstellte. Vor allem aber und das war ein genialer Zug gewesen, auch wenn er ihn enorme Überwindung kostete, war er eines Tages nach dem Blaskonzert bei seinem alten Feind aufgekreuzt und hatte ihm den Ritterschlag erteilt. Er hatte Tasse die Hand auf die Schulter gelegt und gesagt:

›Du wirst mein Stellvertreter sein!‹

Seitdem er jeden Sonntag auf dem Mühlenplatz diese schmissigen Konzerte veranstaltete, hatte Tasse aufgehört, ›der alte Tasse‹ zu sein. Jetzt sprach man ihn mit ›Monsieur‹ an. Montfuron hielt ihn für eine Art Mäzen und aus dem stilvollen Auftreten seiner siebenköpfigen Kapelle erwuchs ihm eine Aura des Ruhms. Als er auf der Liste des Marquis aufschien, kippte die Mehrheit um.

Polycarpes Niederlage beschleunigte sein Ende; sie ließ Alix noch ein wenig dicker werden und versetzte Constantin in äußerste Nervosität. Wenn Polycarpe starb, dann würde ihm der Baum entgehen, dann hätte die Witwe keinerlei Grund mehr, ihn zu verkaufen. Er riet Alix, den Arzt zu rufen.

Es kam Doktor Parini, der noch kein Automobil besaß, denn er war darauf bedacht, von seinen Patienten ernst genommen zu werden. Polycarpe ging in seinem Esszimmer auf und ab und hielt seine Hose fest, die sonst auf die Knöchel gefallen wäre, so mager war er geworden.

›Leg dich hin!‹, sagte der Arzt.

›Wieso? Wozu soll ich mich denn hinlegen?‹

›Wenn du dich nicht ins Bett legen willst, dann leg dich wenigstens aufs Sofa. Ich muss dich untersuchen.‹

›Es hat ihn schwer mitgenommen!‹, sagte Alix. ›Denken Sie doch: Das Amt des Bürgermeisters seit achtzig Jahren in der Familie. Und plötzlich, pffft! Aus! Ende!‹

›Aha! Das ist in der Tat ein Grund, krank zu werden! Das kannst du laut sagen!‹, sagte Parini höhnisch.

Als ihm Polycarpe endlich ausgeliefert war, klopfte er ihm gut fünf Minuten lang auf den Magen und auf den Bauch. Er knetete ihn von allen Seiten. Mehrmals entfuhr dem armen Polycarpe ein halb unterdrückter Schrei. Danach legte Parini auf ebenjenen Unterleib, der in fein säuberliche Wäsche gepackt worden war, das indiskrete Ohr des Mannes, der heimlich an verschlossenen Türen lauscht. Alix kniete sich am Fuße des Sofas hin. Aus dieser Position konnte sie, wenn sie sich ein wenig nach vorn neigte, den Blick des Arztes durch sein Lorgnon hindurch erspähen. Und in diesem Blick las sie den Tod. ›Sehr schön. Dann brauch ich niemandem mehr was zu verkaufen!‹, sagte sie sich. Am Sonntag nach der Messe eröffnete sie das Verdikt des Arztes dem Pfarrer.

›Er hat mir gesagt: Vier Monate, sechs vielleicht, mehr nicht. Dabei hat er die Hand hin- und herbewegt, als ob er die Frist abwägen würde.‹

Der Pfarrer nickte bedächtig.

›Meine arme Alix, ich sollte dir das nicht sagen, denn es klingt nicht sehr christlich, aber ... *ich* weiß es seit einer ganzen Weile.‹

Er erzählte ihr von seinem Spaziergang in Gesellschaft von Polycarpe. Alix erschauerte beim Gedanken an die Gefahr, der ihr geliebter Baum knapp entronnen war. ›Deshalb wollte er ihn verkaufen, klar! Er wollte sich rächen!‹ Als sie ihren Liebhaber wieder sah und er das Thema Verkauf anschnitt, antwortete sie:

›Ach, wissen Sie, Polycarpe liegt gewissermaßen im Sterben. Der Arme! Ich glaube, an den Baum denkt er gar nicht mehr!‹

Sie streichelte ihm zärtlich über die Haare:

›Ich glaube, dass wir uns bald du sagen können!‹

Constantin war einen ganzen Nachmittag lang niedergeschlagen. Im Schutz des Ginsters, ihrem Versteck, das, seit Polycarpe das Haus nicht mehr verließ und Alix ihn nicht mehr alleine lassen konnte, unsicher geworden war, konnte sie ihn noch so sehr kosen, er lag nur gedankenverloren da, die unaufmerksame Hand auf Alix' Rundungen ruhend. Nun, da die Rache ihm entglitt und das Anwesen des alten Tasse in unendliche Ferne rückte, hatte die Erotik für ihn einen Beigeschmack von Asche.

Noch einmal kam ihm das Schicksal freundlicherweise zu Hilfe, zumindest glaubte er das.

Eines schönen Morgens kam Polycarpe in den Genuss einer jener grausamen Remissionen, die es bei dieser Krankheit zuweilen gibt. Mit der Hoffnung erwachte auch wieder seine fixe Idee. Wer weiß, vielleicht war es ja nicht zu spät. Aber der Baum musste dringend gefällt werden. Doch Alix wollte sich immer noch nicht festlegen. Er beschloss, sie umzubringen. Er nutzte die Gelegenheit, als sie eines Morgens gerade die Hühner fütterte, um den Stall zu öffnen, wo der Hengst auf seiner Trense herumkaute. Es war ein stahlgraues Tier, das den Frauengeruch nicht leiden konnte. Plötzlich fand sich Alix vor dem schnaubenden Pferd, das sich aufbäumte und seine gewaltigen Vorderhufe auf sie richtete.

›Armes Weib!‹, brummte Polycarpe.

Er verfolgte die Szene durch die beschlagenen Scheiben des Küchenfensters. Gerettet wurde Alix von ihren Gänsen, die ihr gemächlich gefolgt waren, in der Erwartung eines Nachschlags, den sie in einem Blechnapf unter dem Arm hielt.

Fünfzehn wütende Gänse, das ist die ganze Bosheit der Menschen bloßgelegt in der Unschuld des Tieres. Sie gingen dem Hengst, der aufrecht stand wie ein Mann, geradewegs an die Weichteile. Er machte auf der Stelle kehrt und stürzte in den Stall zurück, wobei er zwei oder drei von den Federviechern verletzte. Sie verfolgten ihn. Es schneite Federn im Innenhof, als ob man eine Daunendecke aufgeschlitzt hätte. Aber nichts anderes als der Tod kann eine Herde wütender Gänse aufhalten. Sie flatterten auf bis in die Höhe der Deckenbalken, angeführt vom Gänserich. Ihre mörderischen Schnäbel schnappten nach den Augen des Hengstes. Ihr weißes Gefieder wehte wie Engelsflügel um Alix. Sie sprang zur Stalltür und verschloss sie.

Zitternd und im Sauseschritt kam sie zum Stelldichein mit Constantin. Er erwartete sie wie üblich im Ginster; sie warf sich an seinen Hals und der Ansturm brachte ihn auf dem dürren Gras zu Fall.

›Es geht ihm besser!‹, rief sie. ›Er hat mich schon wieder umbringen wollen!‹

›Sehen Sie, meine arme Alix, noch ist nichts entschieden.‹

Er übertraf sich selbst in seinen erotischen Künsten und im Zuge der Leidenschaft, sagte er ihr plötzlich keuchend, dass er sie liebe. Es war das erste Mal im Leben von Alix, dass sie irgendjemand mit diesem Wort überraschte. Es entwaffnete sie völlig, mehr noch als die Lust, die sie empfand, und sie ließ alles Misstrauen fahren.

›Du würdest mich doch nicht umzubringen versuchen, mein lieber Florian, nicht wahr?‹

Er küsste sie leidenschaftlich.

›Du bist mein Augenstern!‹, sagte er. ›Aber ich flehe dich an: Verkauf mir die Parzelle! Du siehst doch, was jetzt schon passiert! Was, wenn er tatsächlich wieder gesund würde? Man kann nie wissen! Dann würden wir ganz schön dumm dastehen!‹

Sie schleppten den hoffnungsfrohen Polycarpe zum Notar. Endlich würde er dem Orakel das Handwerk legen, mit Hilfe von Monsieur Constantin, der doch selbst so viele Gründe hatte, es zu hassen.

Sie hatten ihn zwischen sich auf die Bank des Tilbury geklemmt – Alix besetzte zwei Drittel davon. Polycarpes steifer Kragen knatterte wie eine Windfahne an seinem mageren Hals.

Notar Borel betrachtete die drei Besucher über seine Brille hinweg, mit den Augen eines Höllenrichters, der alles auf einen Blick kapiert, eine besondere Begabüng der Notare.

›Sie sind fest entschlossen? Sie wollen es sich nicht anders überlegen?‹

Sie waren alle drei von ihrer Leidenschaft geblendet und sie nahmen kaum Notiz von dem Notar. Alle drei nickten gemeinsam mit dem Kopf. Ja doch, sie waren fest entschlossen. Nein, sie wollten es sich nicht anders überlegen. Constantin händigte dem Vertreter der Rechtsordnung den exorbitanten Betrag aus, den er soeben für sein zukünftiges Opfer bezahlt hatte. Danach blieben ihm nur noch drei Sack Gold. Jetzt war die Armenanstalt das sichere Los, wenn der alte Tasse nicht prompt das Zeitliche segnete.

Er glaubte, das Schicksal des treulosen Orakels besiegelt zu haben. In Wahrheit hatte er sein eigenes besiegelt. Die drei stürzten sich auf die Federn und die Tinte wie Hungerleidende auf einen Teller Suppe, sie versahen die Dokumente mit unzähligen Paraphen, geräuschvoll tauchten sie ihre Federn ins Tintenfass für die allerletzte Unterschrift.

Danach brauchte Polycarpe keine acht Tage mehr zum Sterben. So geht das immer bei dieser Krankheit: Plötzlich lässt sie locker, aber nur, um danach mit vehementem Schwung erneut anzugreifen.

Die Beerdigung war beeindruckend. Das Septett des alten Tasse im großen Ornat erwies die letzte Ehre und ersetzte in der Kirche die Orgel, die ohnehin außer Gebrauch war. Die sieben röhrenden Hörner ließen die Kirchenfenster in ihrer Bleiverglasung zittern.

Seit fünf Wochen schon hatte der alte Tasse in Vorbereitung dieses Ereignisses seine Greise proben lassen. Der Marquis, der erstmals die Bürgermeisterschärpe trug, deren republikanisches Blau-Weiß-Rot ihn zu Tode grämte, musste sich die Ohren und die Seele voll dröhnen lassen. Sofort erkannte er die himmlische Musik seiner Hochzeit wieder, damals als er vor mehr als einem halben Jahrhundert jene rothaarige Amazone geheiratet hatte, deren Blut er nicht von seinem Gewissen waschen konnte, das Blut, womit ihr grünes Kleid mit den siebzig Knöpfen bespritzt war, das letzte Mal, als er sie lebend gesehen hatte.

›Du hattest mir gesagt‹, stöhnte er, ›dass du nur Jagdmelodien spielen würdest.‹

›Ach!‹, rief der alte Tasse. ›Die Gelegenheit war gar zu günstig, dir das Gedächtnis aufzufrischen.‹

Auch Monsieur Constantin traf diese Musik voll ins Gesicht, er schwankte wie ein Betrunkener, seine Hände zitterten in seinen hellen Saffian-Handschuhen. Prompt erschien ihm der winzige Monsieur Tasse – er war immer mehr überzeugt, dass dieser ihn bewusst betrogen hatte – von imponierender Gestalt, ganz als sei er von anderem Wesen als die gewöhnlichen Sterblichen.

Wäre er noch im Stadium der Unschuld gewesen wie damals, als ihn die Begegnung mit Horaz im exotischen Kerker so sehr beeindruckt hatte, dann hätte sein besänftigtes Herz dem Baum vielleicht verziehen. Er hatte jedoch den Eindruck, dass er wie unter Zwang eine ganz neue Rolle spielte, die eigentlich gar nicht seine war, eine Rolle, die voll und ganz dem Dorf Montfuron und seinen sonderbaren Geschichten entwachsen war. Er erinnerte sich an den großen Zufall, an die große Ungewissheit, die dazu geführt hatten, dass er hier Halt gemacht hatte, anstatt seine Reise fortzusetzen nach Manosque. Jetzt war er überzeugt, dass er die Zügel losgelassen hatte an der Wegkreuzung und dass er es mit geschlossenen Augen dem Pferd überlassen hatte, über sein Schicksal zu entscheiden.

Fast ehrerbietig ging er ein paar Schritte auf den Bläser zu.

›Was war das eben, Monsieur Tasse, was Sie da gespielt haben?‹

Zum ersten Mal sah ihn Tasse mit unendlicher Herablassung an.

›Johann Sebastian Bach, Monsieur Constantin, aber ich hab die Musik fürs Jagdhorn umgeschrieben.‹

Lange beobachtete Florian die gewaltige, in schwarzen Taft gehüllte Witwe, die mit ihren fingerlosen Handschuhen das Holz des Sargs betastete, als wolle sie sich versichern, dass er auch wirklich geschlossen war. Die Musik, die er eben gehört hatte, hatte ihn derart ergriffen, dass ihm Alix zum ersten Mal zu dick vorkam. Da seine Ressourcen jedoch wegen dieser endlosen Leibrente allmählich aufgebraucht waren, dachte er, dass es vielleicht doch sinnvoll wäre, sie zu heiraten.

Aber seine Obsession hinderte ihn an einer gesunden Einschätzung seiner Gefühle. Zunächst musste er, und zwar dringend, das Schicksal des Baums besiegeln, lag dieses doch nun in seinen Händen.

Gleich am Tag nach der Beerdigung untersuchte er ihn aus der Nähe, um entsprechende Maßnahmen zu ergreifen. Ihm war sofort klar, dass seine gepflegten Hände und die siebzig Kilo, die er auf die Waage brachte, es wohl nicht aufnehmen konnten mit den fünf Meter Umfang des Stammes. ›Ich werde Marceau Kléber aufsuchen!‹, dachte er.

Dieser Marceau Kléber war ein fast so imposanter Koloss wie Alix, gedrungen wie ein Stier, ohne Hüften und ohne Hals. Der Kopf steckte unmittelbar im Rumpf, die Schultern wirkten wie ein Ochsenjoch. Er war hässlich und schwerfällig, aber er war auch der respektabelste Baumfäller des Bezirks.

Er liebte nichts anderes als den Wald; wenn vom Wald die Rede war, bebten seine Nasenflügel wie bei einem Jagdhund, aber er liebte ihn so wie ein Metzger die Lämmer liebt. So richtig froh war er nur, wenn seine Hände vom Saft der Bäume beschmiert waren, eben wie Metzgerhände blutbeschmiert sind. Die Bäume schwiegen, wenn er unter ihnen vorbeikam, und wagten es nicht einmal mehr, im Wind zu rauschen. Die Zeit, die er nicht damit verbrachte, den Wald zu morden, schlug er bei der Wirtin Chabert tot. Er hockte am Tresen, die Ellbogen weit auseinander und aufgestützt und die massigen Muskeln zuckten herausfordernd wie bei einem Jahrmarktsringer. Aber er saß nur da und trank sparsam ein ganz kleines Gläschen. Dafür parlierte er lautstark, obwohl er nur über wenig Wörter verfügte, um sich auszudrücken.

An besagtem Tresen gabelte Constantin ihn auf.

›Ich brauche dich!‹, sagte er, nachdem er ihn nach draußen gebeten hatte. ›Also Folgendes: Kurz bevor er gestorben ist, habe ich dem Polycarpe seinen Trüffelhain in der Font de Bourne abgekauft.‹

›Oho! Sagen Sie mal! Das ist aber schönes Holz! Da haben Sie ein gutes Geschäft gemacht. Der Trüffelhain ist nichts mehr wert, aber die Eichen . . .‹

›Ja eben! Dieses Holz schenke ich dir, jedenfalls einen Teil davon! Und dazu gebe ich dir auch noch Geld! Unter einer Bedingung: Du machst dich sofort an die Arbeit!‹

›Sofort? Aber es ist doch gleich Nacht!‹

›Dann morgen früh. Und du fängst mit dem größten an. Mit dem, der mindestens fünf Meter Stammumfang hat.‹

›Dem, der angeblich brennt?‹, fragte Marceau.

Er lachte derb, der offene Mund gab den Blick frei auf die Schießscharten zwischen seinen kaum vorhandenen Zähnen. Seine Muskeln hüpften widerwärtig im Rhythmus seines Lachens.

›Richtig: Angeblich! Und wenn du ihn gefällt hast, machst du Brennholz draus und die Scheite stapelst du bei mir auf, an der Stallwand, damit es schön trocknet und ich derweil den Geruch des trocknenden Baumes rieche.‹

›Ja gut, aber hören Sie mal: Das ist hinausgeworfenes Geld! Denn allein mit diesem Stamm macht der Pachiano, der Möbelschreiner, mindestens ein Dutzend Spiegelschränke!‹

›Brennholz, hab ich gesagt! Ums Geld geht's mir nicht. Ich zahle dir auch alle Überstunden, die du haben willst.‹

Marceau hielt noch die Geldscheine in der Hand, die der Wind ihm zu entreißen versuchte. Er sah dem eleganten Herrn mit Panama-Hut und Keilhose nach, der sich entfernte. Er hatte ein unangenehmes Gefühl.

›Man könnte meinen‹, murmelte er halblaut vor sich hin, ›der hätte dich bezahlt, um einen Menschen abzumurksen!‹

Diese Geldscheine verbrannten ihm dermaßen die Finger, dass er sie noch am selben Abend bei der Wirtin verspielte. Dabei traf er seinen alten Bekannten und zeitweiligen Arbeitgeber. Der alte Savouillan aus Ongles nahm niemals die Hände aus den Taschen, verspielte nie einen einzigen Sou und hatte auch nie mehr als ein, zwei Franc bei sich, die er übrigens auch nicht aufs Spiel gesetzt hätte. Aber er hielt sich gerne bei dem Spieltisch auf und schaute zu, wie die ungehobelten Hasardeure beim Würfelspiel – das man verharmlosend ›Zanzi‹ nennt – sich mit Blicken gegenseitig umbrachten. Er ermutigte sie, noch ihr letztes Hemd zu verspielen, und genoss es, sie anschließend zum Ausgang der Kneipe zu begleiten, wo er noch nicht einmal ein Gläschen getrunken hatte, um ihnen ausführlich die Moral zu predigen. Häufig gelang es ihm auf diese Weise, nachdem er ihnen beiläufig noch ein, zwei Geldscheine geliehen hatte, sich billige und gefügige Arbeitskräfte zu sichern.

Er war erstaunt, Marceau, von dem er wusste, dass er seriös war und nicht dazu neigte, sein Geld zu verspielen, am Spieltisch anzutreffen.

›Was ist los mit dir?‹, fragte er.

Er hatte ihn beim Ausgang eingeholt, um ihm die Beichte abzunehmen. Marceau teilte ihm mit, welches Geschäft er mit Constantin abgeschlossen hatte, und konnte endlich loswerden, was ihm zu schaffen machte:

›Dieses Geld hat mir die Finger verbrannt. Ich bin froh, dass ich es verloren habe. Ich hatte das Gefühl, man hätte mich beauftragt, einen Mord zu begehen.‹

Nachdem er die Sache lang und breit erklärt hatte, wurde dem alten Savouillan klar, dass er von dem Kerl übers Ohr gehauen worden war, der ihm geraten hatte, auf das Grundstück zu verzichten.

›Man hat mich um den Finger gewickelt wie einen Anfänger. Mir wollte Polycarpe die Parzelle verkaufen! Aber man hat mir nahe gebracht, dass ich es mir mit seiner Frau verscherzen würde, wenn ich sie kaufe.‹

›Mit seiner Frau? Wieso mit seiner Frau?‹

›Weil es auf diesem Grundstück angeblich – angeblich! – einen Baum gibt, der brennt, wenn einer sterben soll und weil die Bürgermeisterin diesen Baum hütet wie ihren Augapfel! Na ja, ich glaube nicht an solche Geschichten, das kannst du dir wohl vorstellen – aber mit der Bürgermeisterin will ich es mir tatsächlich nicht verscherzen. Die kann sehr unangenehm werden. Dann hat sie es also dem Constantin verkauft? Das wundert mich nicht! Die zwei haben schon lange etwas miteinander.‹ Er dachte ein wenig nach, ehe er hinzufügte: ›Aber diese Alix, die kenn ich doch schon eine Ewigkeit! An deiner Stelle würde ich mich in Acht nehmen! Wie ihren Augapfel, habe ich gesagt und das will was heißen!‹

›Aha! Sie sagen also, dass die beiden zusammenstecken und

dass sie ein Herz und eine Seele sind, die Bürgermeisterin und Monsieur Constantin?‹

›Richtig! Aber zwischen Herz und Seele gibt's auch ganz leicht Stunk. Denk daran, Kleiner, ehe du mit der Axt an diesen Baum rangehst!‹

Marceau dachte die ganze Nacht über dieses Gespräch nach, aber er war ein Mann, der sein Wort hielt, und am anderen Morgen machte er sich auf den Weg. Er bimmelte bei jedem Schritt wie ein Leithammel: Es waren die Stahlkeile, die im Jutesack aneinander schlugen und die beiden Beile auf der Schulter, die wie Säbel gegeneinander rasselten.

Es war zur Stunde, wo Erde und Himmel widerwillig voneinander scheiden, wo einem überall dämmrige Gestalten entgegenfließen und nur ahnen lassen, was sie am helllichten Tag sein werden. Mehr denn je verbarg die Eiche in ihrem Geäst den Kopf eines gewaltigen Hirschs. (Dies behauptete er zumindest, der Marceau, auf seine alten Tage.)

Gerade hatte er seinen Sack mit den schweren Keilen abgelegt und die beiden Beile, die ihm die Schultern aufscheuerten, ins Gras geworfen. Er wollte in die Hände spucken, so erzählte er, wie er das immer tat.

In diesem Augenblick schien ihm, als sei hinter dem Laub des Hirsch-Baumes die Sonne soeben aufgegangen. ›Du träumst!‹, sagte er sich. ›Es ist sieben Uhr. Und wir haben November. Die Sonne versteckt sich hinter dem Moure de Chanier bis acht Uhr mindestens. Und im Übrigen guckst du nach Norden, der Baum da, der steht von dir aus gesehen im Norden.‹

Er ging ein paar Schritte zurück, um die Lage besser zu überblicken. Und da bemerkte er, dass das Licht vom Baum ausging.

›O verdammte Hurenscheiße!‹, keuchte Marceau.

Dabei machte er die Bewegung, die alle gemacht hatten, die den Baum brennend gesehen hatten: Er legte die Hand vor den Mund, um nicht loszuschreien. Verstehst du, mein Junge, die Macht der Verwunderung durchdringt solch schwerfällige Gehirne nicht, dafür aber die Angst. Zwischen Angst und Verwunderung ist der Weg gar nicht so weit, wie man glaubt.

›Ich habe gesehen, wie dieser Baum ein Rad schlug wie ein Pfau‹, schwadronierte Marceau noch Jahre später in der Kneipe bei der Chabert. ›Es war ein farbiger Fächer, der wie ein Fladen zu einem Regenbogen platt gedrückt war! Und ich war allein. Ich konnte niemand am Ärmel zupfen und sagen: Schau hin! Schau doch mal hin! Ich will es euch nicht verheimlichen: Am Ende bin ich abgehauen wie ein Angsthase.‹

Er trat den Rückzug an. Er vergaß sein Werkzeug. Später erzählte er, er sei nicht mehr hingegangen, um es abzuholen, er habe Neues gekauft, sicher würde es noch immer dort liegen und falls es jemand geklaut habe, dann sei er sicher längst über alle Berge damit. ›Ich habe keinen Auftrag zum Fällen mehr angenommen bis zum darauf folgenden Winter. Ich brauchte einen Baum nur anzusehen und schon bekam ich Schweißausbrüche.‹

Er nahm Abstand, bis der Baum ganz in seinem Blickfeld war und dazu musste er mehr als fünfzig Meter zurückweichen. ›Überall kamen die Flammen runter wie bei einem Wasserfall‹, erzählte er. Und niemand fragte ihn, was genau er damit meinte. Sie konnten ihn sich alle vorstellen, den Baum mit den triefenden Flammen.

Im Gehirn des schwer geprüften Marceau Kléber überlappten sich zwei Gedanken und neutralisierten sich gegenseitig, während er floh. Zum einen hatte er eine unüberlegte Versprechung gemacht, zum anderen hatte er das Geld nicht mehr und konnte es nicht zurückzahlen. Wenn Panik im Spiel ist, kann das Hirn eines Dummkopfs genauso gut funktionieren wie das eines vernünftigen Menschen.

Ihm fiel ein, was der alte Savouillan am Vorabend gesagt hatte: ›Zwischen Herz und Seele gibt's ganz leicht Stunk.‹ Vermutlich war er, Marceau, der einzige Mensch in Montfuron, der nicht wusste, dass die Bürgermeisterin ein Techtelmechtel mit Constantin hatte. Ohne dass es ihm recht bewusst wurde, gab es ihm einen Stich ins Herz, weil auch ihn die Fleischesfülle von Alix zum Träumen brachte. Angestrengt knetete er an seinen Gedanken herum, eine Übung, an die er nicht gewöhnt war.

›Und wenn es stimmt, dass sie mehr an ihrem Baum als an ihrem Liebhaber hängt? Und wenn ich ihr gestehe, nehmen wir einmal an, dass ich nicht den Mut hatte, ihn zu fällen, diesen Baum? Wer weiß, ob sie mir dann nicht das Geld gibt, damit ich es Constantin zurückgeben kann.‹

Er wartete bis zum Abend, ununterbrochen das Für und Wider abwägend. ›Ihr Augapfel‹, dachte er. Als es dunkel war, war er noch immer unentschlossen, dennoch schlurfte er in Richtung Jeunhomme-Gut, dem Besitz der Truches. Er hatte Herzklopfen, als ob er zu einem Liebesstelldichein ginge.

Um das Haus herum herrschte völlige Stille. Seitdem Alix die Schafherde verkauft hatte, gab es auch keine Hunde mehr.

Marceau, der sonst immer verstrubbelt daherkam, hatte zu diesem Anlass eine Baskenmütze aufgesetzt, weil er dachte, es mache sich besonders höflich, wenn er sie gleich bei der Begegnung abnehmen würde.

Es war die Stunde, zu der Alix ihr Bündel schnürte, um die Nacht bei Constantin zu verbringen. Seitdem Polycarpe tot war, machten sie kein Geheimnis mehr aus ihrer Beziehung.

Sie hatte das schüchterne Klopfen kaum gehört. Nun standen sie voreinander, sie verblüfft, er völlig verlegen, seine Baskenmütze befummelnd. Sie im Licht, er im Schatten. Es ist stets beeindruckend, wenn ein Doppelzentner Fleisch auf einen weiteren Doppelzentner Fleisch trifft. Zunächst weiteren sich beider Augen vor Staunen. Gewöhnlich sahen sie sich selten und nur von weitem.

›Ich störe Sie!‹, platzte Marceau ohne zu grüßen heraus. ›Ich hab mir gedacht: Was machst du, Marceau, gehst du hin oder gehst du nicht hin?‹

Sie bat ihn ohne lange Umstände herein und sie stellte auch keine Fragen. Wenn er ihr etwas zu sagen hatte, dann würde er schon irgendwann damit herausrücken. Er stand gestikulierend im Wohnzimmer, platzgreifend und gefährlich für die zerbrechlichen Gegenstände. Seine riesigen Hände am Ende der kurzen Arme kämpften mit der Luft.

›Es stimmt auch wirklich! Ich hab mir gesagt: Was machst du? Sagst du's ihr oder sagst du's ihr nicht?‹

Es dauerte zehn Minuten, bis er zur Sache kam. In aller Breite erfuhr sie, wie es ihn hin- und hergerissen hatte.

›Zehnmal bin ich von zu Hause bis zu Ihrer Tür und zurück. Zehnmal hab ich mir gedacht: Lass es, lass die Dinge laufen, wie sie laufen. Verstehen Sie: Für mich war das eine Gewissensfrage.‹

Das Wort war ihm unterwegs eingefallen, während er sich immer wieder fragte: ›Wie wirst du ihr die Sache darstellen?‹ Die ›Gewissensfrage‹ war ihm vermutlich von seinem Schutzengel eingegeben worden. Der Ausdruck ließ bereits die halbe

Gefahr erkennen. Er klang warnend, weil er so feierlich war, er zwang den Gesprächspartner, alle sorgenerregenden Dinge in seinem Leben durchzugehen. Wenn jemand von Gewissensfrage spricht, dann muss der andere schleunigst sein Gewissen erforschen.

Er erzählte ihr sein Abenteuer, ließ jedoch seinen kriegerischen Marsch zum Baum mitsamt dem klirrenden Werkzeug aus. Er erzählte ihr von seinem Gespräch mit Savouillan. Allerdings erwähnte er nicht ein einziges Mal den Namen von Monsieur Constantin. Er sagte immer nur ›man‹. Den Namen sprach sie dann aus.

Als sie endlich verstanden hatte, worum es ging, blieb sie reglos mitten im Raum stehen, genau wie er; ihr Blick war wie blind und ließ die Seele des armen Marceau zu Eis erstarren. ›Zum Glück habe ich ihn nicht gefällt, diesen Baum. Ich würde schön dastehen!‹, sagte er sich.

Er kam hastig zum Ende:

›Er hat mir viel Geld gegeben, um ihn zu fällen. Aber ich, ich hab's geahnt, dass es Sie nicht freuen würde und dann bin ich halt schleunigst hergekommen, um es Ihnen zu sagen. Nur muss ich das Geld eben jetzt zurückgeben. Und ich hab's nicht mehr.‹

Wie ein Automat ging Alix zum Henri-II-Büfett und zog schroff eine der Schubladen auf.

›Wie viel?‹, fragte sie.

›Zwanzig Franc‹, sagte Marceau.

Sie hielt ihm die beiden Geldscheine mit ausgestrecktem Arm hin.

›Aber wissen Sie‹, sagte Marceau hastig, ›da ist nicht nur das Geld. Ich wäre auch ohne das gekommen, weil ich Sie respektiere. Wissen Sie, ich bin kein Schönredner, aber, wenn wir nun schon mal dabei sind, dann sag ich's Ihnen doch lieber gleich ... Also ... Sie müssen wissen: Eine Witwe, das beeindruckt einen immer!‹

›Ich bin dick ...‹, antwortete Alix. Sie wirkte geistesabwesend.

›Aber das ist es doch gerade!‹, rief Marceau. ›Wenn ich beeindruckend sage, dann meine ich genau das!‹

Er ergriff die Flucht. Er hatte bereits die Wohnzimmertür erreicht.

›Marceau!‹, rief Alix. ›Warten Sie!‹

Sofort stand er stramm, darauf gefasst, eine Rüge einzustecken.

›Ich will Ihnen ein Geheimnis anvertrauen‹, flüsterte Alix. ›Warten Sie bis morgen, ehe Sie ihm das Geld zurückgeben!‹

Reglos lauschte sie den schwerfälligen Schritten, die sich in der Nacht entfernten. Ich habe dir schon gesagt, mein Junge, dass diese Alix nicht wie so viele andere Menschen war. Ihre Rede war ja ja oder nein nein und sie war sogar fähig, sich selbst ja oder nein zu sagen. Sie stieß keinen Schrei aus, stieß keine Verwünschung und keine Drohung aus, sie rang nicht die Hände. Das einzige Zeichen der Erregung, das sie zu erkennen gab, war, dass sie zum Brunnen ging, draußen beim Schuppen mit den Pflügen, um sich ein wenig frisches Wasser ins Gesicht zu spritzen.

Lange irrte sie durchs Haus, aber sie war ganz ruhig. Noch nie war dieses Haus so sehr ihr eigenes gewesen, noch nie war es ihr so innig verbunden, seitdem sie alleine darin wohnte. Sie öffnete die Tür zum Waschraum neben dem großen Schlafzimmer, wo es alles gab, was man braucht, um sich sauber zu halten, aber auch Sandelholzdosen mit ihren Schraubdeckeln, die die Form von Frühstückstassen hatten, damit man ihnen den Inhalt leicht entnehmen konnte. Frag mich nicht, mein Junge, was es auf sich hatte mit diesen Sandelholzdosen, es gibt sie nicht mehr. Sie waren so bescheiden wie die Frauen, die sie benutzten. Sie enthielten wohlriechende Dinge.

Geistesabwesend betrachtete sich Alix im Spiegel der Kommode. Sie sah aus wie immer. Nun entkleidete sie sich mit Entschlossenheit. Dann holte sie eine Dose mit Talkumpuder und rieb sich sorgfältig ein, von Kopf bis Fuß; dabei machte sie sonderbare Verrenkungen, um die ganze Fläche ihres Rückens zu erreichen; besonders beharrlich rieb sie sich den Hintern und das Kreuz ein, das trotz ihres Umfangs eine entzückende Wölbung aufwies. Sie war weiß wie ein Pierrot und sie betrachtete sich ganz ernsthaft im Spiegel, ohne ein Lächeln, um zu prüfen, ob sie keinen Körperteil vergessen hatte. Die sinnliche Haut entglitt ihren Puderfingern wie der ungreifbare Körper eines Fisches.

Sie kleidete sich sehr sorgfältig und auf eine unübliche Weise: Sie begann mit einem seidenen Unterrock, den sie sonst nur zu festlichen Anlässen trug, da sie ihn zu prächtig für sich fand, aber sie glaubte festgestellt zu haben, dass Seide den Talk nicht aufnimmt und nicht verändert.

Als es Zeit war, machte sie sich auf den Weg zu Constantin. Dort leuchtete ihr wie üblich das freundliche Licht des roten Salons entgegen, aber sie sah es nicht mehr. Normalerweise legte sie den Kilometer, der ihre beiden Häuser trennte, sehr hastig zurück. Wenn sie ankam, war sie außer Atem und die Tür wurde von ihr eher aufgestoßen als geöffnet. Diesmal aber ging sie den Weg ganz bedächtig, schwerfällig, darauf bedacht, nicht ins Schwitzen zu geraten, den Talk nicht abzuschütteln, den sie auf dem Leib hatte. Erst die letzten zehn Meter legte sie im Eilschritt zurück, wegen der Glaubwürdigkeit und vor allem, weil sie am liebsten die Flucht ergriffen hätte, wenn sie nicht an den Baum gedacht hätte wie an ein eigenes Kind.

Flugs lagen sie einander nackt in den Armen.

›Ich liebe es, wenn du schlüpfrig bist wie eine Schleie.‹

Für ihn war es ein raffinierter Einfall und das stimmte ja auch. Der Talk machte sie in der Tat auf aufreizende Weise ungreifbar. Spielerisch glitt sie ihm zwischen den Fingern durch.

›Verdammt‹, sagte er sich. ›Ein Hoch auf die Dicken, wenn sie so erfinderisch sind!‹

Im Alkoven herrschte gedämpftes Licht, das von der Öllampe im Wohnzimmer kam.

Seitdem ihre Sinneslust befriedigt wurde, war es Alix gelungen, noch einmal fünf Kilo zuzulegen, und Constantin fiel es immer schwerer, ihre Leibesfülle im Rhythmus ihrer erotischen Launen zu handhaben. Er hing an der Seite dieses Leviathan wie ein Pilotfisch an seinem Wirt.

Wenn du sie damals gesehen hättest, die Alix, mein Junge, sie war majestätisch! Ich mach es kurz mit dieser Geschichte, wegen deiner Großmutter und auch aus Rücksicht auf deine Mutter.

Alix dachte beinah sofort an jene besondere Zärtlichkeit, die sie jedes Mal von ihm forderte und die er ihr auch gütigst gewährte. Sie mochte es, wenn sie bei dieser Gelegenheit über ihm thronte. Auch jetzt saß sie rittlings auf dem schlanken Körper ihres Liebhabers und robbte langsam mit all ihrem gepuderten Fleisch aufwärts, bis ihre Schenkel schließlich die schnurrbartbeschatteten Lippen des schon gesättigten Mannes erreichten.

Vielleicht hatte sie ihn, ehe er aus ihrem Blickfeld verschwand, noch einmal betrachtet, wie er so dalag, von erotischer Wonne ganz benommen. Vielleicht trauerte sie im Voraus über die eigene

Wollust, die sie nun nicht erleben würde. Wer weiß, was sich im Kopf einer leidenschaftlichen Frau abspielt?

Sicher ist, dass sie auch bei geschlossenen Augen die Vision ihres herrlichen Baumes bewahrte, des einzigen Reichtums in ihrem armseligen Leben; sicher ist auch, dass nichts sie vergessen ließ, dass sie denjenigen, der das Orakel hatte ermorden wollen, in ihrer Gewalt hatte.

Man weiß nicht, wie die Dinge verliefen. Man weiß nur, was sie ausgesagt hat: dass sie vor Lust ohnmächtig wurde und dass sie erst, als sie wieder zu sich gekommen war, gewahr wurde, dass sie auf Monsieur Constantins Gesicht lag und dass er tot war.

In Wirklichkeit hatte sie die Ohnmacht vermutlich simuliert und war mit ihrem ganzen Gewicht über ihrem Liebhaber zusammengebrochen, nachdem sie einen kleinen Anlauf genommen hatte, indem sie auf Arme und Beine gestützt, das Kreuz durchdrückte, ehe sie sich hemmungslos fallen ließ. Ein Doppelzentner bleibt immer ein Doppelzentner, mein Junge, ob das nun Weizen ist oder Frauenfleisch. Wenige Männer schaffen es, ihn hochzustemmen, vor allem, wenn sie liegen und dazu noch auf einer weichen Matratze. Hinzu kommt, dass Constantin es mit einem gepuderten Fleischberg zu tun hatte und nirgendwo Halt fand. Oh, ich behaupte nicht, dass Alix nicht irgendwann ihre monumentalen Schenkel wie einen Schraubstock geschlossen hat, aber ich glaube, dass Constantin in diesem Moment schon halb hinüber war. Zermalmt, wenn du so willst oder besser, zermatscht, denn wer es anständig ausdrücken will, trifft nur die halbe Wahrheit!

Kurzum, Alix brauchte nur genügend lang zu warten, ehe sie sich vorsichtig erhob, um das Ableben festzustellen.

Danach allerdings fingen die Unannehmlichkeiten an. Sie musste zur Chabert laufen, um ihr die Geschichte ganz knapp zu erzählen und um Hilfe zu bitten. Ihre Erzfeindin! Und dann dieses Geständnis! Aber sie musste wohl oder übel Panik simulieren, und gibt es ein besseres Zeichen der völligen Hilflosigkeit, als wenn man sich derart seiner Rivalin ausliefert?

Ihre Flucht von Constantins Haus bis zur Kneipe war ein einziger Schreckensschrei. Halb nackt, mit wogendem Busen und aufgelösten Haaren – das Entsetzen kennt keine Scham – musste die Bürgermeisterin vor den Stammtischgreisen auftreten, die ihren Augen nicht trauten.

Auch Marceau war da, er brütete vor sich hin und wurde den brennenden Baum nicht mehr los. Er dachte an die Tausende von Eichen der gleichen Art, die er, wie es gerade kam und ohne Hast, gefällt hatte, Axthieb für Axthieb. Das war Stoff zum Sinnieren für ein ganzes Leben und in seinem grobflächigen Gesicht mit der breiten Nase zeichneten sich Falten ab, die ihm eines Tages zu einer Denkerstirn verhelfen würden.

In seiner Tasche knüllte er die beiden Geldscheine, die Alix ihm gegeben hatte. Dieses Geld kam ihm auch nicht viel koscherer vor als das, welches er am Vortag von Constantin bekommen hatte.

Er führte das Gläschen mit dem tröstenden Schnaps zum Mund, als er das Geschrei von Alix vernahm. Mit scheppernder Klingel flog die Glastür auf, wie ein Orkan brach der gewaltige Körper herein und krachte auf die Bank. Sie schrie und schrie immer weiter mit verzerrtem Mund und die ausgestreckte Hand deutete nach draußen, zum Haus von Monsieur Constantin.

›Hin, schnell hin! Mein Gott! Vielleicht lebt er noch!‹

Die alten Männer standen im Kreis und begutachteten mit Kennermiene diese Frau, die ihnen ungefähr alles zeigte, was sie zu zeigen hatte. Kaum hatte sie die Fuhre strammen Fleisches auf ihre Sitzbank fallen sehen, lief die Chabert angewidert in Richtung Stall. Dort holte sie eine Pferdedecke, die sie Alix überwarf.

›Bedecken Sie sich wenigstens!‹, befahl sie. ›Bei Ihrem Anblick weint ja das Jesuskind!‹

Marceau war auf sie losgestürzt, um ihr zu helfen. Er verzichtete auf sein Gläschen Schnaps und flößte es ihr zur Gänze ein. Sie hielt ihn fest am Handgelenk und betrachtete ihn mit halb geschlossenen Augen. Er sah, dass ihr Auge klar war, aller Hilflosigkeit ihres zitternden Leibes zum Trotz.

Sie war unendlich rührend mit ihrem offenen Haar und dem nur flüchtig bedeckten Leib; der Geruch, den sie ausströmte, vereinte den Duft der Liebe und den des Todes. Die Wirtin hatte denn auch das Fenster weit aufgerissen, sowohl um diesen Geruch loszuwerden als auch in der Hoffnung, Alix würde sich eine Lungenentzündung holen. Letztere rang die Hände in ihrer Verzweiflung.

›Es muss sofort jemand hingehen. Man muss den Arzt rufen! O Gott! Welch ein Unglück! Und das musste gerade mir passieren! Als ob ich in der letzten Zeit nicht schon genügend erlebt hätte!‹

›Sie sind bestraft, wo Sie gesündigt haben!‹, brummte die Chabert.

›Gesündigt?‹, fragte Alix. Ihr leidender Blick glitt über die mageren Glieder der Wirtin. ›Gesündigt!‹, flüsterte sie. ›Das muss man erst einmal können!‹

Die alten Männer waren schon aufgebrochen, ihre Stöcke in Richtung des Hauses schwingend, wo sich diese absolute Seltenheit zugetragen hatte: Ein Mann war vor Liebe gestorben.

Marceau hatte sich sofort erboten, nach Manosque zu eilen und den Arzt zu rufen. Rasch ging er sein Pferd satteln. Es war ein ebenso schwerfälliger Ackergaul wie er selber und die komische Art, wie er ging, hatte alle Käufer in die Flucht geschlagen. Aber wenn es Marceau mit viel Drohen gelang, ihn zum Galoppieren zu bringen, dann raste er los wie ein Wirbelsturm.

Und so kam es, mein Junge, dass ich mich selbst am Ort des Dramas einfand, weil mich Doktor Parini herbeigerufen hatte. Damals waren die Gendarmen beritten. Mein Pferd hieß Chamfrau, es war ein herrliches Tier, erinnere mich daran, dass ich dir mal von ihm erzähle.

Es waren mehr als drei Stunden vergangen seit der Tragödie; die verstörte Alix saß noch immer kraftlos und zähneklappernd vor dem offenen Fenster in der Kneipe. In zwei Sätzen erzählte sie mir ihre Version der Geschichte. Mittlerweile war Doktor Parini angekommen, und als ich zu ihm stieß im Haus des Verstorbenen, war er gerade dabei, die Fingernägel zu untersuchen.

Ich sah mir an, was aus dem Mann geworden war, den ich nur in stolzer Haltung gekannt hatte. Sein Mund stand offen, die Lippen waren krampfhaft zurückgezogen, als hätten die Zähne sich über einer Beute geschlossen. Die Wangen waren eingefallen wie bei Forellen, die man gerade aus dem Wasser gezogen hat. Alix hatte ihm die gesamte Luft aus der Lunge herausgedrückt und verhindert, dass er auch nur einen Hauch wieder hatte einatmen können. Daran war er gestorben: an Luftmangel. Eines natürlichen Todes!

›Ja‹, sagte Doktor Parini. ›Hinzu kommt, dass er Haare zwischen den Zähnen hat. Er muss sie ganz grausam gebissen haben und zwar an der richtigen Stelle. Die Frage ist: Hat er sie gebissen, weil sie ihn erstickt hat, oder hat sie ihn erstickt, weil er sie gebissen hat? Und noch was: Er hat Blut unter den Fingernägeln. Er muss ihr wüst den Hintern aufgekratzt haben!‹

Aber wie soll man bei einer Honoratiorenfrau den Zustand der Dingsbums überprüfen, du weißt schon, was ich meine, zumal wenn sie noch Witwe und in tiefer Trauer ist? Vor allem, wenn man nur ein kleiner Gendarm der Sous-Préfecture ist. Der Marquis, der neue Bürgermeister, hielt seine schützende Hand über sie.

›Ich bürge für sie!‹, sagte er mir. ›Im Übrigen bitte ich Sie zu bemerken, Brigadier Laviolette, dass die Rundungen einer Frau, die das Gesicht eines Mannes umfangen und zwar aus Liebe, keinerlei Schwellungen oder gar Bluterguss zurücklassen. Das kann genauso wenig als Mordwaffe gelten‹, betonte er, ›wie ein Baum, der ein Todesorakel spricht. Ich sage Ihnen das, damit Sie verstehen, dass wir die Wahrheit, falls wir sie kennen, nicht verwenden können.‹

Der Mann, der sie wirklich kannte, die Wahrheit, das war derjenige, dem Alix am Vorabend gesagt hatte:

›Marceau, ich will Ihnen ein Geheimnis anvertrauen: Warten Sie bis morgen, bevor Sie ihm das Geld zurückgeben!‹

Dieser Marceau Kléber hat mir genau diese Worte fünfzehn Jahre später weitererzählt, am Sankt-Barbara-Tag, als wir beide vom Feuerwehrbankett zurückkamen. Er hat mir die beiden Geldscheine gezeigt, die ihm Alix gegeben und die er nie ausgegeben hatte. Er hegte für sie eine posthume Verehrung, die mit erotischer Nostalgie vermischt war und die er mir beichtete.

Angeblich mochte sie gewisse Zärtlichkeiten, die er ihr nie gewährte, ohne eine Heidenangst dabei zu empfinden, und auch erst, nachdem er sein Gewissen ihr gegenüber gründlich erforscht hatte. Er erinnerte sich zu genau, auf welche Weise Monsieur Constantin außer Atem geraten war.

Er brauchte es im Übrigen nicht lange zu befürchten, denn Monsieur Tasse verzieh es Alix nicht, dass sie seine Leibrente zum Versiegen gebracht hatte, indem sie seinen Schuldner beseitigte.

Der Greis sorgte für gediegene Feierlichkeit bei Constantins Begräbnis, indem er seine Jagdhornbläser zum letzten Mal auftreten ließ. Auf der Anhöhe der Mühle legte er ihm eine grandiose Elegie hin, die seiner eigenen Zerknirschung angemessen war und die sämtliche Montfuroneser fortgeschrittenen Alters dazu nötigte, in sich zu gehen. In der ersten Reihe stand Alix, leicht o-beinig und schätzungsweise dachte sie mehr als jeder andere nach bei dieser

Musik, die Mauern zum Einstürzen gebracht hätte; und wenn sie richtig hinhörte, dann konnte sie bereits ihre eigene Totenfeier genießen, denn sehr lange lebte sie danach nicht mehr.

Marceau Kléber hatte sie sehr bald schon für seinen guten Rat und seine Fürsorge belohnt. In ihrer Begeisterung wollte sie ihn sogar zum Baum führen, auf dass dieser Zeuge ihres Glücks werde.

›Um keinen Preis der Welt‹, hatte Marceau geantwortet.

Obwohl die römische Brücke repariert war, nahm er nie diese Abkürzung, wenn er nach Manosque ging.

Also trafen sie sich für ihre Stelldicheins brav bürgerlich bei ihm zu Hause, in einem Kabuff, das er mit eigenen Händen gebaut hatte, am Fuße einer steilen Anhöhe, die man umrunden musste, um das Häuschen über eine endlose Wegkehre zu erreichen. Marceau hatte diese lange Kurve abgekürzt und einen steilen Pfad angelegt, der ihn fünf Minuten Zeit einsparen ließ, wenn er aus der Kneipe kam.

Die Leidenschaft hatte zur Folge, dass Alix in ihrer erotischen Ungeduld ebenfalls den Steilhang nahm. Sie stürmte diesen Holzhauerweg hinab, der im Grunde gerade gut genug war, um Baumstämme hinunterzuschicken, inmitten des Farnkrauts, das unter den wilden, spitzästigen Birnbäumen wuchs.

Danach brauchte Alix die fünfzig Meter, die der Weg eben war bis zu Klébers Hütte, um wieder Atem zu schöpfen. Übrigens spähte er schon nach ihr aus, nicht weniger ungeduldig als sie, aber wenn er ihre Körpermasse ungestüm wie ein Wildschwein aus dem Dickicht preschen sah, erschauerte er.

Eines Tages, eines Nachts band jemand das Kabel einer Fahrradbremse von einem Birnbaum zum anderen; daran war eine Schlinge angebracht, so groß wie ein Männerkopf beziehungsweise ein Frauenkopf. Diese Falle war vervollständigt worden durch eine Stolperschnur, die an der steilsten Stelle unmittelbar über den Boden gespannt war. Alix wurde in dieser Dachsfalle aufgefunden, noch warm, mit blau angelaufenem Gesicht und heraushängender Zunge. Marceau hatte, als sie nicht kam, sofort nach ihr gesucht. Aber sie war bereits mausetot.

Die Vorrichtung war derart ingeniös und musste so lange und genau ausgedacht worden sein, dass man von einem Erfinder ausgehen konnte, der viel Zeit hatte und einen tiefen Groll hegte. Seit

Polycarpes und Constantins Tod kannte ich in Montfuron nur noch einen verqueren Geist. Ich erkundigte mich bei Ginoyer, dem Fahrradhändler von Manosque, ob er unlängst einem schmächtigen Alten zwei Bremskabel verkauft hatte. Er erinnerte sich in der Tat.

Ich glaube, die Ermittlung habe ich mit einer gewissen Saumseligkeit geführt. Der Mann, den ich vors Schwurgericht hätte bringen sollen, war damals neunundachtzig Jahre alt. Und außerdem hörte ich es gerne, wenn er das Jagdhorn blies.

Der alte Tasse wurde übrigens immer winziger, er schrumpfte eher weg, als dass er starb. Er pflegte nicht einmal mehr jenes umzäunte Anwesen, das den Gärten des Horaz ähnelte und das Monsieur Constantin so sehr begehrt hatte. Um die blinden, leeren Melonenglocken, die von trägen Schnecken genutzt wurden, wuchs dichtes Unkraut, die Mäuerchen brachen da und dort zusammen. Das Bachbett war überwuchert von Moos und Brunnenkresse. Ein Jammer!

In Ermangelung weiterer Subsidien hatte er sein Septett auflösen und die alten Männer in ihre Langeweile zurückschicken müssen. Übrig blieben ihm nur noch seine Uniform und sein Jagdhorn. Dennoch blies er es bis an die Grenzen des Möglichen, dabei wurden seine Schritte immer kleiner und das Horn um seine schmalen Schultern immer größer. Eines Sonntags schließlich hörte man nur noch die Kirchenglocken. Der Marquis eilte besorgt herbei.

›Na, was ist los?‹, fragte er.

›Ach! Ich habe keine Zähne mehr!‹, antwortete der alte Tasse kläglich.

›Umso besser!‹, höhnte der Marquis. ›Endlich werde ich die Ruhe genießen!‹

Aber war es wirklich Ruhe? Jetzt, da ihn der Stachel der Reue, den der alte Tasse mit seinem Horn ständig erneuert hatte, nicht mehr plagte, schlich der Marquis immer häufiger um die Behausung seines alten Rivalen.

›Kommst du?‹, fragte er ihn dann.

Und sie gingen bis zur Esplanade, von der aus sie ganz Montfuron, die ganze Ebene von Manosque, die Hochflächen von Reillanne und das Lure-Gebirge überblickten. Der eine war zu Fuß, der andere zu Pferd, denn der Marquis hatte vor langem schon auf die Benzinmaschinen seines Bruders verzichtet, die er inzwischen als Ausgeburten eines kranken Humors betrachtete.

Sie spürten beide den gleichen Taumel, wenn sie an den Abgrund der Zeit dachten. Die Kneipe der Chabert war geschlossen, zwei Bretter waren über Kreuz auf die Eingangstür genagelt worden wie an den Häusern der Pestkranken. Die großen Rollen der Dreschplätze wurden seit langem nicht mehr bewegt und waren von Knäuelgras überwuchert. Drüben an der Mühle, wo eines Sommers der Blitz eingeschlagen hatte, waren aus Angst vor einem Unfall die Flügel demontiert worden. Vor allem aber kannten sie weder die Namen noch die Gesichter der seltenen Menschen, die sie da oben trafen und von denen sie gegrüßt wurden.

Die Menschen, die sie in der Wiege gestreichelt hatten, waren schon unter der Erde, manchmal seit langem, obwohl auch sie, mit der gleichen ungeduldigen Hast, ein ganzes Leben abgelebt hatten. Und sie beide, sie waren noch immer da. Sie nahmen dieses Wunder zu freudloser Kenntnis, ja es erfüllte sie mit Schrecken.

Sie waren nun so alt geworden, dass das, was mit ihnen geschehen war, vor ihnen lag wie ein aufgeschlagenes Buch: so dünn und so flach. Von weitem betrachteten sie die Wechselfälle ihres Lebens, zweifelnd, aber mit einem gewissen Interesse, so als ob Fremde sie erlebt hätten.

Sie standen jetzt über den Dingen und manchmal, während sie einen Blick auf den Horizont hinter Lure warfen, sagte der Marquis zum alten Tasse:

›Erzähl mir mal, Bienaimé, diese Athénaïs, die uns so viel bedeutete, wie war sie denn?‹

Und der alte Tasse nickte. Die unbeschreiblichen Herbstfarben, die sich vor seinen Augen in den Waldgründen des Lure entfalteten, waren ihm heute viel unverzichtbarer, als es einst diese Frau gewesen war, die sein ganzes Leben und sein ganzes Leiden bedeutet hatte.

›Sie war eine entzückende Frau!‹, antwortete er. ›Du hast sie nicht verdient!‹

Der alte Tasse starb mit hundertundvier Jahren, der Marquis mit hundertfünf. Der Marquis befahl, dass sein Bläser zwischen den Särgen seiner beiden Enkel, die für Frankreich gefallen waren und dem Sarg von Athénaïs ruhen sollte, in der Gruft der Dion-Mortemart. Diesem Mann hatte sein langes Leben doch noch zur Großmut verholfen. Niemand konnte ihm mehr sagen: ›Aber hören Sie mal, Mortemart, Sie sind wahnsinnig! Sie lassen Ihre Frau und deren Liebhaber sich im Grab vereinen!‹ – denn es war niemand mehr da, der es gewusst hätte.

Denn vom Zeitpunkt an, als Tasse gestorben war, stand der Marquis mit leeren Händen da. In Ermangelung eines Feindes starb er noch ein Jahr lang vor sich hin, an Gefühlsentzug.

Wenn man lange genug lebt, um sich die wahre Dimension der Welt einzuprägen, lässt einen der Tod des schlimmsten Feindes genauso hilflos zurück, wie wenn man ihn zärtlich geliebt hätte. Man stellt fest, dass er für den Zeitvertreib eine ebenso bedeutende Rolle spielte wie die verflossenen Geliebten.

Dies war der Grund, weshalb der Marquis wollte, dass sein Hornbläser das Nichts mit seiner Familie teile.

Als im Häuschen des verstorbenen Tasse Inventur gemacht wurde, fand man einen alten Brief. Er lag in einer Schublade des Büfetts, begraben unter den wertlosen Gegenständen, die man im Laufe des Lebens ablegt: Korken, Schnüre, Pilzmesser, Postkarten von längst verstorbenen Freunden, alte, farblose Kreisel. Dieser Brief hatte die Farbe der toten Gegenstände. Du weißt schon, mein Junge: Das Blatt eines Baumes, das man in einem Buch gepresst hat, oder ein Schmetterling auf der Stecknadel, den man irgendwo festgespießt hat. Dieser Brief lautete folgendermaßen:

> Mein Liebster, erinnern Sie sich an den Tag, als wir unter diesem Baum Halt gemacht haben, um auf Elzéards Jagdgesellschaft zu warten? Ich hatte Sie darum gebeten, für mich ganz allein das Hornsignal zu geben, denn Sie sind der wunderbarste Bläser, den ich je gekannt habe. Und ich wusste, dass Sie mich lieben, und ich wusste, dass jedes Hornsignal eine für mich bestimmte Liebeserklärung war. Und während ich Ihnen damals lauschte, reglos auf meinem Pferd, habe ich plötzlich gesehen, wie der Baum sich mit hellen Flammen schmückte, und ich hatte alle Mühe dieser Welt, mein Pferd in Zaum zu halten, das vor diesem höllischen Licht die Flucht ergreifen wollte.
>
> Ich kannte die Legende der Eiche und mir war sofort klar, dass Sie bald sterben würden. Ich wurde von einem großen Mitleid erfasst (erinnern Sie sich: Sie waren zwanzig damals!) und ich

habe mir geschworen, da es für Sie doch das einzige Glück auf dieser Erde sein würde, mich Ihnen hinzugeben. Und ich habe Wort gehalten. Das ist es, mein Liebster, was ich Ihnen vor meinem Tod eröffnen wollte. Konnte ich ahnen, dass Liebe daraus würde?
Adieu, mein Liebster, ich werde dem Schicksal schließlich eine lange Nase gemacht haben, da Gott es mir erlaubt hat, mich zwischen Sie und Elzéards Jagdgewehr zu stellen, damit es mich statt Ihrer trifft. Und ich danke ihm, dass er es mir erlaubt hat, lange genug zu überleben, um noch diesen Brief zu schreiben, den Ihnen mein Beichtvater übermitteln wird. Adieu, Bien-aimé! Der Himmel ist groß. Vielleicht wird er es trotz allem erlauben, dass wir uns dort wieder finden!«

Mein Großvater schwieg. Er hatte über zwei Stunden lang gesprochen. Indessen waren wir über Wege und Hügel von Barême heruntergestiegen und hatten soeben die Dreschplätze von Montfuron passiert, die für mich jetzt mit so vielen Gespenstern besiedelt sind.

»Und nun, mein Junge, nun wirst du gleich den Gegenstand so vieler Schmerzen sehen. Denn *er* steht noch immer. Kaum dass er ein wenig schütterer ist. Er ist wie ein Greis, der seine Haare verliert. Hie und da ist einer seiner Äste wurmstichig, aber kein Mensch kann sagen, ob er wirklich schon altert.«

Der Weg vor uns war nun ganz bequem. Wir beeilten uns, denn es wurde Abend und wir übernachteten beim Enkel des Marquis de Dion, dem mein Großvater einst einen Dienst erwiesen hatte. Unsere Schritte waren lautlos, Moos hatte die Wagenfurchen überwuchert, durch die keiner mehr fuhr.

»Hier ist er!«, sagte mein Großvater.

Er trat zur Seite. Mit theatralischer Geste deutete er auf das grüne Gewoge des Laubs, in das der Wind ein paar Arabesken zeichnete.

Es war ein Baum, wie ich noch nie einen gesehen hatte. Er bot den störrischen Anblick eines alten Tiers, das sich schon lange vor den Menschen in Acht nimmt und für alle Ewigkeit Front gegen sie macht. Bis zu diesem Zeitpunkt war mir unklar, was ich mir unter »gigantisch« vorstellen sollte, jetzt wusste ich es.

Mein Großvater hatte nicht Halt gemacht. Wir hatten uns verspätet, es wurde schon dunkel und er war sich des Weges nicht ganz sicher. Ich folgte ihm, drei Schritte hinter ihm, den Blick unentwegt auf die Eiche gerichtet.

Dann sah ich, wie von Blatt zu Blatt über das ganze Laub ein zartes rosarotes Leuchten glitt, womit zugleich der letzte Rest Tageslicht erlosch. Die Moosflächen auf dem Boden wurden unter diesem Lichtschimmer lebendig. In den Augen eines Zehnjährigen war das ein Geheimnis, das nicht unergründlicher war als all jene, die Tag für Tag von der Wirklichkeit der Menschen und der Natur an mich herangetragen wurden. Manchmal nahm ich sie mit Verwunderung hin, manchmal voller Schrecken.

Aber jedes Wunder bewirkt Staunen und ich durfte nicht erstaunt sein, denn wenn alles, was mir mein Großvater erzählt hatte, der Wahrheit entsprach, dann kündigte dieser Baum den Tod dessen an, der ihn nicht brennen sah. Und mein Großvater ging sorglos vor mir seines Weges, ein Jagdhornmotiv vor sich hinpfeifend. Also sah er nichts. Aber ich sah etwas und ich wollte schreien vor dieser riesigen Eiche, die wie ein Weihnachtsbaum glitzerte, während das Gehölz ringsum in das Dunkel der Nacht tauchte, so dass das Volk der Vögel verstummte.

»Zur Salzsäule erstarrt«, hatte mein Großvater erzählt. Gegen diese übernatürliche Reglosigkeit musste ich mit aller Kraft ankämpfen. Ich grub mir die Fingernägel in die Handflächen und Schritt für Schritt entriss ich meinen bleischweren Körper der Erde. Ich schluckte. Ich zitterte. Ich klebte dem alten Mann an den Fersen, nur darauf bedacht, nicht auf der Stelle zu versteinern, mich in seinem Schatten gegen die goldenen Tränen, die vom Baum herunterkullerten, schützend. Schließlich gelang es mir sogar, ein paar Worte zu sprechen, ohne mir etwas anmerken zu lassen.

Mein Großvater legte Wert darauf, mir den Ort zu zeigen, wo einige Akteure des Dramas versammelt waren, von dem er mir gerade erzählt hatte. Unter den Zedern des Schlossparks war es fast vollkommen Nacht. Ich sah eine Steinplatte ohne Namen, umgeben von Disteln und mit Zedernnadeln bestreut.

»Hier ist es«, sagte er, »das Grab der Mortemart. Stell sie dir vor, wie sie alle unter der Erde liegen, die ganze Familie, mit dem ehebrecherischen Hornbläser dazwischen. Das Schicksal setzt den Menschen recht merkwürdige Ideen in den Kopf.«

Mein Großvater, erzählte Laviolette, starb fünfundvierzig Tage nachdem wir unter dem Baum vorbeigegangen waren. Er hatte einiges dazugetan. Er hatte die Grippe. Es regnete. Kurz davor hatte er das Dach seines Häuschens abgedeckt, um einen Balken zu ersetzen. Meine Großmutter konnte ihn noch so sehr anflehen, er setzte die Ziegel an ihren Platz zurück, legte sich befriedigt wieder ins Bett und starb nach drei Tagen.

Ich war zehn Jahre alt. Ich bin immer wieder zurückgekommen und wie besessen um diese Eiche herumgeschlichen (gehen Sie ruhig hin, es gibt sie noch!), wohl vierzig Jahre lang. Nie mehr, weder allein noch in Gesellschaft, habe ich sie brennen sehen. Vermutlich musste man zehn Jahre alt sein.

Wenn ich mich jedoch auf diesen Hügeln befinde und aufhorche, dann glaube ich das Horn des alten Tasse zu hören. Irgendwo über dem Lure-Gebirge bläst er sein Jagdsignal.

Selig sind die Armen im Geiste, denn ihrer ist das Himmelreich.

Le Diben, September–Oktober 1991.